意林

公元787年，唐封疆大吏马总集诸子精华，编著成《意林》一书6卷，流传至今
意林：始于公元787年，距今1200余年

U0837383

意林®轻文库

轻小说 青春最美，梦想出发
中国式优质轻小说第一品牌

意林轻文库 恋之水晶系列 023

# 绯色樱花圆梦纪 1

Feise Yinghua Yuanmeng Ji

易浅浅 著 / YI QIANQIAN WORKS

吉林摄影出版社
·长春·

意林轻小说 出品

图书在版编目（CIP）数据

绯色樱花圆梦纪. ① / 易浅浅著. -- 长春：吉林摄影出版社，2017.2
（意林·轻文库. 恋之水晶系列；023号）
ISBN 978-7-5498-2988-0
Ⅰ. ①绯… Ⅱ. ①易… Ⅲ. ①长篇小说－中国－当代 Ⅳ. ①I247.5

中国版本图书馆CIP数据核字(2017)第013826号

**绯色樱花圆梦纪①**

**Feise Yinghua Yuanmeng Ji ①**

| | |
|---|---|
| 著　　者 | 易浅浅 |
| 出 版 人 | 孙洪军 |
| 总 策 划 | 安　雅　张　星 |
| 责任编辑 | 施　岚　胡晓路 |
| 图书统筹 | 糯米兔 |
| 特约编辑 | 宁　阳 |
| 绘　　图 | Tendy |
| 书籍装帧 | 胡静梅 |
| 美术编辑 | 刘　静 |
| 开　　本 | 700mm×1000mm　1/16 |
| 字　　数 | 260千字 |
| 印　　张 | 13.5 |
| 版　　次 | 2017年2月第1版 |
| 印　　次 | 2017年2月第1次印刷 |

| | |
|---|---|
| 出　　版 | 吉林摄影出版社 |
| 发　　行 | 吉林摄影出版社 |
| 地　　址 | 长春市泰来街1825号<br>邮编：130062 |
| 电　　话 | 总编办：0431-86012616<br>发行科：0431-86012602 |
| 网　　址 | www.jlsycbs.net |
| 经　　销 | 全国各地新华书店 |
| 印　　刷 | 河北鹏润印刷有限公司 |

书　　号　ISBN 978-7-5498-2988-0　　**定价**：23.80元

目录
# Contents

# 目录 Contents

# 楔 子

“乒乒！”

“噼里啪啦……”

空荡荡的教学楼走廊上，忽然传来一阵嘈杂的声音，好像有人打翻了什么东西，“砰”的金属落地声，在清晨时分格外引人注意。

“怎么回事？”

“发生了什么？”

留在教学楼里的同学纷纷停下手中的工作，面面相觑。

今天是圣樱学院一年一度的“春日祭”首日，活动将持续整整一个星期，是完全属于学生们的庆典。在春日祭过后，就代表着新的一学年来临了。

现在大部分人都聚集到了广场上看开幕式，隔壁的圣玛丽女子学院作为联合举办方，也会有师生过来参观。虽然圣樱学院和圣玛丽女子学院都是宝星市数一数二的学院，但这两年圣樱学院风纪部纪律严明，把爱逃课的调皮蛋们都管得死死的，较之圣玛丽女子学院，每次联考成绩都稳稳占了上风。

不过即使这样，还是不能掉以轻心。要知道，圣玛丽女子学院的学生会会长月琦蔓，可是许下了雄心壮志，要挤掉圣樱学院当第一，如果被她抓到什么把柄，她一定会把事情闹大。

来不及多想，几个男生就迅速循着声音跑到一楼的保健室，刚推开门，就听见一声震耳欲聋的怒喝：“放开我，你这个神经病！”

这个富有磁性的声音里蕴藏着怒火，凡是圣樱学院的人，一听就知道是谁。

嘈杂的声音顿时戛然而止，男生们瞪着眼前的两个人，集体倒抽了一口冷气。

这……这到底是什么情况？

# 第一章

## 从天而降的<br>古代美少女

1

时间回溯到十分钟前。

天空碧蓝如洗，连一丝云彩都没有，圣樱学院里到处都扎着装饰的彩带，阳光照射到广场中心的熊猫吉祥物上，给校园平添了几分喜感。同学们三三两两聚在一起，欣赏春日祭的开场舞，漂亮活泼的女生们挥动着手里的指挥棒，从学院银色的大门口缓缓走来。

“圣樱圣樱！永争第一！”

枝头繁茂的白色樱花颤动着，沸腾的人声穿过层层叠叠的花枝，传到教学楼的每一个角落。

然而，在安静的保健室病床上，却躺着一位身材娇小的少女，她穿着圣樱学院的制服，浓密的睫毛轻轻扇动着，很快就要从沉睡中醒来。

眼前的黑暗化成薄雾散去，细细碎碎的口号声在耳边变得清晰，闻人唯蹙了蹙秀气的眉毛，慢慢地睁开了眼睛。

“呃……”她按住自己的脑袋，觉得头沉甸甸的，像被人打了一拳，胸口也闷闷的直想吐。

她深吸一口气，鼻尖涌入一股陌生的怪气味，和自己闻惯的梅花清冽的香味完全不同，让人只想打喷嚏。

“哈啾！哈啾！”连打好几个喷嚏之后，闻人唯郁闷地揉揉自己的鼻子，抬眼一看，不由得怔住了。

明媚的春光透过擦得一尘不染的窗户照进房间，屋内雪白一片。没有房梁的屋顶是雪白的，墙壁是雪白的，大理石地板是雪白的……她身上盖着的被子是雪白的，房门边伫立的柜子也是雪白的，柜子里还摆着很多包装奇怪的瓶瓶罐罐。

这里并不是闻人唯所熟悉的闺房。

“玻璃？这是哪里？”她使劲儿揉了揉眼睛，“我在做梦吗？谁这么有钱，竟然拿玻璃做窗户！”

在迦蓝王国，只有贵族和有钱的商贾才勉强用得起造价昂贵的玻璃。

从震惊中缓过神来，闻人唯注意到窗户边悬挂着一个玻璃做面、雕木做边的画框，画框里是一幅黑白人物画像，画像上是一位英俊的男人，他穿着笔挺的制服，犹如黑宝石般明亮的眼睛仿佛拥有魔力一般，深深吸引住了她的目光。

闻人唯突然反应过来——到处都是白色的陈设，这里难道是谁家的灵堂？

正对着她的那幅画像，一定就是遗像了……不知道是谁家的画师，居然把人画得这么栩栩如生！

“窸窸窣窣……”

正当闻人唯惋惜画像中的俊美少年英年早逝时，房间里响起一阵轻微的声音，将她的思绪拉了回来。她从床上坐了起来，一把掀开被子，扭过头循声看去，只见一个打扮很奇怪的人俯身背对着她，在门边的柜子里翻找着东西。

一阵穿堂风吹过，她突觉腿上凉飕飕的，低头一看，才发现自己居然穿着一条长度只到膝盖的短裙！

“天哪！”她惊呼出声，脸上一阵发烧，赶紧拽过被子，围在腰上。

翻找东西的人停下了手中的动作，闻声起身，从高大挺拔的背影可以看得出是一位男性，他看过来的一瞬间，闻人唯震惊地张大了嘴巴。虽然少年英俊的脸庞上挂着一副四四方方的黑框眼镜，将那双漂亮眼睛的光华都遮挡了起来，但她依旧立马认出那张脸正是刚才在画像中看到过的。

韩圣燮觉得自己很倒霉，为了圣樱学院的“春日祭”，他已经超负荷工作了好几天，直到头越来越痛，才来保健室找点儿药吃，没承想在保健室都能逮到一个装病偷懒的女生。想到这里，他薄唇轻启，露出一抹嘲讽的笑：“已经明令要求全体同学必须参加今天的春日祭，你居然躲在保健室逃避活动，自己去风纪部领取处罚。”

他话音还未落下，对面的女生便发出一声几欲刺穿耳膜的尖叫。

“僵尸啊！僵尸！”

僵尸？

这又是什么逃避惩罚的新方法？

“你现在立刻去风纪部领罚！”思及此，韩圣燮蹙紧眉头，冷声命令道。

此刻，闻人唯吓得大脑里一片空白，根本无法注意韩圣燮在说什么。她颤抖着手，用力掐了自己的胳膊一把，一阵剧痛传来。

不是在做梦……

还有什么比看见一具尸体更吓人？——当然是看见一具行走的尸体！

她究竟是有多倒霉？竟然遇见了传说中的诈尸！难道是因为上次偷吃了一颗佛前的供果？老天爷，求放过，她以后再也不敢嘴馋了！

闻人唯在心里拼命祷告，老天爷却仿佛无视了她的话语，她惊恐地看着“僵尸”朝着自己扑过来，身体却僵硬在原地，无法动弹。紧要关头，一丝灵光划过了她的脑海。

对付僵尸，就要用食指的热血！

她当机立断，闭着眼睛狠狠咬破指尖，殷红的鲜血顿时流了出来。咬紧打战的牙齿，站直发软的双腿，强压下心中的恐惧，闻人唯鼓起勇气，把食指狠狠印在了“僵尸”的额头上！

“恶灵退散！”她大喝一声。

用力涂抹了两下之后，闻人唯突然呆住了。

为什么“僵尸”的额头一点儿也不像传说中的那样坚硬如铁，而且还发烫？

韩圣燮目瞪口呆地看着闻人唯，星辰般的眸子里满是不可思议，他攥紧拳头，用力把闻人唯推开：“放开我！你这个神经病！”

“唰——”

房间的门被人推开，一群男生拥进了房间。

于是，上面那荒唐的一幕，就这么出现了。

## 2

为了不引来更多人围观，韩圣燮决定把这个神经病一样的少女带回风纪部办公室，慢慢“审问”。

拖着不停挣扎的闻人唯来到教学楼顶层的风纪部办公室，韩圣燮重重地把她甩到沙发上，他扶了扶脸上的黑框眼镜：“说吧！你是不是圣玛丽女子学院派来搞破坏的？”

说完，他上下打量了她一番，冷冷嘲弄道：“居然还特地换上了圣樱学院的校服，看来你们这次还真是煞费苦心。”

“什么圣玛丽女子学院，圣樱学院的……”

陌生的词语一个接一个地从他的口中蹦出，跳到闻人唯的耳朵里，让她顿时迷茫了起来。

闻人唯还沉浸在刚刚路上让自己目眩神迷的场景中：高达十几层的巍峨建筑、富丽堂皇的室内装潢、惟妙惟肖的肖像壁画，还有很多令人瞠目结舌的新奇玩意儿……

自己原本的世界仿佛在一瞬间改变了。

女生们身材窈窕纤细，穿着蓝色短裙走来走去；男生们剪掉了受之父母的长发，留着跟韩圣燮一样奇怪的短发，宽袍广袖也被束手束脚的衣物取代。

当她乘上一个闪烁着数字的大箱子，隔着透明玻璃不断往上升时，就隐隐约约地察觉到，自己好像来到了一个不得了的地方。她实在想不明白，为什么自己前一天还在迦蓝王城的小巷里和别人打架，第二天就突然莫名其妙地来到了这个充满新奇和古怪的地方。

“说话啊！”

“我……我叫闻人唯，来自迦蓝王国。”闻人唯颤颤巍巍地回答，双手交叉环抱在胸前，做出防御的姿势。虽然在迦蓝王城她是令别人头痛的“女汉子”，但在这个完全陌生的地方，心里只剩害怕和恐慌。

韩圣燮英气勃勃的眉宇间闪过一丝怒意：“你是在耍我吗？”

“何……何为耍？”她一脸茫然无措。

“噗……哈哈哈！”

屋内突然响起一阵爆笑。一个留着深栗色短发，身形修长，穿着短袖上衣、短裤的少年从巨大的书柜后面走出来，小麦色的手臂和小腿裸露在外，光洁的额头上布满了汗水。

闻人唯看着衣不蔽体的少年，心里一阵吃惊。在迦蓝王国，无论男子女子，都不可以随便将身体裸露在外。除非是买不起布料做衣服的乞丐，才会穿成这样……这么想着，她看向乞丐少年的眼神中多了几分同情。

“阿燮，我听说你发烧了，顾不上春日祭的友谊赛，过来找你。没想到你似乎捡了个有趣的女生回来。”乞丐少年走到韩圣燮身边。

听乞丐少年话中的意思，结合之前所见所闻，闻人唯再傻也明白过来了。她憋了半天，才鼓起勇气问出心中所疑：“难道……你不是……僵尸？”

不知道是不是她的错觉，听到这句话之后，韩圣燮的脸色变得更黑了。

“哈哈哈，僵尸？”乞丐少年又爆发出一阵大笑，“这是夸奖别人帅的新说法吗？我听学妹们称赞过阿燮是‘男神’‘盛世美颜’，倒是第一次听到有人说他是‘僵尸’呢！”

他朝闻人唯走过去，倾下身，伸出手，狭长优美的眼睛里闪着好奇的光芒：“你好，不怕韩圣燮的勇敢女生。我叫凌步翡，你叫什么？”

凌步翡的话语中夹杂了许多闻人唯听不懂的词汇，像“学妹”“男神”……让她更感迷惘。她躲开了凌步翡伸过来的手，视线不敢在凌步翡身上过多停留。

“请问此处是哪里？我……可否回家了？”她只想离开此地，赶紧回家。

韩圣燮翻了个白眼：“这里是圣樱学院的风纪部。”抬起手来，指着胸口一块黑色的名牌比画着：“看胸牌，我是韩圣燮，韩——圣——燮，认识我吗？”

“圣樱学院是何地？离迦蓝王城远吗？”闻人唯在脑海搜索了一遍，发现从未听过这个地方，只好硬着头皮问道。她看着韩圣燮胸前的名牌，心里不禁奇怪，为什么他们把名字写在牌子上，还别在胸口？她低头看了看胸口，发现自己的衣服上并没有那块小牌子。

见闻人唯仍然一脸茫然，韩圣燮觉得心累极了。

作为学校董事长的爷爷突然决定出国旅游，把学校的事抛诸脑后，做了“甩手掌柜”。他被“赶鸭子上架”，不得不暂时接替爷爷的位置管理学校。为了改变学校原先自由散漫的风气，成立了风纪部，每天忙得不可开交，尽心尽力做到最好。但为什么在“春日祭”开幕如此重要的日子里，保健室会出现一个“漏网之鱼”，不仅行为举止奇怪，还让自己在别人面前出尽了糗？

想到这里，他就气得牙痒痒。

这个闻人唯如果不是在装傻，就是真的神经病！他忍不住抓狂道：“你是精神科里跑出来的吗？”

“大人明辨，我不是敬神科的，我只是普通的老百姓。”闻人唯被韩圣燮的反应吓了一跳，连忙摆手道。

见韩圣燮问不出什么实质性的问题，凌步翡插了一句："迦蓝是什么地方？你为什么会认为他是僵尸？"

闻人唯指了指风纪部办公室墙上挂着的画像，跟刚才灵堂所见的那幅画像一模一样："我看他和墙上的遗像长得一样……以为诈尸了，所以才……"

刚抽出一张消毒湿巾的韩圣燮正用力擦着自己的额头，虽然擦过很多遍了，但黏腻感总挥之不去。听到闻人唯的话，他手一顿，额头立刻青筋暴跳！

"闭嘴！"

墙上挂着的画像正是韩圣燮出国旅游的爷爷——圣樱学院的创始人兼任现任董事长。

就算闻人唯不知道自己说错了什么话，也能感觉到韩圣燮的气场在一瞬间变得极其冰冷！

凌步翡害怕韩圣燮盛怒之下做出失控的举动，一个箭步冲到韩圣燮面前，把他按在椅子上："阿燮，这里面应该有什么误会。"接着转身面向闻人唯，尽量露出自己最灿烂的笑容。

"看你的制服应该是一年级的新生吧？我是三年级的学长，有什么问题，我可以帮忙。"

但凌步翡没想到，闻人唯刚刚还敢于直面盛怒中的韩圣燮，此刻却别过头，不敢看他一眼。

要知道，拥有"恶魔阎罗"绰号的韩圣燮，眼神锐利到能吓哭小朋友，所以虽然不近视但也会一直戴着黑框眼镜，以此来遮掩。而他凌步翡是风纪部人见人爱的阳光代言人，圣樱学院最受欢迎的人气学长，什么时候变得比韩圣燮可怕了？

"我不是什么新生……这身衣服不知道是谁给我穿上的。"闻人唯尴尬地拉了拉身上裙子，目光尽量避开凌步翡。

倒不是因为她对乞丐有什么看法，她可是非常善良的女孩子！只不过在迦蓝王国，真正的淑女怎么能够看到男人的身体呢？如果她敢再多看几眼对方，说不定就会被传出什么不好的名声了！

韩圣燮从鼻腔里冒出一声冷哼，他对闻人唯印象极差，听闻人唯坚称自己是迦蓝王国的人，只觉得很可笑："难道你还要说自己是从天而降，从那个什么迦蓝王国突然来到这里的？"

"我说的是真的！我也不知道为什么我会突然出现在这里，可是我生活的地方和这里完全不一样！”闻人唯急切地辩解道。

这里的一切没有一点儿和迦蓝王国相像的，人们的服饰不一样，房间里的家具也不一样。

在迦蓝王国被看作是稀世奇珍的玻璃，在这里随随便便就被拿来镶嵌在窗子上；墙上挂着“嘀嗒嘀嗒”会自己转动的奇怪圆盘；床头是连着许多透明管子的不知名仪器；桌子上放着有着会自己动的图画的箱子。

按照她的常识来说，房子怎么可能建几十层也不倒？那个“叮”地一下就载着人升降的箱子又是什么？

见闻人唯急得几乎快要哭出来，凌步翡指了指墙上那幅被误认为是“遗像”的画像，耐心解释道：“这里是一所学校。这幅画的画中人是学校的创始人，韩圣夔的爷爷，所以两个人长得很像。老人家如今正好好地到处旅游呢……”

闻人唯这才明白，为什么韩圣夔如此生气，如果是在迦蓝王国的话，这样诅咒别人，早就挨揍了！

“对不起……”她低下头，行了个迦蓝王国的道歉礼，“实在对不起！”

看着脸憋得通红，满脸羞愧的闻人唯，韩圣夔几乎要相信她了。不过，他才不会因为这个女孩子看起来惹人怜爱，就爱心泛滥。

“你是肥皂剧看多了吗？真当自己是偶像剧女主角？”

闻人唯心烦意乱地看了韩圣夔一眼，这个人怎么能这么讨厌？

“那么，来自迦蓝的闻人唯小姐，”凌步翡露出温润的笑，“你能讲讲你家里的情况吗？这样我们才好帮助你。”

在“春日祭”开幕当天闹出这样的事，闻人唯的确很可疑，而且他和韩圣夔两个人从没有在学校里见过她。既然韩圣夔凌厉的威势无法让她说实话，倒不如看她如何将故事编下去。

“谢谢你，你可真是个好人。”闻人唯红了红脸，终于敢看向凌步翡，目光里充满真诚，“等我回到家，有了钱，就给你买衣服！我相信你这种好人，不会一直都是乞丐的！你的生活一定会好起来的！”

一会儿说他是僵尸，一会儿又说凌步翡是乞丐，演戏演上瘾了吗？韩圣夔挑起乌眉，不客气地说：“我看你就是个小骗子。再满嘴胡说，就把你扭送到派出所。”

闻人唯气愤地反驳：“我没有胡说！我家就在……”脑仁儿仿佛突然被锤子砸了一下，一阵强烈的眩晕袭来，她只觉得耳边嗡嗡作响，脑袋里一片空白。

家……家在哪里？

明晃晃的阳光照射在闻人唯的脸上，刺得她睁不开眼睛，她的后背沁出了冷汗，浑身的力气也仿佛被瞬间抽走了。

怎么会这样？明明记得迦蓝的一切风俗习惯，却偏偏忘了属于自己的一切……

她叫闻人唯，可父母是谁、家住哪里、有无兄弟姐妹，完全没有记忆！

为什么？为什么？

在她身上，到底发生了什么？

## 3

闻人唯呆呆地看着眼前茶几上的东西：一个又扁又宽的粉红色铁盒子，可爱的小珠子镶在铁盒子背面，排列成爱心的形状；几把泛着寒光的做工特别的钥匙；一个镶满了七彩宝石的头绳。

这些都是自己平静下来以后，从短裙的口袋里掏出来的。

她心情复杂地拿起桌上的粉红铁盒子，凌步翡说这个叫作手机。只要稍微按一下铁盒子最下面的白色圆点，原本漆黑一片的盒子就会发光，显现出一幅一位少女在樱花树下笑得灿烂的画像。

哦，不对！这个不是画像，画像不可能把人描摹得如此惟妙惟肖。

更令人毛骨悚然的是，画像上穿着粉色无袖连衣裙的少女，居然拥有和自己一模一样的面容!

她绝不会穿得如此伤风败俗还在街上乱跑。

这个人绝不会是自己!

见闻人唯处在崩溃的边缘，凌步翡打开一听可乐，递到她面前："闻人同学，不要着急，来喝点儿可乐吧，补充些糖分，慢慢想。"

"谢谢。"闻人唯感激地看了凌步翡一眼，将眼前的蓝色罐子接了过来。

韩圣燮看了眼手表，他还有视察春日祭的工作，见闻人唯大有打死也不说实话的念头，不愿意跟她消磨下去。他走到闻人唯面前，居高临下地看着她，试图给她一种强大的压迫感。

"现在不会又要开始表演失忆了吧？小骗子，你到底说不说？"

闻人唯并没有理会韩圣燮，她喝了一口凌步翡递给她的可乐，冰凉的液体才流进嘴巴里……

"噗——"一股甜腻的辛辣猛地灌进鼻腔口腔，闻人唯没忍住，尽数喷了出来。

"阿燮！"

闻人唯抬起头，整个人都僵住了。

韩圣燮那张帅气的脸上都是可乐，身上原本洁净如新的白衬衣上溅满了褐色的点子。他死死地盯着闻人唯，抹了一把脸上的水珠："闻人唯！"

凌步翡手忙脚乱地拿起纸巾帮韩圣燮擦脸。

"呵……呵呵……太辣了……"闻人唯扯出一个比哭还难看的笑脸。

韩圣燮深吸一口气，正要爆发时，忽然响起一阵激烈的敲门声。

“社长！不好了！春日祭出事了！”

听到这个声音，韩圣燮和凌步翡的脸色瞬间变得严肃起来。韩圣燮几个大跨步走过去，打开门，一张美丽的面容出现在众人面前。

哇，真是个帅气的少女！闻人唯不禁暗叹。

帅气少女大约一米七的个子，一双杏眼明亮又清澈，上扬的剑眉带着勃发的英气，如瀑的黑发高高束起，白皙的脸蛋布满了焦急的神色。她并没有注意到风纪部里还有别人，语气急促地说：“圣玛丽学院的学生会成员都来了，现在在春日祭开幕式上闹事。”

韩圣燮和凌步翡对视一眼，两个人在彼此的眼睛里都看到了凝重，韩圣燮立刻决定：“走，去看看。”

他扭过头，无意中瞥到还在偷喝可乐的闻人唯，忍不住蹙了蹙眉头。

“小骗子，你也一起来。”

告别了城堡般巍峨耸立的教学楼，闻人唯跟随众人前往春日祭开幕式。宽阔的大路两旁，樱花如云似锦，伴随着微醺的清风吹拂，让她不禁沉醉在这美好的景色里。

韩圣燮大步流星地走着，额头上暴出几根青筋。

一年一度的“春日祭”，是圣樱学院接收新生时举办的盛大庆典，每一年都热闹而又隆重，特别是今年还邀请了隔壁的圣玛丽女子学院学生来参加。那群女生向来和圣樱学院是死对头，如果出了什么差错，一定会被到处宣扬，大肆嘲笑。

“这是什么乐器，真好听！”

闻人唯看到草坪上一个男生在拉大提琴，忍不住惊叹。紧接着，她看到一个吃冰淇淋的女生，便又像个好奇宝宝一样盯着人家。

“那个女生手里举着的像云彩一样的东西是什么？竟然可以吃？”

聒噪声就像是苍蝇嗡鸣一般，在耳边“嗡嗡嗡”响个不停。

韩圣燮现在无比后悔把闻人唯这个“危险因子”带了出来。

这个女生也不知道是不是假装的，理直气壮地自称从迦蓝王国而来，一路上就连看到个垃圾桶都要大惊小怪一番。

而凌步翡和卞青窈，则不厌其烦地回答闻人唯各种再常识不过的白痴问题。

大家脑子都有病吗？

想到这里，韩圣燮只觉得又心烦又郁闷。

相较于韩圣燮，闻人唯的心情要更加复杂，她一路上看到了好多闻所未闻的新鲜事物，眼花缭乱之余，也不得不开始怀疑起自己的记忆。为什么韩圣燮不肯相信自己的遭遇，她说的明明是真的啊！到底是哪里出了错？

难道……

她看着走在前面的高大身影，樱花瓣飘落在他的肩头。

难道，真的是自己的记忆出了问题？

## 4

“小唯，你还在担心吗？”一个悦耳的女声打断了闻人唯的胡思乱想，她抬起眼睛，正对上卞青窈那清澈的目光。

卞青窈是刚才通风报信的那个帅气女生。凌步翡告诉她，卞青窈是风纪部的书记官，负责学生们的日常活动和事务安排，虽然她听不懂，但知道卞青窈很厉害就对了。

“我刚刚已经给负责学籍卡的社员打了电话，到时候他会把你的资料送到繁星广场，”卞青窈以为闻人唯是在担心这个，对她安抚地笑了笑，“待会儿，我们就能弄清楚到底怎么回事了。”

“谢谢。”闻人唯心中一暖，郑重地道谢。

“我们才要谢谢你！”一旁的凌步翡朝她挤眼，“阿燮第一次丢这么大脸，够我和青窈笑一年了。”

“哈哈哈……”卞青窈心领神会地笑了起来，杏眼弯得像一轮月牙。

闻人唯无语地看着这两个人。

他们，真的是韩圣燮的朋友吗？

撇开这个不说，闻人唯郁闷地拉了拉制服短裙，裸露在外的小腿让她感到很不舒服：“你们这里的裙子也太短了！风吹得我的腿凉飕飕的，而且……太羞耻了！”

“哈哈哈！”凌步翡快要笑得背过气去，这个自称来自“迦蓝王国”的神秘女生，个性可真够古灵精怪的。

卞青窈顺着她拉裙子的举动看了过去，无意间瞥到她手指上的伤口，连忙从口袋中掏出创可贴来，三下两下为她把手指包好，埋怨着凌步翡：“你和阿燮两个大男人也太粗心了，都没发现她的手受伤了吗？”

闻人唯好奇地盯着紧贴在手指上的那块东西，不解地问：“这是什么东西啊？”

“创可贴。”卞青窈看她一副不太理解的模样，解释道，“就是包扎伤口用的！”

“包扎伤口……”闻人唯垮下小脸，“现在连包扎伤口用的布料都这么省了啊。”

连这个都能节省成这样……难怪大家都穿着这么短的裙子。

“咳咳！”凌步翡笑呛了，咳了两声，“真的假的？你连创可贴都不知道吗？”

“请问裙子没有长一点儿的吗？”闻人唯没有理会凌步翡的嘲笑，只顾着努力把裙子向下扯。

“大家在学院里都要穿学院制服，但你实在不习惯的话，还可以穿雨衣啊！”一旁的卞青窈开起了玩笑，“足够遮住你的腿。”

“这是什么馊主意，大晴天穿雨衣，哈哈……”

就这么一路聊着天，终于，他们到了“事发地点”——举办“春日祭”的繁星广场。

才走到广场的边缘，闻人唯就忍不住瞪大了眼睛：“天哪，真漂亮！”

繁星广场的地面是由透明的玻璃铺成，玻璃之下是清澈见底的池水，金灿灿的阳光照射在上面，可以清晰地看到锦鲤游弋其中；广场入口高耸的拱门不知道是什么材料建成的，像纯净的蓝水晶，又像温润的美玉，晶莹剔透，美轮美奂；最显眼的要数广场中央那座优美的女神雕像，雕像手中抱着宝瓶，水流从中倾泻而出，在阳光下泛射出耀眼的光辉；广场周围还装点着姹紫嫣红的鲜花。

放眼望去，广场上全都是黑压压的人，全校学生都差不多都聚集在这儿了。

韩圣燮幽黑的眼睛里闪过一丝不满：“月琦蔓又想搞什么鬼？”

作为全国排名第一的男女混合制学院，圣樱学院校风开明自由，对于招生不拘一格，学生中有来自富贵人家的孩子，也有工薪阶层人家的孩子；而全国排名第二的圣玛丽女子学院虽然和圣樱学院只有一街之隔，但为了提高升学率，它的招生条件十分苛刻，学生们不是大艺术家的女儿，就是名门望族的千金。

在路上时，卞青窈已经大致解释了这一突发事件：学院模型社的一个男生在操纵遥控飞机时，遥控飞机突然失控，撞到了月琦蔓，据说她的一枚贵重的发卡也被毁掉了。

大家心里都很清楚，这一次，圣玛丽女子学院的学生会会长月琦蔓，提出两所学院联手举办“春日祭”，其中一个目的是为争夺“第一”的头衔，来探取情报。

这枚发卡，只是两所学院矛盾的导火线而已。

“就在那边。”卞青窈指了指人群最密集的方向，“圣玛丽女子学院的人全都过去了。”

“女子学院？里面全都是女生吗？”闻人唯好奇地问。

韩圣燮现在根本没有心情搭理闻人唯，他只是朝卞青窈和凌步翡点了点头，示意他们跟着自己过去。

“风纪部，是风纪部来了！”

“喂，喂……快闪开点儿！是‘阎罗殿下’呀！”

不得不说，韩圣燮的“威力”真是巨大，原本拥挤得连一根针都插不进的人群，一看到他，就自动分开了一条道路。他经过的地方，两边的同学们连大气都不敢喘。

闻人唯小声问凌步翡：“为什么叫他‘阎罗’？”

凌步翡还没来得及回答， 前面的韩圣燮就回过头来，瞥了她一眼，闻人唯赶紧闭上了嘴巴。

“赔钱！赔钱！弄坏人家最宝贝的东西，难道就这么算了？”

“这就是你们圣樱学院的素质吗？”

“是啊！我们要去找韩圣燮，看他到底怎么办！”

还没走到人群正中央，几声尖厉的女声就传了过来，韩圣燮蹙了蹙眉头，大步流星地走了过去。

“月琦蔓，发生了什么事？”

闻人唯踮起脚尖，从韩圣燮身边探出头，发现前面有一大群打扮得华丽又夸张的女生，她们上身着白色长袖衬衣，下身着红色格子短裙，头发上戴满了让人眼花缭乱的蕾丝和宝石发饰，众星捧月般地簇拥在一个美丽的女生身旁。

一头漂亮的栗色长发散落在这个女生肩上，她身上的制服有些皱，裙子上沾了几点儿泥土。

女生闻声转过身，手里握着一个月亮形状的宝石发卡，黛色的眉毛皱成一团：“韩圣燮？”

她就是圣玛丽女子学院的学生会会长——月琦蔓。

月琦蔓是月氏集团的大小姐，母亲是有名的钢琴家和芭蕾舞者。她从小接受母亲的淑女培养，除了才艺超级出色以外，头脑也很好，成绩总是排在圣玛丽女子学院的第一名。可以说，除了她哥哥月琦垩以外，她还从来没有遇到过对手。

不过，大概也是因为这个原因，月琦蔓的个性孤傲娇气，不太好相处。

“韩部长！”一个微胖的女生站出来，气愤地指着前方，“都怪你们学院的男生，居然故意操纵遥控飞机，撞倒我们的学生会长！”

大家齐刷刷地将目光投向她所指的方向，这才注意到月琦蔓身前还站着一个男生，他的皮肤白皙到连女生都忍不住羡慕，一双眼睛宛若温润的琥珀，漂亮极了。可惜的是，这个男生身材肥胖，鼓囊囊的肚腩像座小山，虽然他很努力地把自己缩成一团，却没什么效果。

“哇！”闻人唯的眼睛瞪大了。

## 5

“我……我不是故意的……”胖男生小声辩解道，“再说，我的遥控飞机也摔坏了啊……”

“一架自制的破烂遥控飞机，怎么能跟宝石发饰比？”其中一个圣玛丽学院的女生叉着腰，气势汹汹地说，“你知道那个发卡多贵吗？”

男生缩了缩脖子，白胖的脸上露出畏惧的神情，不敢再说话。

“不要担心。”凌步翡朝男生露出一个如沐春风的微笑，安抚道，“不管这个发卡值多少钱，我们一定会处理好的。”

一瞬间，周围窃窃私语声如潮水般涌来。圣玛丽学院的女生们露出扬扬得意的神情，而圣樱学院的学生们的脸色都不太好看。

闻人唯仿佛置身事外，那双黑白分明的大眼睛只顾盯着胖男生看。她生平第一次见到这么胖的男生：厚厚的双层下巴，随着呼吸发颤的大肚子，圆滚滚的身材。

迦蓝王国以胖为美，这种身材在她们老家，简直太稀罕了，走在路上会被人投以鲜花和水果啊!

韩圣燮好脾气地对月琦蔓说：“我认识一个很有名的手工大师，可以拜托他帮忙修好，绝对和以前一模一样——”

他的话还没说完，就被月琦蔓打断了。她做出了一个令人震惊的举动——上一秒还号称贵重无比的发卡被她狠狠摔在了地上。

“你这家伙……”站在旁边的卞青窈气急地捋起袖子就要上前，被凌步翡一把拉住。

“不完美的东西，我才不想要。”月琦蔓优雅地弯了弯唇角，“不过你们圣樱学院的男生就算想要接近我，也要选个比较顺眼的吧，这位……”

月琦蔓没有再往下说，但她身边的女生们都低声笑了起来，有几个还尖刻地嘲讽道：

“对啊！长得这么胖，就不要出门了嘛！”

“就是就是，如果我是他，早就自动退学了！”

“丑八怪，死胖子……”

被这么多女生羞辱，胖男生难堪地低下了头。韩圣燮冷冷地盯着她们，黑宝石般的瞳仁闪过一丝怒火：“虽然我们是友邻学校，但这已经是人身攻击了，请你们不要——”

他的话还没说完，又被人打断了。

一个小巧的身影跳了出来。

“我说你们，是不是眼睛有问题啊？”闻人唯往前跨了一步，不满地拦在胖男生身前，“他明明就是个大帅哥，你们居然说他丑？”

一瞬间，圣玛丽学院的女生们都呆住了，在场所有人的神情都很奇妙，好像完全不明白发生了什么事。

“你这种超级大帅哥，居然还被人说丑，”闻人唯豪迈地拍拍胖男生的肩膀，“她们都是有眼无珠。”

胖男生愣愣地看着她，嗫嚅着，半天说不出话来。

“太搞笑了！你们圣樱学院的学生，损起人来更厉害啊！”

“真是今年我听过最好笑的笑话了！这个死胖子是帅哥！”

人群中爆发出一阵骚动，这下子不只是圣玛丽学院的女生们，就连圣樱学院这边的学生都憋不住笑。韩圣燮的脸色瞬间变得铁青，他狠狠地瞪着闻人唯，双手也攥成了拳。

这个小骗子，本来以为她只是爱搞恶作剧而已，没想到居然会做出这种事！

闻人唯一头雾水，无辜地回视着韩圣燮，她不明白自己的一句话为什么会引起这么大的反响，就连那个还在怒火中烧的月琦蔓也忍不住笑出声来。

胖男生的脸“唰”地一下涨红了，像个超大的西红柿，他左右看了看爆笑的人群，难堪地低下了头，肥胖的身躯开始颤抖。

“你好，我是闻人唯。”闻人唯扬起一个大大的笑脸，“可以交个朋友吗？”

胖男生抖得更厉害了，他抬起头，深深地看了闻人唯一眼，转身挤开人群跑了。

“喂！帅哥，别走啊！”闻人唯伸出手想要挽留他，她说错什么话了吗？这个帅哥难道不愿意和她成为朋友？

月琦蔓笑够了，心情很好地挥了挥手：“我今天还有事，就不跟你们计较了。”她意味深长地看着韩圣燮：“不过，这件事还没完。”

说完，她带领着那群女生，浩浩荡荡地离开了。也不知道是有意无意，她正巧从被扔到地上的月亮发卡上踩过，原本还闪闪发亮的发卡一下子沾满了灰尘，被踏得黯淡无光。

围观的人群渐渐散去，过了好一阵，韩圣燮才扭过头，从牙缝里迸出声音。

“闻、人、唯！开玩笑也要有个限度！”

凌步翡和卞青窈看着闻人唯的目光里也带上了几分不友好。当着这么多人的面，狠狠羞辱一个和自己无冤无仇的同学，实在很过分。

“我？”闻人唯指了指自己的鼻子，不由得有点儿蒙。

正在这时，一个男生匆匆跑了过来，递给卞青窈一个文件夹，卞青窈接过打开一看，神情凝重起来。

“闻人唯，前天刚过十六岁生日，是圣樱学院一年级新生，被分到A班，昨天在学院办理了入学手续。”读到这里，她深深地看了闻人唯一眼，“因为父母都是著名的生物学家，经常在国外采集生物资料，所以从小一个人生活。兴趣爱好是手工和缝纫，黑暗料理师，做出来的东西基本不能吃……”

闻人唯呆呆地听着卞青窈报出一长串资料，越听心里就越惊奇……咦？卞青窈口中的那个人，莫非指的就是自己吗？虽然对家庭、父母都没有印象，但是她确实很会缝衣服。

念到最后，卞青窈的语气越来越生硬，经过刚才的事，她已经把闻人唯划分到了“欺负同学”的坏孩子那一列。而韩圣燮的脸色也越来越黑。

“闻人唯，耍我很好玩吗？迦蓝王国？”

“我……我就是来自迦蓝啊！”闻人唯忍不住咽了一下口水，“你们说的那个‘闻人唯’又不是我，大概只是和我同名的某个人吧。”

“你还狡辩！”韩圣燮大声呵斥道，再一次攥紧拳头。

闻人唯吓得往后退了一步，紧紧闭上嘴巴，腹诽道：这个圣樱学院，简直邪门得很，不但全都是自己闻所未闻的东西，人的脾气也差得要命。

不过，韩圣燮脾气再怎么差，也不可能对女生动手，他深吸一口气：“真相已经完全清楚了，不管你承不承认，入学资料不可能作假。”

“可是——”

闻人唯还想反驳些什么，但被韩圣燮粗鲁地打断了：“在保健室乱打人、在风纪部说谎、对同学进行人身攻击……你知道你违反了多少条校规吗？”

“校……校规？”闻人唯呆了呆，“是什么？”

“现在我宣布，从明天开始到春日祭结束这六天内，闻人唯同学，你必须一个人打扫学院所有的街道，这是风纪部给你的惩罚。”

“我不——”

“不接受风纪部的惩罚，”不容分辩，韩圣燮脸上多了一丝残酷的神情，“就不是这个学校的学生，也不许住在学院公寓。”

他的话正中死穴，闻人唯就像流失掉水分的小白菜，彻底蔫了。别的倒是不怕，只是这人生地不熟的，她总不能流落街头，去住桥洞吧。

韩圣燮冷哼一声，带着卞青窈离开了。

“圣樱学院，占地3,290,000平方米，要打扫完，辛苦了。”凌步翡同情地拍了拍她的肩，“走，我带你去女生公寓。”

料峭的春风吹在身上有些寒冷，闻人唯抱起双臂，萧瑟地环视了一圈刚才还在自己眼中美好得如同人间仙境的圣樱学院，不由得眼前一黑。

不管这里是什么地方，反正，她一点儿也不喜欢！

# 第二章

## 巨无霸才是<br>大帅哥

“闻人学妹，现在你已经成了我们风纪部的‘危险分子’。我得提醒你一下，除了阿燮会一直关注你以外，还有一个人你绝对不能惹，他的名字叫月琦垩，是有名的天才少年，运动和脑筋都非常好的，名字被收录在校史博物馆里……”

一边跟在凌步翡身后，一边心不在焉地听他絮叨的闻人唯感觉很不好。

凌步翡带着她走到一幢粉色的公寓大楼下，欧式的花园阳台上围栏的四个角都装点着巴掌大的小天使雕塑，看着这些光屁股“小鬼”，闻人唯恨不得自戳双目。

这种不穿裤子的风俗，到底是哪里来的？

凌步翡转过身：“你住在307，我是男生，不能进女生公寓，只能送到这里了。”

“哦，”闻人唯仰起头，盯着公寓楼的某个地方，好奇地问，“那个是什么？”

凌步翡顺着她的视线往上看，蜜色的脸颊上忽然浮起了红晕——只见几件粉红色的“小可爱”，挂在阳台上随风飘扬。

“我……我走了！”像背后有鬼在追一样，凌步翡疾风般逃走了。

“怪人……”问题没有得到回答，闻人唯只得挠了挠后脑勺，转身朝女生公寓的大楼走去。

闻人唯按照宿管阿姨的指示，来到寝室，发现里面已经住了一个女生，还没来得及套近乎，一个风纪部的女生跑了过来，不知道跟女生说了什么，女生就满脸慌乱地收拾好东西，麻利地搬出了房间。

本应该是两个人一起住的寝室，一下子变得空荡荡的。

闻人唯打量起寝室内的情况。纯白的墙壁，精致的桌椅，印着樱花图案的床褥，纤尘不染的玻璃窗户，白色衣柜里面还整整齐齐地挂着两套制服，她试了试，发现大小正好合身。

接下来的一整天，她暂时把迦蓝王国的事情抛到了脑后，惊喜地发现自己很适应这个世界的生活方式：不但完全看得懂教科书，连浴室那摸一下就会喷出水的莲蓬头，都仿佛曾经用过一样，甚至肚子饿了，她都知道要去一个叫“餐厅”的地方吃饭。

可能这只是个比较长的梦，明天一睁开眼睛就好了，闻人唯乐观地想。

第二天，圣樱学院里出现了一个穿着雨衣扫大街的少女。

闻人唯无精打采地握着扫帚，把脚下的花瓣扫到一边，用力往土里踩了几脚，直到看不出原本的粉色，才装模作样地念叨：“落红本是无情物，化作春泥更护花。”

说完，她自己也觉得没劲，深深地叹了口气。

如果说之前心底还对回到迦蓝王国抱有一点儿希望，到了现在，闻人唯不得不承认，那一点儿希望也成了泡影。

一大早醒来，她满怀期待地睁开眼睛，映入眼帘的还是头顶雪白的屋顶！

“哈哈，这人好奇怪啊，明明大晴天还穿雨衣。”

“你知道什么啊！她就是昨天惹到韩圣燮，被风纪部罚扫大街的女生！”

“真惨，还剩六天的庆典全都耗费在扫大街上……”

三三两两的同学经过闻人唯身旁时，都忍不住好奇地打量。闻人唯拉长了脸，提着扫帚转身就走。

这些人简直烦死了，她到底要怎么样才能回家？

闻人唯耷拉着肩膀穿过好几条走廊，终于远离了喧闹的广场和人群，阳光穿过穹顶的蔷薇花纹镂空，投下氤氲的光斑。刚想要偷懒休息一会儿，前面拐角处的一个银灰色柜子忽然吸引了她的注意。

“这是什么？”她好奇地往前走了几步，一个熟悉的庞大身躯映入了眼帘。一个胖男生蹲在地上，手里拿着一张红色的纸，正往柜子底下塞。

“咦？是你！”闻人唯一眼就认出了蹲在柜子前的人。

“咚！”胖男生猛地站起来，因为太过慌张，头不小心撞到了柜子。

“哎！小心！”

柜子惊险地摇晃了几下，闻人唯赶紧上前两步，用力扶稳了柜子。

“好巧啊！今天又遇到你了。”闻人唯挥了挥手里的扫帚，热情地打招呼，“帅哥，你在这里干吗？”

没错，出现在她面前的，就是昨天在广场上被月琦蔓当众羞辱的胖男生，不过此刻他的脸色却比昨天好不了多少，一双清亮的眼睛惊恐地盯着闻人唯。

见他半天没有反应，闻人唯好奇地绕到这个银灰色大柜子的正面，眼睛里顿时闪起了小星星：“哇！这些是什么？吃的吗？”

隔着玻璃窗，她看到银灰色的柜子里放满了花花绿绿的袋子，袋子上画着让人垂涎欲滴的食物图案……闻人唯只觉得自己肚子里的馋虫一下子都被勾了出来，整个人趴在玻璃窗上，恨不得学会穿墙术，把头伸进去叼一包出来。

“这……这是自动零食贩卖机啊……你，你想干什么……”胖男生弱弱地问。

“什么鸡？这个要怎么弄出来？打破它吗？”闻人唯兴奋地扭过头，抬起手就“哐哐”一通乱敲。

“别……不要！我才刚刚投币，还没选零食……”

男生的话音刚落，只看见贩卖机上亮起一排绿灯，紧接着，“哗啦啦”的声音响起，柜子底端掉出一大堆零食。

一瞬间，胖男生的肩膀垮了下来，脸上的表情如遭雷击：“我刚刚投进去的一百块啊！”

2

“你叫原葵斗？”闻人唯往嘴巴里塞了一颗棉花糖，“果然相由心生，你长得这么好看，没想到人也这么好，还请我吃零食。”

原葵斗郁闷地撕开一包薯片：“我本来只打算买一罐可乐的。”

“别那么小气嘛！”闻人唯掏了掏自己的口袋，却什么都没掏出来，“我下次有钱了请你。”

原葵斗的眉毛跳了跳，委屈地转过了身。

他刚刚投了一百块，还没来得及选，就被这个突然发疯的家伙一通乱按，把贩卖机里每种口味的零食都买了一遍。现在好了，钱也花完了，她居然还厚脸皮地和他一起坐在走廊上吃东西。

“这个是什么？分我一点儿。”闻人唯伸出手，自来熟地从他怀里抓了一把薯片。

原葵斗气愤地转过身，双下巴一颤一颤的：“你……你放过我行不行，零食都已经分你一半了，就不能让我一个人安静地待着吗？”

“为什么？”闻人唯眨了眨大眼睛，“来到这里以后，我还是第一次遇到像你这么亲切的人，想和你交个朋友不行吗？”

原葵斗被噎住了。这个女生也不知道是吃错了什么药，居然跟自己说她来自什么迦蓝王国。是他宅在公寓里，脱离外面的世界太久了吗？现在的女生之间流行cosplay（角色扮演）？

“不行吗？”闻人唯撞了撞他的肩膀。

原葵斗稍微往右边挪了挪，含含糊糊地说：“你说什么都行。”

敢和韩圣夔结仇的女生，他是惹不起的。

“真的？”闻人唯顿时喜出望外，漂亮的小脸上都发出了光，“太好了！你是第一个听到我说自己从迦蓝王国来，却没有反驳的人！你真是人帅，心也好！”

原葵斗莫名其妙地看着她：“你……为什么总是说我帅？”

如果说昨天在广场上，她是故意羞辱自己；而今天就他们两个人，她根本没必要这么说啊。

“你本来就帅啊。”闻人唯一脸理所当然的表情，“在我们迦蓝王国，你可是少有的大帅哥。”说到这里，她放下手里的糖果，比画了一个大大的框，“宣纸，你知道什么是宣纸吗？”

不就是那种雪白的，用来写毛笔字的纸张吗？书法社有很多呢。原葵斗点了点头。

“我们那里衡量美人的方法就是：宣纸腰。”她垂下眼睛，瞥了瞥原葵斗肉嘟嘟的肚子，“你这和宣纸差不多宽的腰，完全是标准的美人啊。”

原葵斗抽了抽嘴角，努力把脑海里那张硕大的雪白纸张抹掉，低头吃起了薯片。

大概自己也是脑子有病吧，才跟这个家伙胡扯那么多。他暗暗想道。

闻人唯咬了一口酥脆的薯片，心中忽然升起无边无际的惆怅，这里没有人听说过迦蓝王国，她要怎么做才能找到回家的路呢？

不远处传来人群的欢呼声，一浪又一浪的掌声涌进她的耳朵里，是春日祭的活动。她刚打算过去看看，一群人浩浩荡荡地穿过走廊，从另一边走了过来。

“闻人唯？”领头的韩圣燮快步走到闻人唯身边，“你不是应该在打扫吗？又在这里干什么？”

韩圣燮的身形高大挺拔，体形娇小的闻人唯在他面前，头顶还不及他胸部。她仰着头，看到韩圣燮那张总是带着冷冰冰的神情的脸上，架着一副叫作“眼镜”的黑框，遮住了那双亮得过分的眼睛。

果然来到这里以后，好运气似乎都被狗叼走了，不是说韩圣燮平时很忙的吗？风纪部要负责整个春日祭期间学院的安全工作，他怎么有空来盯着自己！闻人唯暗叹倒霉。

“同学，你为什么没有去参加春日祭……”韩圣燮刚想伸出手拍原葵斗的肩膀，原葵斗就一个箭步闪到了闻人唯身后。

胖硕的原葵斗躲在瘦小的闻人唯身后，怪异的场面让风纪部成员们集体无言。

闻人唯发现原葵斗很怕韩圣燮，内心便燃起正义的火焰，挺起胸跟韩圣燮呛声：“我扫累了休息一会儿，不行吗？”

“喂，你们……”韩圣燮蹙起乌眉，他刚才急忙走过来，是以为闻人唯又在欺负同学，可现在看来，好像不是这么回事。

闻人唯感觉背后忽然一颤，原葵斗抓住她衣襟的手在发抖，虽然不知道怎么回事，她还是更努力地挺起了胸膛：“他是来帮我打扫的！你们风纪部有什么问题找我就好了，不要打扰我朋友！”

“你的朋友？”韩圣燮不可思议地看着她。

“怎么了？我交朋友你有意见？”闻人唯不客气地说。

韩圣燮盯了闻人唯好一会儿，发现躲在她背后的原葵斗也没有要理睬自己的意思，忽然心里有点儿不高兴，他抿了抿薄唇：“那你和他一起打扫吧。”说完，他干脆利落地转过身，带着大队人马离开了。

闻人唯看着韩圣燮的背影，迷惑地挠了挠脸。难道他以为自己会对原葵斗做出什么坏事吗？她转过身，看着呆滞的原葵斗，心里一阵开心，她终于不用孤零零地扫大街了！

接下来的三天，原葵斗认命地跟在闻人唯身后打扫学院。不时走过的人，都会朝这对雨衣女生和200斤胖男生的组合指指点点。闻人唯每次都会凶狠地挥拳示威，原葵斗却耷拉着肩膀，一副无精打采的模样。因为这两天光是给闻人唯买零食，他的钱包就瘦了一大圈。

“阿葵，不要怕！”闻人唯拍拍他的肩膀，安慰道，“我会帮你赶跑这些人的。”

经过这几天，闻人唯才算是明白了，这里的人审美有点儿问题，他们不觉得原葵斗这样胖胖的人很帅很萌，反而崇尚骨感美，那种皮包骨头的模样到底哪里美了？

“小唯，”原葵斗白胖的双下巴颤了两下，有点儿好奇地问，“你……你不怕韩圣燮吗？”

“韩圣燮？”闻人唯不解地问，“我为什么要怕他？”

“他很可怕啊！”他瞪大了眼睛，“学校都是他们家盖的，这种人在学校不是可以横着走吗？”

闻人唯好奇：“他横着走了吗？”

“那……那倒没有。”原葵斗噎住了，可还是想要说服她，“你没看到他的眼镜吗？有传言说，他根本不是近视，只是因为眼神很有杀气，所以才戴眼镜遮掩的！”

闻人唯脑海中不由得浮现出自己从病床上醒来时，因为误会打了韩圣燮的事，他那时候并没还手，至于杀气什么的，自己根本没看出来。

“唉，传言都是假的，假的啦！”她毫不在意地挥挥手。

“可是，韩圣燮的外号‘恶魔阎罗’你总听过吧！据说每到下暴雨的时候，他就会消失不见！”

“哦？为什么？”

“大家都说他是去了地狱……”

“不要再扯了……快扫地！”

## 3

趁着春日祭扫大街的这几天，闻人唯一有空闲就拉着原葵斗去图书馆，还在传说中无所不能的百度（搜索引擎）上搜了好久，都没有找到关于迦蓝王国一星半点儿的线索。本来她是打算在春日祭期间坚持不懈地查下去，但没想到才坚持了不到四天，原葵斗就嘟囔着说自己全身都要散架，说什么也不肯再去图书馆，她也只好放弃。

在餐厅吃过晚饭，回到一个人住的公寓，闻人唯脱掉雨衣，往小床上一躺，懒洋洋地滚了几圈。现在该怎么办呢？她发愁地叹了一口气。

天色渐渐暗下来，一丝晚霞在天边徘徊不肯离去，闻人唯觉得胳膊酸得要命，眼皮也渐渐地重了起来……

"闻人唯！"

还没睡着，宿管阿姨的大嗓门就在门口响了起来，她"笃笃"地敲着门："有你的快递！"

"快递？"闻人唯从床上翻身爬起来，困惑地打开了门。

"接着！"

猝不及防间，一个巨大的东西猛地被推了过来，"砰"地撞到闻人唯的鼻子，疼得她眼泪都差点儿飙出来。她睁开眼一看，发现撞疼自己的是一个两米高的大纸箱，正卡在门口动弹不得。

"来，签收一下。"阿姨艰难地从门缝中伸出一只手，递过快递单和笔。

闻人唯签完字，目瞪口呆地看着眼前的大纸箱："这……这里面是什么？"

"我怎么知道？"阿姨收好快递单，"你爸妈寄来的，你自己看着办吧。"说完，就如释重负地走了。

听着外面推车划过地板的"哗啦啦"的声音，闻人唯只觉得自己遭受到了暴击。

这……这么重的大箱子，她要怎么办？

费了九牛二虎之力，终于把纸箱子弄进了门，闻人唯拍拍手上的灰尘，拆开足可以塞得下一个人的大纸箱，一瞬间，里面"呼啦"涌出一大堆东西，在地板上堆成了小山。

用羽毛和草果装饰的丑面具、点缀着流苏的民族风连衣裙、一大包黑乎乎的散发着怪味的食物……无数奇奇怪怪的东西映入眼帘，让整个房间多了一种废品收购站的感觉，闻人唯上前扒拉两下，甚至在里面看到了一支超级简陋的长矛，矛头还是用石头磨成的。

她抽了抽嘴角，心中有一万匹马呼啸而过。

“啪嗒。”

这时候，一个白色的信封从“废品”顶端的一只彩色条纹袜子里掉了出来，闻人唯好奇地捡起信封拆开——

亲爱的小唯小宝贝：

你好吗？听说你现在已经升学到了圣樱学院，我和你爸爸听说这个消息，简直太高兴了，所以特地去了一趟邮局，寄了很多生活必需品给你！看妈妈专门为你挑的连衣裙，是不是很漂亮？

看到这里，闻人唯的目光飘向那条灰扑扑的流苏连衣裙。说实话，这是她这辈子见过的最丑的裙子，就算在身上套个塑料袋可能会都更好看一点儿。接下来，信里面絮絮叨叨地讲了很多废话，从非洲有一种很神奇的猴面包树，一直说到闻人唯爸爸妈妈给她留下的银行卡密码，闻人唯一连看了七八页，终于才抹着冷汗看到了信的结尾。

……我们到非洲已经一年了，这是一个非常美丽的地方，有很多珍稀动物，爸爸妈妈的工作就是保护它们，为它们建造一个美丽安全的家园，所以在很多重要的时刻，我们也都不能回来，你会原谅妈妈吗？你从小就没有在我们身边长大，但妈妈给你最大的礼物，就是一双可以不畏风雨、自由飞翔的翅膀。这世上能有几个人有这双翅膀呢，妈妈很幸运，你姥爷和爸爸给了我一双翅膀，妈妈这一生飞翔过，知道飞翔是多么快乐。你好好保护这双翅膀，无论遇到任何事，遭遇任何挫折，都不要轻易放弃这双来之不易的翅膀。

如果你累了，可以暂时收起翅膀歇一歇，但是千万不要为了任何人、任何事而斩断自己的翅膀，因为在天空中自由飞翔过的鸟儿，是无法忍受关在笼子里的生活的，无论这个笼子有多么精致、多么华丽，都不值得你为之放弃翅膀。你明不明白？

不管怎么样，爸爸妈妈最大的愿望，就是希望我们的小唯宝贝能永远开心快乐！

总有一天，爸爸妈妈会回到小唯宝贝的身边！

另外，怕你来到新学院无聊，我和你爸爸买了一台兔兔缝纫机给你，以后我亲爱的宝贝就能在学校做手工啦！

爱你的爸爸妈妈

小心翼翼地收起手里的信纸，闻人唯扭过头，看见巨型包裹里露出一台小小的白色机器，上面还装饰着兔子毛球玩偶。她的眼眶禁不住有点儿发热，心里像打翻了五味瓶，一时之间说不出什么滋味。

好羡慕啊……在这个世界里，叫作闻人唯的女生。

虽然不记得自己在迦蓝王国的亲人，不过如果自己有父母的话，也一定会和她的爸爸妈妈一样吧！东拉西扯废话一大堆，怕自己吃得不够好，怕自己生他们的气，费尽心思搜集好吃的、好玩的给最宝贝的女儿……

闻人唯吸吸鼻子，捋起衣袖准备开始收拾东西，就在电光石火间，一个模模糊糊的念头掠过了她的脑海。

不对！

如果自己稀里糊涂地代替了闻人唯进入圣樱学院学习的话，那么本应该出现在这里的真正的闻人唯现在在哪里？

怔忪间，夜风穿过没有阖上的窗户，径直吹了过来，闻人唯背后一阵凉意攀升。

难道那个本应该在圣樱学院念书，却莫名失踪的正牌“闻人唯”，已经在某个地方，折断了自己的翅膀？

## 4

提着一袋从包裹里挑选出来的非洲椰枣，闻人唯惴惴不安地朝着风纪部走去。

她仍然穿着那件长到覆盖脚踝的雨衣，在这样晴朗的天气里，这件雨衣为她赢得了极高的回头率。

闻人唯叹了口气。她要赶紧找到回迦蓝王国的方法，做别人眼中的怪胎和撒谎精实在是太难过了！

风纪部所在的教学楼坐落在圣樱学院的西侧，离女生公寓楼有点儿远，这么一路走过去，闻人唯只觉得额前的头发都被汗浸湿了。手里拎着的椰枣本来有着漂亮精致的纸袋包装，也被她捏得皱巴巴的。

风纪部所在的教学楼是一座八层高的建筑，听说是一名从圣樱学院毕业的建筑设计师设计的，整座建筑被设计成了金色天平的形状，象征着公平和公正。两栋小楼组成了天平的两个托盘，中间的一道悬空走廊和巨大的大门组成了天平的支架，远远看去，每一个弧度都那么优雅美观。

到了教学楼楼下，闻人唯犹豫起来，等下见到韩圣夑的时候，她应该怎么开口呢？不过，反正她也只是想查看一下自己的档案而已，这点儿小小的要求应该不会被为难的吧。而且，她还特地给他拿了点儿小礼物……

想到这儿，闻人唯不再犹豫，坐着电梯上去了。

韩圣夑的办公室十分好找——八楼整层只有一间屋子的门是敞开的。闻人唯深吸一口气，努力让脸上堆上笑容，这才走到门口，伸出手准备在门上敲两下再进去。

“是你？”

出乎她的意料，坐在办公桌后面的黑色真皮转椅上的居然是月琦蔓！

月琦蔓穿着一条桃红色的蓬蓬裙，海藻一样的卷发披散在颈间，头顶戴了一顶小巧玲珑的蓝宝石皇冠。这顶皇冠比之前的月亮发卡更大、更精巧、更璀璨。

她正侧面对着闻人唯，从这个角度看过去，她的鼻子高挺尖翘，睫毛浓密得像两把小刷子。

看见闻人唯进来，正用手指卷着一缕长发玩弄的月琦蔓慢慢地转过身，脸上露出一个高傲又轻蔑的笑容。

“哦？这不是那天说死胖子是绝世大帅哥的女生吗？”她的眼神锐利地扫过闻人唯，“你真的不考虑去医院，看看眼科大夫吗？”

“你怎么会在这里？”

听见月琦蔓拿自己的审美开玩笑，闻人唯很生气。不过，现在这里几乎没有人相信她是从迦蓝王国来的，她已经放弃到处跟人解释了，只有找到那个真正的闻人唯才能证实吧？

她忽略月琦蔓的嘲讽："这里不是韩圣燮的办公室吗？"

月琦蔓得意地把穿着水晶高跟鞋的双脚跷起来放在办公桌上，鄙夷地看着闻人唯脚上的帆布鞋："我为什么在这里你不需要知道，你只需要知道原葵斗很快就会被开除学籍就行了。"说完，她好像还不解气似的补充，"就是那天那个冒犯了我的死胖子。"

开除学籍？

闻人唯惊愕地盯着月琦蔓，手一松，椰枣掉在了地上，她不敢置信地开口："怎么可能……不可能的……韩圣燮明明……"

虽然那天韩圣燮把她的称赞误会成了嘲讽，但是她能看出来，韩圣燮是真的在维护原葵斗的！所以才会对自己那么生气。

他怎么会因为这点儿事情就把原葵斗开除学籍？

收回双脚，月琦蔓站起来慢慢踱到闻人唯面前，皱着眉头，看了看掉在地上的椰枣："这种黑乎乎的东西是什么，好恶心啊。这种看包装就是没经过甄选的最下等的次品，放在我家只能喂给宠物……"

本来就因为原葵斗的事情生气，又听见月琦蔓这么恶毒地说闻人唯妈妈寄过来的零食，她忍不住大声喊了一句："韩圣燮才不会开除原葵斗呢！他可是风纪部的部长！"

蹲下身捡起地上的椰枣，闻人唯上前一步逼视着月琦蔓："别以为你家里很有钱就可以为所欲为，这个世界上钱办不到的事情多得很！"

月琦蔓被她吓了一跳，狼狈地后退了一步，靠着墙壁才勉强站直身体："那是因为你没有钱！我告诉你，圣玛丽女子学院要赞助圣樱学院一座真正的温泉游泳池，条件就是开除原葵斗，你以为在这样的条件下韩圣燮不会动心吗？那可是造价一亿的温泉游泳池！"

看闻人唯愣住了，月琦蔓得意地靠着墙壁站直，昂起下巴，冷冷地用眼角看着她："我告诉你，原葵斗被开除定了！"

"不要……"

闻人唯正想要争辩，却突然听见门口传来一个熟悉的、怯弱的声音，她转过头去，顿时瞪大了眼睛。

门口的人正是原葵斗！

他的脸色一片惨白，一定是听到了她们的对话，闻人唯急切地说道："原葵斗，你放心，我不会让你被开除的！”

原葵斗却无视了她的话，脸色颓唐地朝着月琦蔓问道：“月琦蔓，你不能原谅我吗？我并不是故意的……求求你，不要开除我可以吗？”

看着原葵斗向自己哀求，月琦蔓得意地转过脸去瞪了一眼闻人唯，声音中充满了不屑：“原谅你？你弄脏我的宝石发卡，害我在圣樱学院的人面前丢脸，我怎么原谅你？”

原葵斗的手攥得紧紧的，胖嘟嘟的额头能依稀看到鼓起的青筋，就在闻人唯以为他会爆发时，他却猛然弯下腰，脸几乎要贴到地上：“对不起！”

因为身体太过肥胖，他做起这个动作来十分费力，圆圆的肚子被压迫着，整个房间都回荡着他粗重的喘气声。道完歉他并没有直起身来，而是维持着深躬的动作，似乎要等着月琦蔓说了原谅才会站直身体。

月琦蔓那种高高在上的态度，让一旁的闻人唯怒火冲天。月琦蔓根本就没把原葵斗当成人！想起之前她说自己拿来的椰枣是给宠物吃的东西，说不定在月琦蔓眼里，自己这样的老百姓甚至连她的宠物都不如。

“一个鞠躬就想我原谅你？这样吧，当时你用模型飞机弄乱了我的头发，只要你现在把自己的头发剃光一半我就原谅你。”她低头看了看，突然“咦”了一声，“哦，还有，你现在蹲下去，帮我把鞋子上的污渍擦干净，要用手哦！”

说完，她轻轻地伸出了右脚，脸上挂着盛气凌人的微笑，似乎吃定了原葵斗一定会为她擦鞋子。

太过分了！

闻人唯再也忍受不了，朝着月琦蔓冲了过去，一把将她推倒在了地上。

5

“野蛮人！”

月琦蔓本来正得意地欣赏着闻人唯气愤又无力的表情，却没想到，对方居然冲了上来对自己动手。她一下子摔倒在了地上，因为脚上笨重的高跟鞋，很难立刻站起来。她索性直接伸手用力拽住闻人唯的雨衣下摆，把闻人唯也拽倒。

闻人唯直接倒在了月琦蔓的身上。

“我的肚子！你怎么这么重啊！”

月琦蔓被压得几乎喘不上来气，她用力地推着闻人唯：“快点儿下去！”

闻人唯伸出手，抓住月琦蔓的手腕：“你太过分了，你怎么能那么对原葵斗？快道歉！道歉！”

“你下去！”

“你道歉！”

见闻人唯丝毫没有下去的意思，月琦蔓情急之下想要伸手去扯闻人唯的头发，虽然泼妇式的打架不是淑女该有的行为，可是她已经顾不上了！闻人唯好重啊，再这么压下去，她早饭都要吐出来了！

闻人唯的头发并不长，刚过肩，月琦蔓怎么也够不着。不过这么一来倒是启发了闻人唯，她一把抓住月琦蔓海藻般的长发，稍微用了点儿力气。

“痛，痛，痛，痛，痛，痛！”

“快道歉！”

“我死也不会道歉的，一定要开除他……啊，啊！痛！”

“快点儿道歉！”

韩圣燮结束了在校园里的巡视，回到自己办公室的时候，看到的就是这样一幅情景。

穿着桃红色蓬蓬裙的月琦蔓被穿着黑色雨衣的闻人唯压在下面，月琦蔓用力地揪着闻人唯的雨衣，几乎要把那件可怜的塑料雨衣拉破了；闻人唯手上抓着月琦蔓的长发，痛得月琦蔓的表情异常狰狞，完全看不出是那个圣玛丽女子学院的公主殿下。

这个小骗子还真是能折腾！才刚来几天，总能惹出各种各样的事情来。

顾不上喝止，韩圣燮阴沉着脸，看了一眼因畏惧而躲在一旁的原葵斗，走过去一把拎起闻人唯的衣领，将她从月琦蔓的身上拉开。

和身高一米八几的韩圣燮相比，闻人唯一米五五的个头显然不够高。被韩圣燮拎起来之后，她的双脚碰不到地面，只能无力地扑腾着。

因为迦蓝王国以胖为美的风俗，闻人唯最近几天吃饭都吃双份，想要努力地把自己吃胖一点儿，本来就有些婴儿肥的苹果脸看起来更圆了一些。她气鼓鼓地嘟起嘴巴的时候，看起来格外可爱。

不过现在韩圣燮没有一丝一毫欣赏的心情，他看着正从地上爬起来的月琦蔓，大声质问闻人唯："你在做什么？"

虽然没看见事情的经过，但是他知道，这个患有公主病的月琦蔓最自信的就是风度，绝对不会躺在地上打架。

一定是小骗子先动的手。

虽然因为月琦蔓总是领着圣玛丽女子学院跟圣樱学院对着干，他一直不太喜欢她，但闻人唯不能用点儿阴招吗？居然在他的办公室里公然将人家打倒在地！

从地上站起来，月琦蔓又恢复成了之前那个高冷骄矜的公主殿下。她冷哼一声，不屑地瞪了一眼刚被韩圣燮放下，在整理雨衣的闻人唯，这才说道："之前你说过的，关于圣樱学院和圣玛丽女子学院共同建造一座温泉游泳池的提案，我们决定通过了。"

听到月琦蔓又提起那个温泉游泳池的事情，闻人唯跳着大喊："你不能开除原葵斗！原葵斗只不过是犯了个小小的错误而已，你不能开除他！"

一开始，闻人唯还笃定韩圣燮一定不会像月琦蔓说的那样，随随便便就开除原葵斗，可是在听到温泉游泳池的计划之后，她就犹豫了。

那可是造价一亿的温泉游泳池！

看着韩圣燮脸上出现不耐烦的神色，闻人唯的心里一慌，担心韩圣燮真的要答应月琦蔓，赶紧用力拉住他的手臂："原葵斗不是圣樱学院的学生吗？圣樱学院的学生不能被外人欺负啊！之前你不是还因为误会我欺负他生气了吗？韩圣燮，你是风纪部部长，更应该维护原葵斗了，不过就是一点儿小小的错误，怎么也不能开除学籍吧？"

她死死地盯着韩圣燮的脸，作为一个外来的女生，她慌张地发现，自己连一点儿忙都帮不上！虽然刚刚一时冲动和月琦蔓打架，但是她也知道这样对事情毫无帮助，反而只会更加激怒月琦蔓。

现在唯一能救原葵斗的人，就只有韩圣燮了！

这几天她听到了许多关于韩圣燮的传说，知道他实际上已经是圣樱学院校董事会的代表了，只要他不点头，任何人都不能越俎代庖地开除原葵斗。

"而且，圣玛丽女子学院和圣樱学院可是竞争关系，怎么能一起合作开发温泉游泳池呢？”想着所有她能想出来的借口，闻人唯努力地劝说韩圣燮。

整理好头发的月琦蔓已经恢复了优雅的姿态，她靠在那张宽大的红木办公桌旁边，脸上是掩饰不住的得意。

“闻人唯，你还是省省力气吧！”她自信韩圣燮不会拒绝她提出的条件，转脸轻蔑地看向原葵斗，“死胖子，不想被开除学籍，就过来给我擦鞋子，然后好好地求我啊！”

“离远点儿！”

一直沉默的韩圣燮突然开口，这还是闻人唯第一次听见他这么生气。就算是之前她把他当成僵尸的时候，韩圣燮的声音也没有这么冰冷。

难道，他真的要开除原葵斗吗？闻人唯一直觉得，虽然韩圣燮看起来很凶，又有着“恶魔阎罗”的名号，可事实上十分维护圣樱学院学生们的利益。没想到……她失望地松开了抓住韩圣燮手臂的双手，慢慢地后退一步。

看着闻人唯退开，月琦蔓脸上的笑容已经掩饰不住了，她开心地伸手指着原葵斗：“还不快点儿？”

“我说的是让你离我的办公桌远一点儿！”韩圣燮对月琦蔓冷声道，转头看向原葵斗：“如果你敢跟她求饶，我就立刻开除你！”

什么？

突如其来的转折让月琦蔓吃了一惊，她的脸色迅速阴沉下来：“韩圣燮，你可要想好，那可是温泉游泳池。如果圣玛丽女子学院先建成的话，那么在这学期末的办学环境评估中，肯定以绝对优势压倒圣樱学院。

“如果我没记错的话，你爷爷现在还没有回来吧？他没回来，圣樱学院就不能动用大笔资金……”

她强硬地威胁着，韩圣燮却连看都没看她一眼。他指着闻人唯：“去，把我的桌子好好擦一遍，擦得干干净净的。”

“是！”

虽然又是被韩圣燮差遣干活，可是这次闻人唯却格外积极。她左右看看，从储物柜里拿出一条干净抹布，仔仔细细用水浸湿后，这才走过去擦桌子。从月琦蔓身边路过的时候，她把月琦蔓从桌子旁边挤开了。

“你！”月琦蔓气急败坏。

“你什么你？”得到了韩圣燮的支持，此刻闻人唯恨不得把之前在月琦蔓身上受的气全找回来。想到刚刚进这间办公室看到的景象，她唯恐天下不乱地对着韩圣燮告状：

“刚刚我进来的时候，她甚至还把鞋子跷在你的办公桌上呢！”

“你……有本事别打小报告啊！”虽然身在圣玛丽女子学院，但月琦蔓一向知道，圣樱学院的韩圣燮一向是说一不二的。只要他说出来的话，就没有改变的余地了。今天她想要开除原葵斗的目的，是不能达成了。满腔的怒火与不甘心，让她把愤怒全都转移到了这个屡屡在她面前捣乱的闻人唯身上。

“有本事在下个月的幻花少女大赛上跟我一较高低，你敢接受我的挑战吗？我一定会赢你的！”

幻花少女大赛？那是什么东西？

闻人唯心有狐疑，下意识地将目光转向一旁的韩圣燮。只见他蹙起了乌黑的眉头，似乎要说什么，但月琦蔓下一句话让她顷刻间失去了理智。

“怎么样？我看你一定不敢吧？”

月琦蔓的眼神里充满了鄙夷，闻人唯只觉得“嗡”的一声，热血冲上脑门，她想也没想地脱口而出：“参加就参加，谁怕你！”

# 第三章

## 冰雪般的少年

1

得到闻人唯的保证后，月琦蔓趾高气扬地离开了韩圣燮的办公室，原葵斗也找借口回男生公寓了，整个办公室里，只剩下拿着抹布的闻人唯和目光冰冷的韩圣燮。

屋内的低气压让闻人唯惴惴不安，她忍不住清了清嗓子，转过身假装在擦桌子，躲开韩圣燮直视而来的目光。

“她说向你挑战，你就答应了？”

本来韩圣燮对闻人唯的印象是有一点儿改观的。

先是看见她满头大汗却无比认真地打扫林荫道，甚至比专门请过来的清洁工阿姨们还要认真；后来，等他回到办公室的时候，又亲眼目睹了她为了维护原葵斗向自己求情。

就在他刚对她有了一点儿好印象时，她居然就亲手把这个好印象弄得支离破碎！

“我……”韩圣燮平静的声音，让闻人唯觉得，自己好像做错了什么事情。

但是，那个可恶的月琦蔓都那么说了，她怎么可能不接下这个挑战？更别提之前月琦蔓用那么难听的话说她带来的零食。

提起这个，闻人唯突然想了起来，她赶紧放下抹布，从地上捡起来那袋椰枣，递到了韩圣燮的面前：“送给你！”

韩圣燮怀疑地眯起眼睛。

在圣樱学院，他几乎是决定所有学生命运的神，自然少不了有人给他送礼物。

但这还是第一次有人从地上捡起东西送给他。

看着韩圣燮的表情，闻人唯赶紧解释道：“这是妈妈从非洲寄过来的，是当地特有的一种水果。她说这种水果有清热解毒的功效，我想起来你的感冒好像还没好，所以就拿过来了。”看着已经变得脏兮兮的袋子，闻人唯有点儿不好意思，“不过，刚刚掉在地上了……而且，月琦蔓说她从来不吃这种零食，你要是……”

月琦蔓那么说的时候，闻人唯简直气极了，但现在想起面前的韩圣燮好歹是校董事长的孙子，她突然也觉得这袋椰枣有点儿拿不出手。

看着闻人唯慢慢低下了头，本来一直随着动作在她脑后摆来摆去的小辫子也无精打采地耷拉下去，韩圣燮心里突然软了一下。

虽然他不相信闻人唯自己所说的来历，但她才刚刚来到学院，要面对一个完全陌生的世界，其实还是很不安、很害怕的吧？

韩圣燮伸出两根修长的手指，捏起闻人唯手心的那袋椰枣，把外面那层沾染到灰尘的袋子撕掉，里面露出一个塑料盒子。可能是因为跨国快递的关系，椰枣的包装十分严实。

韩圣燮把它放到桌子上，有些不自然地说了声“谢谢”。

听见韩圣燮的这声“谢谢”，闻人唯立刻原地满血复活了！

她几乎以光速把桌子擦了一遍，讨好地扬起脸看着韩圣燮：“那……那个什么幻花少女大赛，你可以告诉我是怎么一回事吗？”

韩圣燮一愣，乌黑的眉头蹙了起来：“说了半天，你连幻花少女大赛是什么都不知道？”

看到他俊美的脸迅速覆上了一层冰霜，闻人唯不由得一愣。怎么，那个大赛很重要吗？

“谁要参加幻花少女大赛？”

正在这时，一个清朗的声音在门外响起，凌步翡和卞青窈一前一后走进办公室，圣樱学院的制服穿在他们身上，笔挺大方，好看极了。

见闻人唯在，凌步翡随意挥挥手当作打招呼，转头奇怪地说：“阿燮，我刚刚在楼下看到月琦蔓，她衣服脏兮兮的，脸色差得要命，就连我打招呼都没理，是发生了什么吗？”

“你问她！”韩圣燮没好气地瞪了闻人唯一眼，薄唇抿得紧紧的。

闻人唯挠挠脸颊，不服气地小声嘟囔：“我和月琦蔓打了一架，还说要参加幻花少女大赛，很奇怪吗？”

“哇！你和月琦蔓打架？”她的话音刚落，卞青窈就叫出声来，她佩服地拍拍闻人唯的肩膀，“好厉害！我还是第一次见到敢教训她的人，那位大小姐，实在是太嚣张了。”

原本因为原葵斗的事，凌步翡和卞青窈对闻人唯的好感都有些打折，可现在因为她教训了死对头——圣玛丽女子学院的学生会会长，他们顿时不约而同地选择忘记之前的不快，纷纷打听刚刚发生了什么事。

“所以说，小唯，你要参加幻花少女大赛？”凌步翡惊讶地瞪大眼睛。

还没等她开口，韩圣燮就强硬地说：“不行！幻花少女大赛是一项十分重要的赛事，输赢会直接影响圣樱学院从几所著名的女子大学拿到的保送名额。这项赛事，向来都是由两所学校派出最优秀的女生参加，你擅自接受她的挑战，如果输了怎么办？”

“我……我不会输掉的！”

虽然完全不了解这个大赛到底是什么，可是在闻人唯看来，那个骄傲又无礼的月琦蔓有什么好的？她可是来自迦蓝王国的淑女，精通各种礼仪和女红，怎么会输给她呢？

“就是！也许小唯很厉害呢！”卞青窈两眼放光地看着她。

韩圣燮嗤笑了一声：“先不说别的，幻花少女的参赛资格她都不满足，有什么信心不会输掉？”

参赛资格？

闻人唯愣了一下，她纠结地咬着粉嫩的双唇，洁白的牙齿像珍珠一样圆润整齐。

参加这个幻花少女大赛，还要什么资格吗？

见她什么情况都还不了解，凌步翡摸了摸高挺的鼻子，解释道：“我们市的保送生名额是有限制的，我们学校和圣玛丽女子学院每年都有很多优等生，谁都想多占几个名额，所以幻花少女大赛就诞生了。”

“没错。”一旁的卞青窈热心地补充，英气漂亮的脸上满是狂热的神情，“因为圣玛丽学院只有女生，所以我们约定每年推选一个最优秀、最能代表学院水平的女生去参加比赛，谁赢了，谁就能多得到几个保送生名额。”

凌步翡点点头：“这算是我们学院最重要的比赛了，所以规定参加幻花少女大赛的选手，必须是某一个社团的社长，因为只有拥有组织才能，又让同学们都钦佩的优等生，才有资格去争夺银花王冠。”

社团？那是什么？难道是那种吟诗作画的诗社？

闻人唯的脸有点儿白，小声地嘟囔道：“怎么这个地方也要吟诗啊……我看了你们的课本，上面明明都是大白话的……而且银花王冠又是什么东西啊？”

卞青窈小声解释：“幻花少女大赛有个不成文的规定，两所学校只要有人准备好银花王冠，就能把它当作获胜者的奖品。要是都准备了，就看哪所学校的银花王冠更美更精致了。”

闻人唯惊讶：“啊？还要自己做啊？”

“倒也不是强制性非要做。”卞青窈笑了笑，“但输人不输阵嘛。圣玛丽女子学院要是做出了银花王冠，我们不做不就差了人家一截吗？”

听了闻人唯的话，韩圣燮的脸色更加阴沉了：“连社团是什么你都不懂，你怎么去参加比赛？你现在就立刻去找月琦蔓，跟她说，你撤销挑战！”

“那怎么可以！”

听到韩圣燮的这句话，闻人唯立刻急了，她才不要向月琦蔓那个讨厌的女生求饶！之前她居然让原葵斗给她擦鞋子，如果自己去了，她岂不是要把自己当成侍女使唤？

看出情形不对，凌步翡也站到了韩圣燮身边，惋惜地朝她摇了摇头：“小唯，月琦蔓很厉害的，她从小就接受精英淑女教育，精通音乐和舞蹈，多才多艺。自从她进入圣玛丽女子学院，我们学校就再也没有赢过。你还是主动认输吧。”

那个月琦蔓……真的那么厉害？

闻人唯倒抽一口冷气，黑白分明的大眼睛里闪过一丝犹豫。这时卞青窈拍拍胸脯，爽朗地说：“小唯，不用怕她，成立新社团除了社长外，还需要有四个固定社员，你组新社团的话我愿意加入。我不能眼睁睁看着月琦蔓那么趾高气扬，主动来找碴儿，侮辱我们学院的同学。”

“青窈，你怎么也跟着乱来！”韩圣燮警告地瞥了她一眼，转头看向闻人唯，“我会指定一个社团让你加入，到时候让社团的社长去参加夺冠就好了，你算是获奖社团中的一员，也勉强算是参赛了。”

“这……这是作弊！”

虽然到现在还是有点儿迷迷糊糊，但闻人唯立刻听了出来，韩圣燮是想要找别的女生代替自己去参加比赛！

她用力地把抹布扔到了办公桌上，一米五五的小个子生起气来，气场却十分强大。

“我绝对不会作弊的，我要自己堂堂正正地打败月琦蔓！”顿了顿，她看着韩圣燮，控诉道，“今天你没有开除原葵斗，我本来还觉得你是个好部长，可是我现在改变看法了！”转身气鼓鼓地离开，刚刚打开门，想起什么，又重新跑了回来。

她拿起桌上那盒椰枣：“不给你吃了！”

“砰！”

大门被狠狠地甩上，地板都颤了好几颤，韩圣燮不由得皱紧了乌黑的眉毛，转过脸来，见凌步翡和卞青窈都用无法置信的眼神看着自己。

“看什么看！”他挑了挑眉毛，“都没事干了吗？”

“咳，咳，咳！”

两个人假装咳嗽了几声，纷纷转过身去，走到各自的办公桌前开始整理起资料来。

他们还是第一次见到有人敢直接当着韩圣燮的面摔门，而且他还没有发脾气！闻人唯真的很神奇！

## 2

对闻人唯来讲仿佛折磨一般的春日祭迎来了盛大的结尾，而她也终于从扫大街的惩罚中解放了出来。痛痛快快休息了一天，闻人唯便按照圣樱学院的安排，开始正式上课了。她好不容易学会从取款机里取钱，第一件事就是马上给自己买了一大堆零食，走到哪儿吃到哪儿。

原葵斗每次看到她，眼睛都嫉妒得变成绿色："为什么你吃这么多都没有变成我这么胖！"

闻人唯耸耸肩，"咯吱咯吱"地咬着巧克力棒走开了，下一节课是体育课，她得赶回宿舍换运动服才行。才刚刚走到女生公寓走廊里，路过隔壁房间时，门没有关好，几个女生叽叽喳喳讲八卦的声音就传了出来，原本闻人唯没什么兴趣，正打算走过去时，忽然听到了自己的名字，不由得好奇地停下了脚步。

"喂，你们听说了吗？我们班的新生，那个叫闻人唯的，给圣玛丽女子学院的月琦蔓下了战书，要在幻花少女大赛中挑战她哎！"

"真的假的？不是说她欺负同学，在春日祭上嘲笑一个胖男生，还被韩圣燮罚扫大街到春日祭结束为止吗？"

"那是误会啦！那个胖男生叫原葵斗，现在是闻人唯的好朋友。"

正在这时，门从里面被拉开了，两个女生径直和闻人唯打了个照面，背后议论别人被当场撞到，她们顿时僵在了原地。

闻人唯眨眨眼睛，认出其中一个鼻翼两侧长着淡淡小雀斑的女生是自己的同班同学，她想了想，从怀里的一大包零食中分出一包薯片，递了过去。

"给！"

"闻……闻人同学？"雀斑女生接过薯片，一脸惴惴不安的神情。

"给你吃，谢谢你一直帮我说话。"

顿时，雀斑女生感动万分，她用力点点头，拍了拍胸口："闻人同学，你放心吧！我一定会好好澄清关于你的流言，让大家都知道，你是一个特别好的人！"

"谢谢你！"闻人唯露出灿烂的笑容。

太好了，这里的人也不比迦蓝王国差嘛，看起来很好相处的样子。

换好衣服，闻人唯跟雀斑女生一起来到学院的体育馆。春风微微拂过脸庞，犹如一双温柔的手。圣樱学院的体育馆非常漂亮，花瓣状的透明玻璃天棚，在阳光照射下，仿若一朵盛开的樱花。听说这个天棚是由高科技自动控制的，遇到下雨天，就会自动合上。学院的玻璃花房就在这个顶层中，远远望去，就像梦幻唯美的空中花园，令人遐想无限。

翠绿的草坪像一块毛茸茸的地毯，在等待上课的空当，同学们三三两两地聚集在一起聊天说笑，气氛融洽热烈。这位雀斑女生是班上有名的八卦小天后，绰号叫“小雀斑”，经过她的宣扬，没过多久，所有人都知道了闻人唯勇敢挑战圣玛丽学院月琦蔓的事。因她的“英勇壮举”，大家纷纷对她刮目相看。

“哇！挑战月琦蔓，还要先成立一个社团哎！”一个梳着马尾的女生热心地问，“那你想好了要成立什么社团吗？”

闻人唯挠挠头，老老实实地说：“我还没想好。”

草坪上的同学们都纷纷出起主意来，一个留着寸头的男生说：“不如就成立烹饪社吧！女生们都喜欢做小点心，肯定会很受人欢迎的！”

“可是学院里已经有日本料理社和甜品社了，这不是重复了吗？”另一个女生很快反驳。

闻人唯有点儿不好意思：“而且，我也并不会做点心……”

“那油画鉴赏社怎么样？月琦蔓可是舞蹈十级，还会好几种乐器，不能被比下去啊！”

“油？什么油？”闻人唯满脑袋问号。

在热心地提供了赛马、插花、弓箭等无数个社团选择之后，大家终于彻底地发现，那位敢于杠上圣玛丽学院女神的闻人唯，居然什么也不会。一时间，同学们都陷入了尴尬的沉默中。

“咳……咳咳。”“小雀斑”干巴巴地咳嗽了两声，为了不让闻人唯难堪，生硬地转移话题，“既然体育课还有一会儿才上课，我们不如来聊聊学院的怪谈吧！圣樱学院有三个地方，都发生过很有名的事件，学院礼堂春樱殿的纪念碑前、天文台的钟楼……”

“我知道，我知道！”提起这个，一个男生兴奋地举起手，“最后一个就是体育馆顶层的玻璃花房，听说有恶魔出没！”

他还想继续说些什么，却被另一个女生不甘示弱地打断了：“我怎么听说在玻璃花房出没的是‘蔷薇魔女’？拜托，这个怪谈也太老土了吧，都是好几年前的事了。”

“蔷薇魔女？”

闻人唯感兴趣地重复了一声，不用她发问，“小雀斑”就神秘兮兮地介绍起来：

“听说几年前，学院里发生过一件很可怕的事，有个学生失踪了，再也没有回来……”

失踪？

闻人唯心中涌出一股好奇，正想要追问，一声尖锐的哨声划破空气。体育老师站在不远处的塑胶跑道上，气势汹汹地叉着腰：“那边的同学！都上课多久了，怎么还站着闲聊？”

“小雀斑”吐了吐舌头，打住了话头，拉着闻人唯站到了队伍中间。

“地狱体育课”一开始，大家都跑得气喘吁吁，连喘口气的机会都没有，更别提聊天了。好不容易撑到自由活动时间，闻人唯四处张望了一圈，都没看见“小雀斑”的人影，正在这个时候，有人从背后拍了拍她的肩膀。

“闻人唯同学，你好。”

她转过身，只见一张洁白的小圆脸出现在自己面前，是一位穿着圣樱学院蓝白相间制服的可爱女生，她有着小巧挺翘的鼻子，剔透如琥珀的杏眼，自然卷的长发扎成可爱的丸子头，发髻旁别着小黄鸭头饰，看起来活泼又有元气。

“你……你好。”闻人唯疑惑地左右看看，发现周围没有别人了。

难道这个女生真的是来找自己的？可她绞尽脑汁，也没想起班上有这么一个人啊。

“我叫艾蜜橘！”女生一把握住闻人唯的手，热情地摇了两下，“虽然我不是你们班的，可是闻人唯同学，我早就听说了你的事迹，仰慕你很久了！我们可以做朋友吗？”

“啊？”闻人唯惊讶地反问，“仰慕我？做朋友？”

艾蜜橘吐了一下舌头，挠挠头：“你很有名啊！开学第一天就和韩圣燮发生冲突，还不怕得罪圣玛丽学院的大小姐月琦蔓，而且听说你来自迦蓝王国？”

闻人唯听到“迦蓝王国”几个字，不由得瞪大眼睛：“你相信我？也相信世界上真的有迦蓝王国？”

“嗯！”艾蜜橘一怔，小脸上浮起红晕，有些不好意思地说，“可以跟我说说吗？”

天哪！总算找到一个愿意相信自己的人了！

眼前这位素未谋面的女生顿时变得亲切起来，闻人唯回想起被韩圣燮嘲笑的愤怒，心中不由自主地涌出一股暖流。

“嗯！”

不知道有多久，闻人唯没有这么开心过了，她畅所欲言地和艾蜜橘聊着自己记忆中的迦蓝王国，虽然关键的东西都想不起来，但一说到起感兴趣的衣帽服饰，闻人唯的眼睛仿佛黑夜中的宝石，闪闪发光。

“我们迦蓝女生的衣服很漂亮！裙子上的纱都亮闪闪的，像月光那样！头饰虽然不是什么宝石镶嵌的，却很精巧，有的还能拆开，当成项链戴呢！还有我们迦蓝王国漫山遍野都是明丽可爱的风铃草！”

艾蜜橘聚精会神地听着，时不时插上一句话，闻人唯越来越确定，她是真的相信自己来自迦蓝王国！

“蜜橘，谢谢你听我说这么多！”聊了半节课，她心花怒放地握住艾蜜橘的手，“以后，你就是我在这儿的第一个朋友！我会经常去找你玩的！”

“当……当然啊。”艾蜜橘语带犹豫，不好意思地说，“不过，虽然我是隔壁班的，但因为身体不是很好，所以不能每天都来学校……”

“啊！你身体不好啊？我拉着你说了这么久，是不是累了？”

闻人唯关切地把艾蜜橘拉到树荫下，让她在白色长椅上坐下来。

“对了，”闻人唯跟着坐在艾蜜橘身边，忽然想起之前“小雀斑”还没有说完的话题，“蜜橘，你知不知道学院有一个魔女的传说？”

“魔女？”

见艾蜜橘一脸懵懂的样子，闻人唯好心地解说起来：“就是我们学院的传说啦！听说几年前，有一个学生失踪了，直到现在都没有回来……”

一阵风吹过，几瓣洁白的樱花掉下来，落在她们的肩头。不知道为什么，艾蜜橘的脸色一下子变得比花瓣还白，一直放在膝头的手猛地攥紧。

“蜜橘？你怎么了？”

闻人唯发现艾蜜橘有些不对劲，赶紧扶住她的肩膀：“你是不是不舒服了？我送你去保健室吧！”

当闻人唯的手碰到艾蜜橘的肩头时，艾蜜橘猛地站起身来：“不……不用了！我突然想起来，我的药放在家里了，得回去拿。”

说着，艾蜜橘眼神闪烁地看了看她，一副欲言又止的神情，最后咬了咬嘴唇，像撞到鬼一样慌忙跑开了。

“她不是身体不舒服吗？”过了好半天，闻人唯才纳闷地摸摸鼻子，“怎么跑得这么快？”

## 3

金色的阳光犹如俏皮的精灵，穿过纯白的窗帘，在可爱的小床上投下点点光斑。微风轻轻吹拂着，空气中飘来淡淡的樱花芬芳，甜甜的，让人心情都变得飞扬起来。

“哈……”闻人唯打了个哈欠，懒洋洋地睁开眼睛。

原本她以为，自己来到完全陌生的圣樱学院，一定会茶饭不思、彻夜难眠，没想到却一点儿不适应都没有，在这里上课的老师讲得都很有意思，餐厅也有很多好吃的，回到公寓更是一沾床就睡着了。

她从床上坐起来，伸手挠了挠脸：“奇怪，怎么好像有哪里不对劲……”

虽说最近几天都过得很顺利，但总感觉好像少了点儿什么似的……

这个问题，直到闻人唯穿好制服，背起书包，熟练地拿起门口的雨衣时，才突然拐过弯来！

“对了！阿葵！”她敲了敲脑门，懊恼地说，“我怎么把他给忘了！”

难怪不对劲！原葵斗这家伙，好几天都没有出现了呀！

英语早自习之前，闻人唯来到原葵斗所在的B班，他们班的同学说他已经三天没有来上课了。闻人唯担心起来，在圣樱学院待了这么多天，她已经清楚这里的人喜欢苗条纤细的身材，没有人觉得原葵斗帅，反而都看不起他。这家伙比她还惨，连一个朋友都没有。

“糟糕，他不会是摔倒在哪里，爬不起来了吧？”

一想到这里，闻人唯课都不上了，不顾一大拨的学生已经拥进了教学楼，逆着人潮，赶紧往男生公寓跑去。

银灰色的男生公寓旁，有大片的樱花树林，春日的樱花开得如同火红的云霞一般。微风一吹，飞扬的花瓣仿若绯色的纽带，在空中优美地打着旋，令人心醉。

“原葵斗！原葵斗！”

闻人唯在公寓楼下大喊了几声，无人回应，她犹豫着掏出之前那个可爱的粉色铁盒，听人说这个叫作“手机”，可以隔着好几千里跟人说话，可是直到现在，自己还没有用过呢。

不过这个手机怎么用来着？好像还要拨号？

“算了。”盯着手机看了一会儿，闻人唯重新把它塞回口袋。她趁着一楼传达室里的宿管大叔转身取报纸的工夫，猫着腰，幽灵一般顺着窗户下沿的坎墙溜进了男生公寓。

原葵斗之前和她闲聊时，曾经说过自己住在男生公寓十三栋213号。这个时间，同学们都去教学楼上课了，闻人唯一路机灵地顺着安全出口走到二楼，一个人都没遇到。

宽敞明亮的走廊拐角，摆着不知道是谁养的几盆多肉植物，长得圆圆的，煞是可爱。闻人唯忍不住低头，一边看着这几盆奇异的“花”，一边伸手去推安全出口的大门。

“砰！”

一个高大的身影被大门撞到，直挺挺地往地上倒去，一抹银光闪过，他手里的东西也跟着掉在大理石地板上。

闻人唯吓了一跳，赶紧蹲下来：“同学？同学你没事吧？”

被她撞到的是一个男生，虽然穿着简单的黑色运动衫，却是个难得一见的美少年：清爽的短发是富有光泽的深栗色；琉璃般澄澈的眼瞳，微微透出鸽子灰色；乌黑的眉毛像两道利剑飞入鬓中；白皙如玉的面容绷得紧紧的。他躺在大理石地板上，像是遭受到了极大的痛苦，手指微微蜷起，胸口一起一伏地急促喘息着，浑身散发着拒人于千里之外的冷酷。

“不……不关你的事，”男生过了好一会儿，艰难地开口，“我不用……不用你帮忙。”

他的声音也和人一样冰冷，低沉而优雅。

“怎么能不关我的事呢？”见他额头上沁出冷汗，闻人唯顿时脸也白了，“是我把你撞倒的，现在……现在怎么办？对了，我去叫大夫！”

见闻人唯转身就要跑，男生咬咬牙，拼尽全身力气拉住她的手：“不……不要去……”

他的目光闪烁着，扫向闻人唯身后，微微朝她抬了抬下巴：“麻烦……把……把我的手机拿过来。”

闻人唯这才看到身后的地板上躺着一个银灰色的小铁盒子，屏幕还是亮着的，居然在发出“喂喂”的声音。

刚刚撞倒这个男生的时候，他正在打电话？

闻人唯迟疑着捡起手机，手指不小心碰到了屏幕上的某个地方，还没来得及递过去，一个熟悉的男声就划破空气，钻进了她的耳中：

“阿琦，你现在在哪里？你的病又发作了吗？听到的话就吱一声啊！”

这个富有磁性的声音，虽然没有了平常面对自己的嘲讽语气，但闻人唯一下子就听出来是属于韩圣燮的，她不由得呆住了。

病又发作了？这个男生有什么病?

“你怎么打开了扬声器？”男生微微蹙了蹙眉毛，从她手里接过电话，“圣燮，我好多了。”

“等等，你得去看大夫啊！”闻人唯回过神来，着急地说，“韩圣燮不是说你有病吗？现在你还站不起来，这可不是小事！”

男生警告地瞪了她几眼，他显然是不想让韩圣燮知道自己发生了什么，只是深吸一口气，随便应付了几句，就要挂掉电话。

“喂，你这样可不行！”

然而一直蹲在他身边的闻人唯却不打算就这样放过他，她抬起头，大声朝电话对面的人吼了起来——

“韩圣燮，你朋友在男生公寓十三栋二楼！快过来，我们得带他去保健室！”

## 4

坐在地上的男生眼神锐利地盯着闻人唯，闻人唯假装自己毫无察觉，走到窗边用力推开窗户，刹那间，一阵风吹了进来，扬起她的发丝。

这个男生也太“冷”了吧，自从她发现电话那头的人是韩圣燮，故意大叫让他过来以后，男生就再也没有搭理她。他浑身冒着寒气，待在他身边，就像待在冰窖里。

很快，楼下就出现一个熟悉的身影，穿着白色衬衣的少年抬起头看了闻人唯一眼，清俊的脸上浮现出一丝凝重，步履不停地走进了这栋楼。

“啊！韩圣燮来了！”闻人唯高兴地拍了拍窗前的蔷薇雕花栏杆，“这下好了，我一个人可搬不动你。”

韩圣燮三步并作两步跑上二楼，一眼就看到坐在地上的男生，他一个箭步上前，关切地扶住男生的肩膀：“阿琦，你怎么样？”

男生看了一脸好奇的闻人唯一眼，摇了摇头示意自己没事，可薄薄的嘴唇却闭得紧紧的。

一时间，男生公寓显得更加安静，仿佛连空气也凝固了。

韩圣燮顺着他的视线，看向站在窗边的闻人唯，这家伙也不知道从哪个角落蹦出来的。怎么走到哪里都有她，就连阿琦发病居然都让她赶上了。不过这件事太复杂，幸亏她发现了阿琦，不然以他骄傲的性格，肯定不愿意让别人看到自己丢脸，不知道要在冰凉的地板上躺多久，才能熬到恢复体力爬起来。

“走，我先送你去医院。”

韩圣燮扶起脸色苍白的男生，闻人唯下意识地迈开脚步跟过去，却被他冷冷地制止：“小骗子，你不用跟来。”

不用跟过去？为什么？

她想也不想地拒绝：“不行，刚刚是我撞到了这位同学，我也得去医院看看啊！不然就这么回去上自习，也太自私了吧！”

“谁说让你回去上自习的？”韩圣燮光洁的额头上蹦出几根青筋，“去风纪部办公室等我！一天到晚就知道闯祸！”

现在他觉得多看一眼这个小骗子，都会心烦。

“啊！为什么……”

闻人唯刚想抗议，可目光落到运动衫少年那虚弱的脸色上，又说不出什么反对的话了，最后她只好小声嘟囔：“至少让我知道发生了什么事嘛……”

“走吧。”

还没等韩圣燮开口，男生就不耐烦地催促起来，韩圣燮再次警告地瞪了闻人唯一眼，扶着男生的肩膀转身离开。

阳光透过樱花树枝，透出一个光圈，闻人唯站在窗前目送着他们的背影，她发现就算有韩圣燮的搀扶，男生走路的姿态也还是很奇怪，修长的腿像被什么绑住了一样，每走一步都十分艰难。

他是摔伤了腿吗？不像啊。

在男生公寓找了一圈，还是没有发现原葵斗的影子，闻人唯只得无奈放弃，按照韩圣燮的要求，来到风纪部办公室。

楼下传来琅琅的读书声，小羊皮鞋踩在光洁的桦木地板上，发出微弱的响声，她走到风纪部办公室的落地窗前，朝外远远眺望，可以看到开得繁茂绚烂的樱花林、天文塔的白色尖顶、体育馆的玻璃天棚折射出钻石般的光芒，令人目眩神迷。

闻人唯不由得想起了上一次在这里和月琦蔓发生的争执，听说圣樱学院没有学生会，所有社团都归风纪部管理，也就是说，自己要参加幻花少女大赛，需得到韩圣燮同意……

可是，一想到那张总是带着嘲讽表情的脸，她就忍不住苦恼。

“究竟怎么办，韩圣燮才会支持我呢？”

没过多久，韩圣燮就回来了，他径直坐到转椅上，伸手摘下眼镜，揉了揉眉心，一副疲惫的样子。

“他没事吧？”闻人唯绕到桌前，好奇地问，“你那个叫阿琦的朋友，他也是圣樱学院的学生吗？”

“不关你的事，”韩圣燮抬起头，见她红润的脸庞上透出真诚的关心，刚到嘴边的嘲讽咽了回去，“他当然没事，倒是你，怎么会跑到男生公寓？这不符合校规你知不知道？”

又是不符合校规，难道他只会说这句话吗？

“原葵斗好几天没上课，我担心他才偷偷溜进去的。”害怕又被罚扫大街，闻人唯只得老老实实地回答，“不过，阿琦到底得了什么病啊，那么吓人？”

“有些事，”韩圣燮从桌上拿起黑框眼镜，面无表情地戴上，“不要多问。”

闻人唯在他身前的椅子上坐下，不服气地说：“可是，阿琦本来和你打电话打得好好的，是我冒失撞了他，害他的病发作，我应该负责的……”

从小到大，她就没有逃避过责任，特别是这次自己做错了事，怎么能装作什么也没发生呢？

“你和他很熟吗？就叫他阿琦。”

“哦，那他叫什么？”

“月琦垩。”

韩圣燮下意识地说出了名字，他马上反应过来，那双黑曜石般的眸子里闪过一丝懊恼：“闻人唯！”

“干吗？”

对上闻人唯无辜的眼神，他忽然觉得自己发脾气是一件很幼稚的事，说起来，她也只是问个名字而已，用得着这么紧张吗？

“没什么……”韩圣燮在心里默念了几遍“不要和她计较”，清了清嗓子，“总之阿琦发病的事，你不许跟任何人说，听到了吗？”

“为什么？”

这下子，闻人唯真觉得奇怪，月琦垩的病说都不能说？

“没错，这件事就是秘密，只能有你和我，还有阿琦三个人知道。”他板起脸，紧紧盯着闻人唯的眼瞳中仿佛坠落了无数星辰，只要看一眼，就令人情不自禁地想要陷落其中。

闻人唯撇了撇嘴，习惯性地想要顶嘴，可看到他的眼睛，不知道为什么，居然呆住了。

微风轻轻拂过窗外的樱花林，发出“沙沙”的声响，房间里的两个人对视着，耳畔只能听到彼此的呼吸声。

韩圣燮沉默了半晌，才艰难地开口：“拜托了，这件事，对阿琦来说很重要……”

闻人唯微微一怔，她忽然有点儿迷糊……认识这家伙到现在，韩圣燮什么时候这样低声和自己说过话？

“阿琦他得了渐冻人症，发病的时候会肌肉抽搐，很痛苦……”

见她没有答应，韩圣燮只能不情不愿地把月琦垩的秘密说了出来。原来，月琦垩也是圣樱学院的学生，而且是很有名的理科天才，在国际赛事上拿过冠军，曾经是全学院女生们的偶像。自从上个学期，他在体育课上忽然摔倒，浑身僵硬站不起来，送到医院被诊断为渐冻人症后，就很少出现在学校。

“阿琦从小就很要强，本来生病就够痛苦了，还要让他面对别人同情的目光，对他来说，简直比死还难受。”韩圣燮的目光盯着桌面，恍惚地不知道在回忆什么，“我劝过他住院休息，可阿琦却坚持要度过最后的学院时光，他说，这可能是自己最后的美好回忆了……所以，我就在学院里替他掩饰生病的事。”

“渐冻人症到底是什么啊？”虽然很同情他，但闻人唯还是不太懂，渐冻人症……这种病听都没听说过啊，有这么严重吗？

“你不知道？”

原本还有点儿伤感，被这么一打岔，韩圣夒的脸色黑了三分：“怎么会有你这么无知的女生？”

闻人唯瞪大眼睛，生气地说：“喂！我也是刚刚来这里呀！不知道渐冻人症也是很正常的吧，为什么要说我无知？”

房间里凝重的气氛被打破，两个人重新恢复到剑拔弩张的状态，眼神在空气中碰撞，仿佛有无形的闪电“噼里啪啦”地劈过。

“不管怎么说，请你替我保密。”想到还要拜托她帮忙，韩圣夒抿了抿嘴唇，口气缓和了下来。

“凭什么？我又不认识他！”

闻人唯气不打一处来，原本只要他好好解释，自己一定会心软答应的，可偏偏这家伙还要摆出一副别人欠钱不还的臭脸，就算想要帮忙，也会被气到反悔不干！

“你！”

从来没有见过这样和他针锋相对的女生，韩圣夒顿时也语塞了，俊美的脸忽然染上一层愠怒：“你是不是想用这个要挟我？让我替你摆平社团的事，好去参加幻花少女大赛？”

什么？

一股怒火“腾”地在闻人唯的胸口燃起，她快被气死了，难道在韩圣夒看来，所有人都心怀不轨吗？一脸怀疑的样子看着自己干吗，明明就是他先挑起矛盾的！

既然是这样，不如干脆就拿这个来威胁他好了！

“是啊！这都被你猜到了，”她不由得赌气地说，“我就是要你帮我成立社团，不然就不帮你保守秘密！”

那么明显的反话，韩圣夒居然没听出来，还露出一脸“果然如此”的表情！

“做梦！”韩圣夒撇了撇嘴角，嫌弃地说，“听说你什么都不懂，除了古文默写以外，其他考试都是零分，就这样还想建立社团？”

“喂！”闻人唯一下子跳了起来。

这家伙，不讽刺别人难道会死吗！

“风纪部就很了不起吗？总是说这个不符合校规，那个不符合校规，可有学生失踪了，怎么就没人管一管呢？”

韩圣夑的脸色立刻就变了，他的目光如同锐利的剑，声音也蓦地变得冰冷：“你说什么？”

“我……”她心虚地犹豫了一下，却还是嘴硬地说，“圣樱学院不是排名第一吗？可很多人都在讨论，有个学生好几年前失踪了……”

“出去。”

她的话还没说完，就被韩圣夑粗暴地打断了，他乌黑的眉毛高高蹙起，伸手指着门外：“风纪部不欢迎你，给我出去！”

闻人唯吓了一跳：“为……为什么？”

可没想到，这次韩圣夑却不争辩了，他只是淡淡地瞥了她一眼，幽黑的眼睛犹如一泓深潭，透出彻骨的冷漠。

“你不走是吧？我走。”

说着，他头也不回地走出了风纪部办公室，只留下闻人唯一个人目瞪口呆地站在原地。

“这个人有什么毛病啊？”

# 第四章

## 复古社建立

# 1

和韩圣燮不欢而散后的第二天，放学时，穿着黄色T恤的原葵斗出现在A班门口，隔着教室的玻璃窗看过去，就像个大柠檬。闻人唯收拾好书包，走出了教室。

“小……小唯，听说你找我？”原葵斗白胖胖的手指头局促地搓着衣角。

“是啊，你去哪儿了？”闻人唯拉着他走下楼梯，“我担心了你好久，还跑去男生公寓找，可是你都不在。”

因为原葵斗的体积占据了三分之二的过道，学生经过他们身边都只能侧着身子。

原葵斗觉得丢脸，低下头，声音比蚊蚋还小：“我……我回家了。”

闻人唯拉了拉书包带，郁闷地边走边说：“没事就好，以后回家要说一声啊。这次我去找你时还倒霉地遇到了韩圣燮，和他吵了一架。”

“你和韩圣燮吵架了？”原葵斗惊讶地抬起头，“为什么？”

“因为……”她张了张嘴，忽然想起月琦垩的病，最终还是选择了隐瞒，不自然地说，“反正都是些小事啦，韩圣燮的性格本来就很烂，你又不是不知道。”

“那倒是。”

原葵斗心有戚戚焉地点点头，下巴上的肥肉抖了抖。

闻人唯朝他露出一个灿烂的笑容，拍了拍他的肩膀：“好啦！别提他啦，去餐厅，我请客吃黄金猪排咖喱饭！”

说起来，圣樱学院餐厅的美食真的很棒！以前在迦蓝，闻人唯也没有吃过那么多异国风味的菜肴！

从教学楼到学院餐厅，一路上飘扬着艳丽的樱花花瓣，太阳快要落山，天边的晚霞将柔软的云朵都染成了玫瑰般绚烂的色彩，因为天气很好，许多社团都把活动安排到了户外。闻人唯和原葵斗说笑着走在宽敞的林荫大道上，原本有些低落的心情也好了很多。

回家的办法没找到，那个真正的“闻人唯”的下落也没有头绪，现在又惹上了月琦蔓……一件件麻烦事缠到一起，就像一团解不开的线，不过就算烦恼也没有用，就让一顿美食好好地安慰她受伤的心灵吧！

想法是很美好的，闻人唯与原葵斗刚走到餐厅附近，就遇上了一群“不速之客”——十几个打扮得奇奇怪怪的学生站在路中间。女生们大多穿着漂亮的蕾丝蓬蓬裙，其中几个戴着粉色、黄色、金色的假发；而男生们什么样的打扮都有，穿着黑色丝绒礼服的、披着铠甲的、威风凛凛地佩着剑的，见他们路过，顺手就拦住了。

“原葵斗，能请你帮个忙吗？”为首的女生长得很清秀，穿着华丽的纯白蕾丝公主裙，她的神情十分倨傲，说是请人帮忙，却看都不看闻人唯一眼，直接冲原葵斗走了过去。

看到这个阵仗，原葵斗声都不敢出，就躲到了闻人唯背后，闻人唯像老母鸡一样护住他，警惕地看着他们：“什么事？”

在场的人并没有搭理她，脸上全都挂着看好戏的笑容，有几个男生还抱着手臂，嘻嘻哈哈地交头接耳不知道在说些什么，看起来就很讨厌。

“你不反对，我就当你答应啦！”女生笑嘻嘻地朝身后招了招手，男生们一哄而上，闻人唯莫名其妙地看着他们绕过自己，把原葵斗从她身后拽了出来。一个男生不知道从哪里拿出一件红色制服，衣服上挂着许多亮闪闪的金色勋章，不由分说就往原葵斗身上套。

原葵斗脸色一下子变得惨白，惊慌失措地大声求救：“小唯，救我！”

“你们要干什么？”

见状，闻人唯赶紧上前阻止，蕾丝裙女生一把拉住她，语气轻松地说：“我是戏剧社社长苏雪琴，正在排练新的话剧《汨拉罗王子》，今天扮演王子的社员没来，就想拉他客串一下。”

戏剧社这么多人，怎么会偏偏看中了对演戏一窍不通的原葵斗，还是客串王子的角色，这些人一定不安好心！

“少来！我才不信！”闻人唯心中一急，就要挣脱她的手去救原葵斗。

这时其他女生围了过来，七八只手同时拉住闻人唯，缠得她脱不开身。

“很简单的！换上衣服，拿着剧本和公主对戏就行！”

“对啊！他自己都没拒绝，你操什么心啊？”

女生们叽叽喳喳的噪声像麻雀，闻人唯快被吵死了，原来原葵斗平时总是被人这么欺负啊！难怪他那么胆小。

“让开！给我让开！”

她再也忍不住，使出吃奶的力气撞开身前的女生们，一路挤到原葵斗面前，只见他可怜巴巴地站在人群中间，柠檬黄的T恤外面强行被人套上红色制服，肚子上的肥肉被一圈一圈勒了出来，配上领口的风琴褶，显得俗气又滑稽。

给他穿衣服的男生一边用力扣上纽扣，一边大笑：“哈哈哈！太好笑了！”

“你怎么会这么胖啊，衣袖都要塞不进去了！”

“喂！胖子，你看你快把衣服扣子都绷掉了！”

一句句嘲讽的话语钻进闻人唯的耳中，她咬咬牙，攥紧了拳头，“砰”地推开那个男生：“不许你们欺负阿葵！”

“小唯……”原葵斗的脸涨得就像红红的番茄，他不知所措地站在原地。

“阿葵，”闻人唯拉住原葵斗的左手，“脱下来，我们走！”

不得不说，闻人唯生气的样子还是很可怕的，男生们面面相觑，无人敢阻拦。

“谁让你们走的！”苏雪琴气急败坏地挤到原葵斗身边，用力抓住他的另一只手，威胁地竖起眉毛，“答应好的要陪我排练，别想反悔！”

“阿葵明明就没有答应，是你们逼他来着！”闻人唯瞪了她一眼。

苏雪琴冷哼一声，拉住原葵斗的手更加用力了：“可你也不是原葵斗啊。再说，我还没有追究你刚刚推人呢。”

“你……”闻人唯气得说不出话来。

明明是欺负人，怎么能这么理直气壮呢？不管了，先把他带走再说！

她憋着一口气，也不再反驳，抬起手就去扯原葵斗的纽扣，想要把这件可笑的制服脱下来，苏雪琴见了，也不甘示弱地伸手去挡。

“喂！你想干吗啊？”

闻人唯和苏雪琴谁也不让谁，大家目瞪口呆地看着这两个女生的争夺战，原葵斗胖胖的身体就像一个大气球，被拉来扯去，不经意间宫廷式衣领勒住了他的脖子，害他痛苦地挣扎起来：“别……你们别拉了……”

他的声音实在是太小，两个女生还在用眼神厮杀，手上的力气一点儿也没变小，一个男生失声叫了起来：“别拉了！原葵斗快要喘不过气了！”

他的话音刚落，只听见“砰砰砰”好几声，几道银光迸射而出，落进了不远处的草丛里，紧接着，“刺啦”的布料撕裂声响起，原葵斗被勒进衣服里的肚子也像一块大棉花般弹了出来。

顿时，所有人的目光都齐刷刷地汇聚到了原葵斗身上。

原葵斗顾不上那么多，只是涨红着脸拼命咳嗽，那件制服的衣袖被撕裂开一道好大的口子，衣襟上的纽扣也七零八落，不见了好几颗。

离他最近的男生回过神来，哈哈大笑：“这……这是暗器啊！”

他这么一说，其他人也忍俊不禁，特别是苏雪琴，简直笑得直不起腰来：“对，对，对！暴雨梨花针！”

“哈哈哈……神经病啊！你们也太损了！”

在众人的嘲笑声中，原葵斗怔怔地低下头，看着被自己撑破的衣服，原本涨红的脸变得煞白，闻人唯的眼里“腾”地燃起熊熊怒火，理智告诉她现在不是冲上去吵架的时候，还是带原葵斗离开这里要紧。

“没事，阿葵，我会帮你的。”闻人唯小声安慰着，两三下把破掉的制服从原葵斗身上扒下来，狠狠丢到地上，拉着他就往人群外走。

“喂！”

大概是看够了好戏，苏雪琴也没再阻拦他们，只是朝原葵斗的背影调侃地喊：“喂！原葵斗同学，你破坏了我们戏剧社的道具礼服，难道就这么走了吗？”

闻人唯的脚步顿了顿，大声回击：“你放心！这么丑的衣服，一定赔你一件更好的！”

说完，她拉着原葵斗，头也不回地走了。

## 2

周末的教学楼，到处都静悄悄的，偶尔有微风拂过，将细碎洁白的花瓣吹落，飘进走廊上，像一片片白色羽毛。灿烂的阳光将空气中的微尘都照得纤毫毕现，淡淡的花香若有似无，这真是一个美好的下午。

然而，透过顶楼风纪部的门缝，却隐隐传来一个不太和谐的女声。

“事情的经过就是这样！”闻人唯一拍桌子，愤怒得腮帮子都鼓了起来，“戏剧社的那帮人太过分了，而且我后来问了阿葵，他们不是第一次欺负他了。原本还只是让他帮忙打扫社团卫生，最近这段时间简直变本加厉，一逮到机会就要捉弄他！”

苏雪琴那些人，给原葵斗留下了巨大的心理阴影，难怪他隔三岔五就不来上课……那天闻人唯把他送回公寓以后，就直奔风纪部找韩圣燮，可是他并不在，她只好先回自己的房间，把承诺赔给苏雪琴的礼服做出来。今天她正准备去戏剧社送做好的衣服，突然想到风纪部来碰碰运气，结果正好碰到了周末还在处理事务的韩圣燮。

虽然是休息日，但韩圣燮还是穿着学院的白衬衫制服，扣子一丝不苟地扣到了最上面一颗，他坐在风纪部长的办公椅上，微微蹙起乌黑的眉头：“苏雪琴为什么要针对原葵斗？据我所知，她是二年级的学姐，没道理欺负他吧？”

“我亲眼看见的！这还不算？”闻人唯指了指自己的眼睛，半个身子都趴到了桌上，“再说了，阿葵他自己也不知道为什么苏雪琴要欺负他，这不是你们风纪部应该调查的吗？”

“你别过来！”韩圣燮抬起修长的手，嫌弃地拦住这个一不满意就要上房揭瓦的家伙。她还真不记仇，之前和自己吵得昏天暗地，现在又没心没肺地找上门来，向风纪部举报有人欺负原葵斗。

不过，小骗子人还不错，虽然上次他没有答应她走后门建社团，但她也没有把月琦垩的秘密说出去。

“放心，如果这件事属实的话，风纪部一定会对戏剧社做出处分的。”说完，他像赶苍蝇一样朝她挥了挥手，又低下头应付起桌面上那一大沓文件。

就这样？

闻人唯愣在原地，完全没有反应过来。韩圣燮抬起头，黑曜石般的眼睛里闪过一丝迷惑：“你怎么还在？”

看着韩圣燮那张帅气的脸，闻人唯只感觉一口气憋在喉咙里，她十分怀疑他到底有没有把自己的控诉放在心上，可现在也没有别的办法，她只能选择相信这个家伙。

“没事了，”她鼓了鼓腮帮，闷声闷气地说，转头从沙发上拿起自己的东西，“那我给戏剧社送礼服去了，他们今天没人在，我得自己送到道具仓库去。”

韩圣夔顺着闻人唯的动作，瞥到她手上的礼服，不由得一愣，从椅子上站了起来：“等等……这是你做的？”

闻人唯点点头：“是啊，他们之前的那件太丑了，什么王子会穿那么俗气的衣服啊！”说着，她喜滋滋地展开手里的成品。那是一件优雅的黑色复古男士礼服，衣领和袖口都用银色的丝线绣上了云纹，剪裁大方，特别是胸前的曼陀罗形状的盘扣，设计得精致极了，被阳光一照，甚至透出耀目的光。

这件衣服，就连韩圣夔也挑不出什么毛病来，虽然和大牌礼服不能比，但独特的中式复古风韵，让人忍不住赞叹。

“你看，这个盘扣是我们迦蓝特有的款式，我在里面掺了金色的丝线，在舞台上只要被光一照，就会特别好看……”

一说到自己的兴趣，闻人唯就停不下来，漂亮的杏眼里神采奕奕，可爱的小脸也似乎在发光。韩圣夔一言不发地听着，不知道为什么，明明和自己没有任何关系，他居然鬼使神差地没有打断。

说到最后，闻人唯的嘴巴都有点儿干了，她停了停，正要接杯水喝时，韩圣夔那低沉悦耳的声音突然响起。

“你之前说要成立社团，我倒是有个建议。既然你手工这么厉害，不如成立 个这样的社团？”

她猛地瞪大眼睛：“手工？”

闻人唯那双清澈的大眼睛，正对上他那张白皙英俊的脸，韩圣夔不自在地推了推黑框眼镜，视线瞥向一旁。

“学院里的人那么多，肯定有不少对缝纫和手工感兴趣的同学，如果凭借自己的力量能成立社团，我是不会阻拦的。”

“真的吗？太好了！”闻人唯欢呼一声，露出灿烂的笑容。

看着闻人唯眼里的光彩越来越亮，他又别扭地补充了一句：“当然，我是不会给你走后门的。”

“我得去找阿葵，跟他说说这个好消息！”

然而闻人唯压根没管韩圣夔后面说了什么，心花怒放地朝他挥了挥手，就抱起礼服，雀跃地走出了风纪部的大门。

“小骗子。”韩圣夔愣在原地好久，摇了摇头，低声说。

## 3

微风轻轻掀起浅蓝色的窗帘，飘出食物诱人的香气。圣樱学院的正对面，矗立着一座蓝色的尖顶小屋，如同童话里的冰雪城堡，精巧的波浪形屋檐下，悬挂着六棱雪花形状的玻璃风铃，只要推开门，就能听到清脆悦耳的风铃声。

“桃乐丝秘密塔”是最受学生们欢迎的甜品屋，不但装潢浪漫又梦幻，甜品的口碑也是全市排名第一，闻人唯第一次跟同学们来这里时，十分震惊。

星期六，甜品屋的人并不多，所以平时根本不愿意出门的原葵斗才答应闻人唯的邀约，来这里和她一起商量建立社团的事。胆小的他一进门就拉着闻人唯坐到最角落的沙发里，像贼一样四处张望着，生怕又冒出一个“苏雪琴”来刁难。

“别紧张，”闻人唯无奈地看着原葵斗，“阿葵，这里没人注意你的。”

原葵斗紧张兮兮地观察了一圈，发现的确没什么人，这才放下心来：“我……我就是担心嘛……不过你在电话里说韩圣燮支持你建社团，是怎么回事？”

过了这么多天，闻人唯终于学会用手机了。这种迟钝遭到了卞青窈的鄙视，她翻着白眼：“不知道怎么会有你这样的土包子。”不过，鄙视归鄙视，她还是很耐心地教闻人唯用微信、打电话、上网、照相……

闻人唯兴高采烈地打开相册，翻出一堆照片给原葵斗看，他一张张看过去，发现是前阵子电视上热播的古装剧《美人红妆》的剧照。

“你给我看这些干吗？”原葵斗疑惑地挠挠双下巴。

闻人唯信心百倍地握了握拳头：“我已经知道成立什么社团了！阿葵，等我的复古社成立以后，你就是我的第一位社员！”

“等等！”原葵斗吓了一跳，连服务生刚送来的蛋糕都不顾了，“什么复古社？什么社员？”

送上桌的两块蛋糕是淡淡的抹茶色，搭配着柠檬，清新诱人。闻人唯拿起小银勺舀起一块送进嘴巴，一瞬间，清甜中带着一丝微酸的慕斯口感占据了所有味蕾。

“好好吃！蛋糕真是这个世界最神奇的发明啊！”她满足地喟叹了一句，才回答原葵斗的话，“复古社就是我要成立的新社团啊！韩圣燮看到我赔给戏剧社的衣服，觉得我有成立手工类社团的资格，所以我需要凑够四个社员来申请，你是我的好朋友，当然要算你一个。”

见原葵斗嗫嚅着想要说什么，闻人唯赶紧抢过话头：“不许拒绝！你总是一个人在公寓打游戏，不嫌烦啊？”说着，她从书包里抽出一张“社团申请表”递了过来。

在闻人唯“惨无人道”的“残酷镇压”下，原葵斗无可奈何地签了名。

“一个人打游戏有什么不好，和别人待在一起，总是要被他们嫌弃太胖……”原葵斗赌气地把桌上的蛋糕三口两口吞掉，又意犹未尽地舔舔嘴巴，举起手点单：“服务生！麻烦再给我一个至尊榴莲比萨，加双份起司。”

没过多久，冒着热气的比萨就被端上桌，闻人唯比画了一下，发现比萨有她两张脸那么大。

“阿葵，你不是怕别人嫌弃你太胖吗？那还吃这么多？”

说到这个话题，原葵斗立马变得沮丧起来：“何止怕别人嫌弃，太胖了就连摔倒，也要挣扎好一阵子才能爬起来。反正大家都只喜欢长得好看的人，我这样的，简直就是人生的失败者。”

闻人唯眨眨眼睛，心里也不由得涌起一股酸涩。来到圣樱学院这么多天，她常听见别人在背后嘲笑原葵斗，起初自己还冲出去教训他们，可奚落他的人实在是太多了，根本教训不过来。

“那不如减肥吧！”闻人唯脑子里灵光一闪，热心地建议，“只要你瘦下来，别人就没有理由再取笑你了。”

“不行，我做不到！”

话音才落，原葵斗就连连摆手，头摇得连下巴上的肥肉都在晃动：“我讨厌运动……还有，不能吃美食我会死的！”

仿佛要验证自己的话一样，之后原葵斗不再继续这个话题，拿起刀叉，埋头苦吃起来。

原葵斗就像一只胆小的鸵鸟，遇到问题只会选择逃避，把头深深地埋进沙子里，以为这样就看不到别人充满恶意的目光。

甜品屋里飘荡着优美抒情的钢琴曲，这时有客人推门进来，一阵清脆的风铃声响起，打破了沉重的气氛。

“你好，请给我一份草莓慕斯。”

一个甜甜的女声传到她耳中，闻人唯的视线越过原葵斗的肩膀，朝发出声音的方向看去，只见一个穿着薄荷绿色连衣裙的女生正四处张望着找座位，她的身材娇小苗条，看起来莫名地眼熟。

女生正好对上闻人唯的脸，先是愣了愣，接着惊喜地叫出声：“小唯！”

白皙红润的小脸，琥珀般清澈又明亮的眼睛，松松的丸子头上扎着漂亮的蝴蝶结发圈——这个可爱的女生，不是艾蜜橘又是谁?

“蜜橘！”

闻人唯开心地拉开椅子，冲她招招手：“快来！坐这边！”

原葵斗意外地扭过头，跟着看了艾蜜橘一眼，脸色有些发白。

“我……我先走了。”

蓦地，他站起身来，不等闻人唯反应过来，就低下头和艾蜜橘擦肩而过，仓皇地离开了甜品屋。

“喂——”闻人唯郁闷地看着他的背影。

比萨才吃了没几口，一见到有陌生人来就逃走，原葵斗这家伙，一定是像卞青窈说的那样，有社交恐惧症！

## 4

细密的雨丝飘落在脸上，带来冰凉的触感。明明白天还是艳阳高照，等到晚上闻人唯与艾蜜橘整理好社团资料，从甜品屋里出来时，已经是小雨绵绵。

雨下得突然，闻人唯天天穿着的雨衣就派上了用场。

“星期一见！”

艾蜜橘并不住在学校里，闻人唯朝她蓝色的身影挥了挥手，目送着她钻进了一辆出租车离开。

多亏艾蜜橘陪着她整理申请社团所需的资料，不然光是看到那么多表格就够头昏脑涨了，更别提一听说复古社还缺少社员，艾蜜橘马上很讲义气地说自己也要参加。

蜜橘真热心！闻人唯喜滋滋地想，只要再找到两个社员，复古社就能成立起来了！

虽然距离幻花少女大赛还有不足一个月的时间，但复古社现在就缺两个社员而已，时间根本绰绰有余啊！

街上只有寥寥几人，在路灯温暖的橘色光芒陪伴下，闻人唯悠闲地走进圣樱学院的银色大门。解决了一件大事，她的心情格外轻松，抱着书包，兴致勃勃地在校园小径的石头方格里跳着走，青色的地面有一摊摊深色积水，踩上去溅起一朵朵小水花。

她刚路过教学楼边的灌木丛，两个熟悉的身影便从楼里走出来。

卞青窈手上拿着一个三明治，正往嘴巴里塞；旁边的凌步翡伸着懒腰，忽然瞥见闻人唯，俊朗的脸上闪过一丝惊奇：“小唯？你是在教学楼里自习到这个时候吗？都八点半了！”

闻人唯听到声音，停下脚步，也意外地瞪大了明亮的黑眼睛：“不，我刚刚和朋友出去了。不过你们怎么在这里？”

“还不是阿夑，”卞青窈嘴巴里塞满了三明治，腮帮子鼓鼓地说，“把我们抓来处理风纪部的事，害我这个时候才吃晚饭，快饿死了。”

闻人唯下意识地抬起头，发现顶层的风纪部办公室透出白色的灯光，不由得一怔：“韩圣夑还在吗？”

“对啊，阿夑可是工作狂，每天都在风纪部待到深夜。”

这么拼？

她不由得肃然起敬，对韩圣夑不近人情的冷漠性格有了一丝改观，这样努力的人已经很少了啊……

凌步翡从书包里掏出一把伞撑开，得意扬扬地说：“二位大小姐，我也要去觅食了，隔壁梦花街新开了一家馄饨店，我打算去尝尝，拜拜！”

正打算走时，闻人唯拦住了他：“听说学院以前出过一个意外，有个同学失踪了，至今还没有找到。这件事你们知道吗？”

卞青窈和凌步翡面面相觑，神色显露出几分古怪。

雨水沿着雨伞的边缘滴落，形成一小片雨帘，凌步翡的表情藏在后面看不清楚，他声音含糊地说：“应该是谣言吧，要不然这么大的事，我和青窈怎么会没听说过呢？”

有了他这句话，闻人唯终于放下心来……原来真是谣言啊，难怪上次韩圣爕发那么大脾气，的确是自己错了，应该去说句对不起才是。

“小唯，你要去找阿爕吗？”卞青窈好奇地问了一句。

“嗯。”闻人唯点点头。趁韩圣爕现在一个人在办公室，她正好可以去道歉，顺便把社团申请材料交上去。

教学楼的电梯周末不运转，闻人唯只好靠双腿爬到八楼。当她一边擦着汗，一边走进风纪部办公室时，却发现空无一人。奇怪的是办公室不仅门没锁、灯没关，连电脑都开着。

闻人唯走出门，发现楼层另一端的电梯居然没有停止运转，电梯显示屏的数字刚刚跳到“1”。她从楼道间的窗口伸出头，看见韩圣爕刚走出教学楼。

闻人唯转身飞速跑下楼。

韩圣爕好像着急去办事，一路冒雨，走得飞快。闻人唯在后面追得气喘吁吁，喊了老半天他也没有听见，不知不觉间便跟着他走出学院大门，穿过两条街，一路到了几栋白色的建筑物前。

“贝慈医院？”

她疑惑地看着头顶的白色十字灯牌。韩圣爕如此着急地跑到医院，难道是有人出意外了？

韩圣爕轻车熟路地来到住院部的VIP（贵宾）病房区，径直走进602号病房。跟过来的闻人唯离病房还有几米远时，一声歇斯底里的大叫便钻进了她的耳中——

“你到底有没有把我当成妹妹，都住院了，还不告诉我！”

这个声音……不是月琦蔓吗？

闻人唯不敢相信地瞪大眼睛，到底发生了什么事，让一向冷清孤傲的月琦蔓如此激动？

紧接着，韩圣爕低沉的劝慰声传了出来：“月琦蔓，有什么明天再说，你这样会打扰到阿琦的。”

阿琦？

她的心猛地一跳，脑海中浮现出那个身着黑色运动服的冷漠少年。他是月琦蔓的哥哥？这件事，韩圣夔怎么没有说过？

月琦蔓大叫起来："韩圣夔，都怪你！要不是你存心隐瞒，我怎么会现在才知道哥哥已经住院了！你这个扫把星，哥哥是和你成为朋友以后才生病的！"

"小蔓！"病房里响起月琦垩的声音，清亮而不失威严，"过分的是你才对，向圣夔道歉。"

顿时，像被谁按下了暂停键一样，过了好久都没有人再说话。闻人唯心里像揣了只小兔子，怦怦乱跳个不停，她既想听个清楚，又觉得这样不太好，正纠结万分，月琦蔓开口了。

"我总算明白了，"她的声音恢复了冷静，又变回那个高高在上的大小姐，"从始至终在你心里，我只是一个从孤儿院里收养来的孤儿，根本不配做你的妹妹。"

"小蔓！你知道自己在说什么吗？"月琦垩的语气充满了震惊。

"我知道！"她抬高嗓门，"从我进家门的第一天起，你就不耐烦陪我玩，就连你的好哥们儿韩圣夔，对你的了解也比我多！放心，我以后再也不会来烦你，好好养病吧，大、少、爷！"

说着，"砰"的一声巨响，病房门被人从里面推开，闻人唯没有反应过来，眼睁睁地看见月琦蔓的脸出现在自己面前。大概是没想到外面有人，月琦蔓苍白的脸色和眼中的泪花都来不及隐藏。

这个时候看到死对头闻人唯，月琦蔓也是一怔，她的脸涨红成番茄，倔强地咬了咬嘴唇，出人意料地没有和闻人唯吵架，而是低着头快步离开了。

"月琦蔓！"

韩圣夔追了出来，看到闻人唯，也忍不住吃了一惊："小骗子，你怎么在这儿？"

# 第五章

## 曦明山
## 突发事件

# 1

春雨绵绵地下了整整一个星期，枝头美丽的樱花被打得七零八落，整个学院的气氛都恹恹的，大家都提不起精神来。

闻人唯心不在焉地坐在图书馆，抚弄着一根精美的黄丝带，这是迦蓝特有的祈福方式，她这几天总觉得自己很倒霉，所以按照迦蓝特有的祈福方式，在手腕上系了这个，希望可以转运。上次在医院里撞见月琦蔓哭着跑出来以后，她就没脸再去见韩圣燮了，无论是谁，被人偷偷跟踪一定会很生气的，更何况，自己还发现了一个大秘密。

那就是——原来月琦蔓不是月琦垩的亲妹妹！

而且，月琦垩的病情越来越严重，甚至双腿都失去了知觉，只能躺在病床上，他之所以不告诉家人自己的病情，也是怕妹妹担心……她回想起韩圣燮看到自己的脸色，不由得一阵心虚。

“小唯，小唯？”

原葵斗的呼唤声，让闻人唯惊醒过来，他白胖的脸上满是担心的神情：“小唯，你怎么了？我叫了你好几声，你都没有答应。”

“没……没事。”她回过神来，“怎么了？”

原葵斗没有发现异样，兴致勃勃地拿着一张地图，指了指上面的路标：“我是说，明天去曦明山踏青的事，听说那边有很多蝴蝶，在市区很少见到。我想抓几只回来做标本。”

“蝴蝶标本……”闻人唯抽了抽嘴角。

真是奇怪，原葵斗看起来一点儿也不像是会对蝴蝶标本感兴趣的人，但他还在絮絮叨叨地说着，很显然对这次踏青充满了憧憬：“不过，听说圣玛丽学院明天也会去曦明山踏青，真是倒霉，月琦蔓一定会去……”

“你说什么？”闻人唯突然提高了音调，把他吓了一跳。

月琦蔓？

“我说，月……月琦蔓也会去……”原葵斗的声音颤抖起来，“是不是，是不是她又要欺负我？小唯，要不我不去了吧……”

“那怎么行！”她脱口而出。

原葵斗本来就已经够孤僻的了，好不容易对蝴蝶标本感兴趣，期待着出去走走，自己可不能因为一点儿小事，就怂恿他待在公寓里发霉。

想到这里，闻人唯按捺住自己忐忑不安的心，拍拍他的肩，像是安慰他，又像是说给自己听："放心吧，月琦蔓可是学生会会长，身边总是会跟着一大群人的，我们远远看见，绕道走不就行了。"

运气这种东西，总是好的不灵坏的灵，闻人唯本来自信不会遇上月琦蔓，却没想到临到出发时，圣玛丽学院的大巴突然坏了一辆。因为目的地都是曦明山，所以圣玛丽的十几位女生被分配到了圣樱学院的车上，而且偏偏那么巧，月琦蔓就上了闻人唯这辆车。

和闻人唯一打照面，月琦蔓那张漂亮的小脸就不由得白了，她咬了咬嘴唇，出乎意料地没有说什么，低着头走到后排默默地坐下。她穿着一身卡其色的登山装，长长的栗色头发利落地盘在脑后，没有了之前的盛气凌人。

"那是月琦蔓吗？今天低调了很多啊。"

"那是当然，也不看看她坐的可是我们学院的车，还能趾高气扬吗？不过她就算不打扮还是很漂亮呢。"

身后的女生们窃窃私语起来，闻人唯忍住好奇心没有往后看，但一路上她却总能感觉到一股若有若无的视线，牢牢地黏在自己的后背，让人如坐针毡。

大巴渐渐驶入了山区，空气变得新鲜起来，到处都是生机盎然的绿色，郁郁葱葱的林间，长满了叫不出名字的植物，悦耳动听的鸟叫声在山谷回荡，曦明山的半山腰萦绕着云雾，远远望去宛若仙境。

一到目的地，还没等车停稳，月琦蔓就迫不及待地跳了下去，从头到尾闻人唯也没能和她说上一句话，不过她看起来也没什么心情搭理别人，就算圣玛丽学院的女生们拉月琦蔓去户外活动，她也是一副心不在焉的样子。

韩圣燮也从大巴上走了下来，贴身的灰色运动服将他结实健硕的身材展露无遗，颀长挺拔的身形在人群中尤为显眼。

"小唯，小唯！"

闻人唯还想多看几眼，穿着全套登山服、背着一副长长的捕蝶网的原葵斗跑到了她身边，白胖的脸上满是兴奋："我们走吧，去抓蝴蝶！"

"可是，我们还没集合呢……"

"不用了，待会儿遇到月琦蔓就糟糕了。之前不是说了吗，今天是自由活动，随车的校医和司机都会在月湖边等，到时候直接去集合就行啦。"

闻人唯犹豫着要不要过去跟韩圣燮打个招呼，却被原葵斗不由分说地拽着，一头钻进了山林里。

昨天刚刚下过雨，山路上满是泥泞，闻人唯穿着普通的帆布鞋，一边避开路上的水洼，一边跟着原葵斗艰难地走着，四周的人声越来越远，慢慢地已经听不到了。不过曦明山是已经开发过的景点，每隔一段路都会有一个木头做的路标，指示着方向。

他们一路跟着路标，朝山上爬去。根据路标的指示，蝴蝶谷在曦明山的半山腰，走过去要绕好大一圈。

脚下的小径渐渐变窄，头顶上的树冠像是一顶顶大伞，阳光只能透过枝叶的空隙照过来。他们走了一个多小时，却还是没到原葵斗说的蝴蝶谷。树林深处的黑暗中像隐藏着什么可怕的怪兽，随时会向他们扑过来一般。

“阿……阿葵，我们还没到吗？”闻人唯喘着粗气发问。

她后悔自己背着这么重的背包，里面还塞那么多零食，这些都是原葵斗怕半路上会饿，才让自己带上的。

“还……还要走一会儿呢。”提到自己感兴趣的事，原葵斗虽然也累得气喘吁吁，却斗志满满，“既然已经来了，我一定要抓到黑色大凤尾蝶才回去。”

“我……我不行了。”闻人唯摆摆手，扶着膝盖弯下腰来，“能不能先找个地方，休息一会儿。”

一路上，因为太过注意月琦蔓的动静，她一直笔直地坐着，早知道会这么累，自己不如睡上一觉再说了。

原葵斗看着闻人唯体力不支的样子，伸手接过她的背包：“小唯，你看前面有路牌，这里离月湖不远！要不然，你先去月湖休息，等我抓完蝴蝶就回去和你会合。”

闻人唯迟疑地抬起头，果然看到不远处的小路分成了两条，路中间竖着一块木头标牌，上面的箭头指着一左一右两个方向，左边那条通向蝴蝶谷，右边的则写着“月湖”的字样，底下还特地写上了“前方500米”。

“只有500米就到了，你快去吧。”说着，原葵斗接过她身上的背包，一瞬间，闻人唯觉得浑身轻松了好多。

“等着我去找你！”

原葵斗朝闻人唯挥了挥手，不等她犹豫，迈开步子走上了左边的小路。阳光穿过树叶的缝隙，在原葵斗厚实的背上投下跳跃的光斑，闻人唯目送着他的身影一点点消失在自己的视线中，心底莫名升起了一股淡淡的不安。

在原地站了一会儿，她也打起精神，朝右边那条小路走去。

曦明山的另一个角落，韩圣燮正坐在月湖边的大石头上，背靠着一棵垂柳闭上眼睛，享受这难得的闲暇时光。

这是春日祭之后，学院组织的第一个活动，同学们都很开心地在山中自由探索，风纪部的成员们一下车就开始维护纪律，除了几个跑得特别快的以外，其他学生大都三三两两，结伴同行，所以他并不担心会有什么意外发生。

身为风纪部部长，韩圣爕承受着别人想象不到的压力，他既要保证自己的成绩永远是全校前三，又要和圣玛丽学院暗暗较劲；而好朋友月琦罜的病情，则成了一块压在他心头的沉甸甸的石头，每次只要一想起，他都会痛恨自己的无能为力。

微风穿过青翠的树梢，像一双温柔的手，轻抚在韩圣爕身上，这段时间的疲累、压力都仿佛减轻了很多。一阵睡意袭来，他渐渐地陷入了沉睡。

“阿爕！我给你带……”

凌步翡兴冲冲地举着一瓶纯净水走过来，看到韩圣爕这副疲累的模样，不禁顿住脚步，落后几步的卞青窈也跟了上来，忍不住轻声叹了口气：“唉，当风纪部部长也挺累的。嘘，我们还是让他睡吧。”

说着，卞青窈轻轻扯了扯凌步翡的衣袖，拉着他离开了。

## 2

有一件事，闻人唯从来没有告诉过任何人——她是路痴。

来人生地不熟的圣樱学院以后，她成天待在学校里，出门总是和原葵斗他们在一起，所以直到现在，也没人知道她这个弱点。

她往前走了几十米，就看到一棵大树倒在路中间，完全挡住了去路。前几天下了暴雨，这棵树的枝叶还没有完全枯萎，一看就是那时被风吹倒的。闻人唯为难地左右看看，发现旁边还有一条幽静的分岔小路，不同于之前压抑的黑暗，阳光照在路面上，隐隐能看到不远处的亮光。

闻人唯心中不由得一喜，有句话怎么说的来着……对，条条大路通罗马，这么说来，这条小路应该也能通到月湖吧。反正前面的路已经走不通了，她摸摸手上的黄丝带，信心满满地转了个弯，走上了一条截然不同的路。一开始，闻人唯还很高兴，因为没多久，前面就出现了一片缤纷美丽的樱花林，大概因为曦明山很高，气温也要冷一些，这里的樱花居然在那场大雨后才盛开，远远望去，就像是一片绯色的云霞，美丽极了。

可是往樱花林深处走了好久，她也没有看到本该出现在自己面前的月湖，在穿过茂密幽静的树林后，一面矮矮的山坡出现在了她的面前。这里的野草长得很茂盛，居然没过了膝盖。

闻人唯回头看看，发现刚刚自己只顾着欣赏美景，在树林里乱走一通，现在找不到回去的路了；更惨的是，之前原葵斗为了减轻她的负担，背走了她的包包，她的手机也在里面!

没有手机，不知方向……别说原葵斗，估计就算警察也很难找到她了。

日落西山，天边瑰色的余晖好似绚烂的纱幔，倒映着夕阳的月湖泛起淡淡的绯色，如同碎了一池的花瓣。

同学们三五成群，结伴在湖边说说笑笑，绿草如茵的湖畔铺着各色各样的野餐桌布，大家纷纷坐在上面休息，给平时静谧的曦明山也增添了几分活力。

韩圣燮难得地睡了个好觉，他抬起手腕，看了看时间："差不多可以回去了吧。步翡、青窈，清点一下人数……"

他的话音还没落，就从远处传来几声急促的呼喊——

"不好了，不好了！"

韩圣燮扭过头，看着一个庞大的身影朝这边冲过来，原葵斗惊慌失措地大叫着：“快……快来人帮忙……闻人唯不见了！”

轰！

韩圣燮的脑子里仿佛响起了一声惊雷，炸得原本清醒的头脑一片空白，这一刻，他的脑子里只有一个念头——

怎么每次突发事件，都是闻人唯这家伙弄出来的？

听完原葵斗上气不接下气的报告，韩圣燮那张俊美的脸阴沉得能滴出水来。

不少人听到了原葵斗的喊声，都纷纷朝这边好奇地看过来，卞青窈和凌步翡也注意到了这个意外，站到了韩圣燮身边。

原葵斗仿佛在泥地里滚过，衣服上脏兮兮的，头发上还沾着几片树叶，脸上的神情满是惶恐：“我……我明明带她到月湖旁，看到一个离月湖还有500米的路牌，才去蝴蝶谷的啊！”

“手机呢？”韩圣燮蹙起乌黑的眉头。

“在……在我身上，”原葵斗从背包里摸出闻人唯的手机，就连声音里也带上了颤抖的哭腔，“她把手机放在背包里，忘了带走。”

“那怎么办？”卞青窈明丽的面容带上了一丝焦急，“我马上带人去找！”

韩圣燮点点头，吩咐凌步翡也带上几个风纪部成员，往另一个方向找；自己则跟着原葵斗，原路返回通往蝴蝶谷的小路。

时间一分一秒地过去，太阳沉入了地平线，一轮黯淡的月亮悬挂在天空。

韩圣燮大步流星地往前走着，他本身个儿高腿长，问清楚路线以后，干脆把体力不足的原葵斗甩到了身后，只用了半个小时就走到闻人唯走失的地方。韩圣燮走到被风刮倒的大树前，微微眯起了狭长的眼睛，他若有所思地看了看右边那条路，蹲下身仔细看了看泥泞的路面。

虽然光线暗淡，但依稀看得出地上有几个浅浅的脚印，一直通向前方。

“部长，这附近我们都找过了，都没有人影。”

一起找人的同学跑过来报告，他们仔仔细细地搜索了这一带，都没有什么发现。一个男生忍不住抱怨：“好冷啊，怎么突然这么冷？”

“当然啦！山区的夜晚可是比城市里冷十几度。”

韩圣燮一听，心下不禁略微焦灼起来。

而大家集体搜救的对象——闻人唯也很倒霉，她漫无目的地走了好久，可四周只有窸窸窣窣的虫鸣声。

“什么情况？怎么又走回了这里？”

一个小时前，自己明明踏出了这片樱花林，为了不绕回原地，她还特意解下手上的黄丝带，系到了一根树枝上；可是现在，闻人唯却再一次看到了那抹显眼的黄，这不会是传说中的迷阵吧……

“完了完了。”她搓了搓手臂上冻起来的鸡皮疙瘩。

又冷又累又饿，早知道，说什么也不会和原葵斗分开……闻人唯郁闷地想着，朝另一个方向走去，为了让身体暖和起来，她原地跳了两下。

“啊！”

闻人唯脚底一滑，一个趔趄，朝前栽去！

下过雨后土地又软又湿，再加上天色已晚，白色的雾笼罩了整片树林，她并没有发现自己前方根本没有路，而是一个小山坡！

3

“怎么办，我们都快把这座山翻过来了，还是找不到！”

“步翡那边也是，他刚刚来了电话，没有发现。”

坏消息接踵而来，韩圣燮的眉头也越蹙越紧，眼看着夜幕已经完全笼罩了整座山，白天还生机盎然的樱花林，在手电筒的冷光照射下，透出阴森可怖的感觉。

“要不然，我们还是报警吧？”一个女生缩了缩肩膀，“让警察来解决这件事。我……我心里毛毛的。”

“是得报警。不过，我们也不能放弃找人。”韩圣燮朝前走了几步，目光不经意落到远处的一棵樱花树上，其中低处的一根树枝上，不知道挂着什么东西，随风飘荡，大晚上看起来瘆得慌。

韩圣燮走近一看，是一根黄色的丝带，蔷薇花瓣纹样，精致美丽。他取下那根丝带，黑曜石般的眼睛里闪烁着锐利的光：“看来，她离这里不会太远。”

樱花林畔的小山坡下面，闻人唯抱着膝盖，苦兮兮地坐在地上。她一时不察，从不算太高的小山坡上滚落，不小心扭伤了脚，连路都没法走了。

“好冷啊……”她抱紧了肩膀，使劲搓着手臂上冒出来的鸡皮疙瘩。

脚踝处传来一阵阵灼烧般的疼痛，自从滚下山坡，闻人唯就开始大声呼救，可是把嗓子都喊哑了，也没有其他人出现。从迷路到现在，闻人唯已经稀里糊涂地独自走了一下午，眼看着夜越来越深，原本大大咧咧的她也忍不住开始胡思乱想起来。

现在已经过了集合返回的时间，不会谁也没有发现自己不见了，就这样让她一个人孤独地待在这儿吧……不行，她还没有参加幻花少女大赛，没有打败月琦蔓，没有找到回迦蓝的路呢！

正在这时，一个熟悉的男声远远地响起：“闻人唯？闻人唯你在吗？”

来不及多想，她狂喜地用嘶哑的声音回应：“是我！我在这儿！”

很快，一个高大的黑影从雾气中走了出来，闻人唯仰起头，韩圣燮举着手电筒，俊美的脸上没有表情。

“小骗子，你怎么把自己搞成这样？”

了解到闻人唯扭伤了脚，韩圣燮不由得叹了口气，背朝她，半蹲在地，说道：“上来吧，我背你回去。”

闻人唯鼻头一酸，热泪不禁泛上眼眶，心中的委屈一下子爆发了出来，她扑过去，一把抱住韩圣燮的肩膀，哽咽地说：“谢谢你！韩圣燮！”

韩圣燮浑身一僵，正要把她甩下来，却鬼使神差地心软了。他抿了抿嘴唇，装作没有感觉到闻人唯的泪浸湿了自己的后背，背起她快步朝集合地点走去。

两个人刚回到月湖边，在原地等待的同学们就围了上来，卞青窈从校医那里拿来了绷带和药，凌步翡则往闻人唯手里塞了一杯热可可，也不知道他从哪里弄来的。

“小唯！”原葵斗扑过来，就差没有抱住她的腿大哭了，“你总算回来了，要是你真的出了什么事，我一定会愧疚一辈子的！”

“呸呸呸，没事不要乌鸦嘴。”一旁的卞青窈嫌弃地说。

“对啊，人没事就行了，你也不是故意丢下她的呀！”

“大家都很着急，还是先包扎一下受伤的地方吧……”

同学们你一言我一语，说个不停，虽然很聒噪，但相比起早就坐车离开的圣玛丽学院的女生们，这些全都自发留下来找人的圣樱学院的同学，拨动了闻人唯的心弦，久违的温暖漫过心房。

“谢……谢谢你们！”

原来，她不是孤独一人啊。

稍作休整，韩圣燮背着闻人唯走上大巴，闻人唯一眼就看到坐在前排的艾蜜橘，艾蜜橘也是留下来寻找她的同学之一，虽然她平安无事地回来了，艾蜜橘那张洁白的小脸上却还是带着一丝忧郁。

韩圣燮把闻人唯轻轻放在艾蜜橘旁边的座位上，这时闻人唯才回过神来，发现自己的胳膊还紧紧地搂着他的脖子，不由得像是被烫到了一样，赶紧缩回手。

他像根本没看到她的反应，平静地推了推眼镜：“你好好休息吧，我还有点儿事要去处理。”

说着，韩圣燮就下了车，她怔怔地看着他高大厚实的背影，不由得回想起自己刚刚趴在上面的感觉，安稳、温暖……说起来，韩圣燮给人的感觉也是这样，仿佛不管有什么事，他都能解决，不过正是因为这样，她似乎从来没有看到过他放松的样子，每次见到韩圣燮，他都在为学院中发生的琐事忙得团团转。

原本令人焦头烂额的突发事件，变成了一场虚惊，累了一天的同学们纷纷伸着懒腰走上巴士，车子缓缓启动，驶出了山区。

“小唯，你没事真的太好了！”艾蜜橘帮闻人唯掖了掖毛毯，“大家为了找你，差点儿把曦明山都翻过来了呢。”

“谢谢你们。”闻人唯又是惭愧，又是感激，“下次我再也不一个人到处乱跑了！”

原葵斗上了另一辆巴士，以他胆怯敏感的性格，闻人唯想想就知道，他肯定是把她出事的责任归咎到了自己身上，自责而不敢面对她。

算了，等明天再去找原葵斗好了。

接下来的路十分平稳，窗外的风景也渐渐地从一片漆黑的山区到了灯火辉煌的城市，直到这时，闻人唯才觉得，原本自己还有点儿不习惯的霓虹灯，居然这样令人安心，仿佛只要看到闪烁的炫目灯光，就能感受到人群熙熙攘攘的热闹情景。

也不知道过了多久，身旁传来艾蜜橘的声音，轻轻的，似乎在犹豫着什么："小唯，你睡着了吗？"

"没有。"她赶紧回答，"怎么啦？"

艾蜜橘的脸在车厢灯光的照射下，显得更加莹白，可爱的眉眼间那一丝忧郁挥散不去："有件事……你还记得之前在体育课时，你跟我说过的，学院曾经有人失踪的事吗？"

"啊？"闻人唯挠挠头，疑惑地说，"我问过青窈和凌步翡，他们都说没有听说过，既然风纪部的成员都不知道，那就应该是谣言吧。"

"不！不是谣言！"

艾蜜橘猛地提高了嗓门，过度的反应把闻人唯吓了一跳。接着她咬了咬嘴唇，凑到闻人唯的耳边："这所学校，确实曾经有学生失踪过，而且失踪的那个人……至今还没有找到！"

窗外迷离的光线映在艾蜜橘的脸上，晚风吹起她的长发，她的神情显得分外神秘。

# 第六章

## 最美的
## 银花王冠

# 1

雨点淅淅沥沥地敲打在玻璃窗上，将外面的世界变得模糊氤氲。这是上次韩圣燮将扭伤脚的闻人唯背回来后，两个人第一次见面，有了那次的“救命之恩”，他们之间剑拔弩张的气氛缓和了许多。要不然，闻人唯可从来没有想过，自己居然会和韩圣燮肩并肩坐在玻璃花房的白色秋千长椅上，捧着一杯热气腾腾的巧克力，摇晃着秋千闲聊。

秋千长椅上缠绕着翠绿的藤蔓植物，几朵鹅黄色的小花吐露着芳蕊，在闻人唯的脸畔散发出幽幽的香气……这里可真舒服啊！

“嗯……好喝！”闻人唯小心翼翼地抿了一口巧克力，眼睛瞬间亮了起来。

韩圣燮目不转睛地盯着闻人唯，脑海里浮现出那天她喷自己一脸可乐的情景，幽深的眼睛里带上了一丝笑意。

一边喝着饮料，闻人唯一边恶作剧地撞了撞韩圣燮的肩膀：“韩圣燮，没想到你的爱好是种花啊，哈哈哈……”

韩圣燮不动声色地推了推眼镜，平静地说：“种花有什么不对吗？”

“那倒没有，”闻人唯脸上灿烂的笑容止都止不住，“只是，总觉得这个爱好和你一点儿都不搭。我还以为，你平时的爱好就是监视所有同学，然后看他们有没有什么违纪行为呢！”

“我是变态吗？没事监视别人干吗？”韩圣燮没好气地说。

闻人唯环顾四周一圈，佩服地说：“这么多花都是你种的吗？真厉害啊！好多原本不是这个时节开的花，现在都开了呢！”

“这里是玻璃花房，也就是温室，当然可以让花提前开。”韩圣燮嫌弃地说，白皙如玉的脸上收敛了笑意，“这里平时是有园丁的，我只是在下雨的时候过来看看。”

这还是第一次有人在下雨天，闯进了自己的秘密花园，还偏偏是这个小骗子。想到这里，韩圣燮突然有了一种奇怪的感觉，反正并不讨厌。

“下雨天，这里应该没什么人来吧！”闻人唯巴巴地看着进门时她摸过的那丛小白花，眼神中满带渴望，“放心吧，你喜欢花的事，我不会告诉别人的。不过……”

“知道了，我会送你一盆铃兰的。”韩圣燮有点儿头痛。

“那个是铃兰啊！好漂亮啊！”空气中的花香混合着巧克力甜甜的气息，让人没来由地心情很好，闻人唯真心实意地夸赞，“韩圣燮，你真是个好人！”

“别拍马屁了。”韩圣燮黑宝石般的眸子里闪过一丝无奈，“说起来，你的复古社怎么样了？”

不提还好，一提起这个闻人唯就像竹筒倒豆子，把银花王冠和缺少成员的事一股脑儿地说了出来，最后，她苦着脸问："唉，没想到成立社团会这么难！韩圣燮，我该怎么办啊？"

韩圣燮蹙起乌黑的眉毛，沉思了一会儿："圣樱学院从来没有刚升学不久的新生成立社团的，大家都不认识你，又怎么会认可你这个社长呢？所以光靠说是不行的。"

"那我要怎么做呢？"她急切地凑上前。

因为淋了雨，闻人唯头发湿漉漉的，有几缕碎发凌乱地散在耳畔，看得让韩圣燮直想伸手将它们撩上去。鉴于这种行为有点儿太亲密，他最后还是忍住，只好移开眼睛："月琦蔓提前公布银花王冠，就是想让你不战而败，如果什么都不做，你在气势上就已经输了。"

"我明白了！"闻人唯恍然大悟，她晃了晃秋千，"所以，我还是要拥有自己的银花王冠，而且，要亲自动手做！让大家都看到我的实力！"

韩圣燮喝了一口咖啡，连自己都没有察觉到，唇边泛起的笑意。

雨停以后，闻人唯抱着韩圣燮送的铃兰花，信心满满地回到公寓，决心设计出一顶让所有人眼前一亮的王冠。

第二天，却发生了一件出乎意料的事。

闻人唯刚来到教室，就听见所有同学都在八卦一件事——月琦蔓的银花王冠失窃了！

"听说是昨天晚上被偷的，月琦蔓把银花王冠放在学生会，让同学们参观，今天就不见了，当晚监控设备也被关掉，什么都没拍到。"

"圣玛丽学院的保安措施这么差啊！我们学院有风纪部巡逻，还从来没有发生过这样的事件呢！"

"谁让她到处炫耀，二十万的贵重珠宝，当然招贼惦记啊！"

正在这时，一个胖胖的身影气喘吁吁地跑进教室。满头是汗的原葵斗一见闻人唯，就急急地拉住她的手往外走："快！你还在这儿干吗，月琦蔓就要来找你了！"

"什么？"闻人唯一头雾水，瞪大眼睛看着突然出现的原葵斗，"找我干吗？"

上次在曦明山迷路之后，原葵斗这几天都不好意思见自己，现在突然出现，实在是有点儿反常。

原葵斗把闻人唯拉到走廊里，掏出手机给她看："月琦蔓的王冠不是被偷了吗？早上不知道是谁无聊，发了个帖子爆料说是你偷的，月琦蔓已经带着她的粉丝团过来了！"

“我？”闻人唯不敢相信地接过手机。

果然，圣玛丽学院的官网论坛上，挂在首页的第一个帖子的标题，就是《惊天爆料！银花王冠的偷窃者——闻人唯》。匿名发帖人声称自己半夜看到闻人唯偷偷潜入学院偷走王冠，帖子上附了一张她的照片，把她怎么关掉视频录像，怎么溜进学生会的细节都煞有介事地讲述了一遍。

照片上的闻人唯穿着一身雨衣，躲在一根柱子后面，鬼鬼祟祟地朝前方张望，看起来的确很可疑。

“假的！”闻人唯肺都快气炸了。

这个人，明明偷拍的是那天自己跟踪韩圣燮去医院的照片，却在这个时候故意拿出来混淆视听，到底是和自己有什么仇？

“我们都不信你会去偷银花王冠，”原葵斗的脸色惨白，显然是月琦蔓勾起他许多不好的回忆，“可是圣玛丽学院那边已炸开了锅。她们觉得，你是不甘心被月琦蔓打败，所以故意偷走花冠。她们已经认定小偷是你了！”

“怎么能这样？”

原葵斗的手机“嘀嘀”响了两声，是风纪部的同学在通风报信，他拿起来看了一眼，抓住闻人唯的手就往楼下跑：“她们快到了！小唯，你先躲一躲，撞到月琦蔓就麻烦了！”

## 2

世界上有很多事，都是事与愿违的。

原葵斗拼命拉着闻人唯，想要趁着月琦蔓还没找过来之前离开，刚跑到校门口，就看到气势汹汹的一帮人到圣樱学院校门外了。还没来得及反应的闻人唯只觉得一股巨大的力量拽着自己，一个趔趄就栽进了旁边的灌木丛中。

“哎哟！”

原本没有来这一出，还没人注意到他们，可偏偏就这么一声惊叫，一个女生看了过来，脸上顿时闪现出惊喜的神情：“快来看！这个人是不是那个小偷？”

一瞬间，这帮人呼啦啦朝闻人唯拥来。闻人唯从灌木丛里爬起来，尴尬地拂落头发上沾的几片树叶，扯了扯嘴角，朝为首那个打扮华丽的女生打招呼：“月琦蔓，真巧啊。”

自从上次在医院偷听到了月琦蔓的秘密之后，再看到她，闻人唯总感觉有点儿尴尬。

月琦蔓穿着一件孔雀蓝的连衣裙，胸前点缀着星星点点的白色小花，漂亮的月桂枝造型的项链在阳光的照耀下折射出璀璨的光芒，她冷冷地看着闻人唯，过了好久才开口。

“是你偷走了我的银花王冠？”

“没有，绝对没有。”闻人唯把头摇得跟拨浪鼓似的，就差对天发誓了，“我可是遵守校规的好学生，根本就没有去过圣玛丽学院，也从来没有偷过东西，那个帖子上说的都是假的，千万不要相信。”

“你说谎！”刚刚发现闻人唯的那个女生鄙视地看了她一眼，“如果不是你偷的，你为什么要躲？我看你肯定是心虚！”

闻人唯哭笑不得，她用眼角余光瞥了一眼蹲在灌木丛后面，努力降低自己存在感的原葵斗。她还能说什么？难道要说，是原葵斗拉着自己逃跑的吗？

正在这个时候，得到消息的韩圣夑也带着一大帮人匆匆朝校门口赶来。远远地，他就看见一抹娇小的身影，正扬起头，手舞足蹈地试图解释些什么。而对面的月琦蔓则双手抱着胸，一脸不耐烦，嫣红的小嘴微微弯起，露出一抹讽刺的笑。

他迈开修长的双腿走过去，还没等开口替闻人唯辩解，就听见一个紧张的男声，结结巴巴地说：“我……我可以证明小唯没有偷东西！因为昨天一整天，我都跟她在一起，晚上结伴去餐厅吃的饭，然后……然后我们一起打游戏到深夜！”

现场顿时鸦雀无声，过了好一会儿，圣玛丽学院的女生们才爆发出一阵哄堂大笑，纷纷用怪异的目光打量着闻人唯和原葵斗。

韩圣燮看到这一幕，心中隐隐有些不痛快，想说的话到了嘴边，又咽了下去。

“阿葵！”闻人唯倒是没觉得不自在，她只是压低声音，“喂，你为什么要骗她们？我昨天根本没有见过你呀！”

“别……别说了，嘘。”他焦急地扭过头，悄悄在她耳边说，“如果不是这样，她们一定会死揪着你不放的。”

“可是……”闻人唯郁闷地鼓了鼓腮帮子。

可是，他明明是在说谎，只要是谎言，就一定会有真相大白的一天；更何况前一天下雨时她去的是玻璃花房，遇到了韩圣燮。要是他听到原葵斗这么说，一定会毫不留情地拆穿吧！

月琦蔓也忍不住笑了：“胖子，说谎也要打打草稿吧！你是闻人唯的朋友，你以为你说的话我会相信吗？”

“也许根本不是朋友呢！”一个戴着碎花兔耳发箍的女生，调侃地说，“谁说胖子没有恋爱的权利呢？”

“哈哈哈哈……”

原葵斗的脸“腾”地一下涨得通红，他难堪地低下头，两只手使劲搓着衣角。

“好了，不要再为难他了！”闻人唯看在眼里，忍不住出声道。她虽然对原葵斗说谎并不赞同，但心中还是有一点儿感激，毕竟原葵斗那么胆小，他能在月琦蔓面前挺身而出保护自己，就已经很伟大了。

她深吸一口气，神情肃然地朝月琦蔓抬起下巴：“王冠不是我偷的，如果你不相信的话，可以报警。”

看着闻人唯笃定的模样，月琦蔓咬了咬嘴唇，她想起那天在医院里自己和哥哥的争执，就忍不住心烦意乱。虽然自己根本不把闻人唯放在眼里，可是她知道自己最大的秘密。要是太咄咄逼人，她一气之下，把自己的秘密全都抖搂出去了怎么办？要是圣玛丽学院的女生们知道自己只是个被领养来的孤儿，还会像以前那样喜欢她，拥戴她吗？

月琦蔓忍不住打了个冷战，不敢再想下去。还没等她说话，身后圣玛丽学院的女生们先按捺不住，纷纷声讨起闻人唯来。

“你说不是就不是？小偷要都那么说，世界上就不会有盗窃案了。”

“就是！快把王冠还回来！”

月琦蔓一抬手，圣玛丽学院的女生们安静下来，她看着闻人唯，琥珀般的眼睛里闪过一丝狡猾："好，我可以不计较银花王冠的事。可是现在还有不到一个月的时间，幻花少女大赛就要开始了，再去找大师定制银花王冠肯定来不及，你说怎么办？"

"这个就交给我好了！"闻人唯自信满满地看着她，"我保证一定会赔给你新的银花王冠。"

"三天，我就给你三天时间，三天之后你必须要给我个交代。"月琦蔓深深地看了闻人唯一眼，理都不理缩在一旁的原葵斗，带着那群不情不愿的女生离开了。

"奇怪？什么时候月琦蔓变得这么好说话了？"

"对呀，气势汹汹地来兴师问罪，结果这么容易就走了。"

原葵斗能在月琦蔓面前开口，已经是耗费了所有的勇气，见她终于走了，忍不住松了口气，一屁股重重地坐在地上。

韩圣燮面无表情地站在一旁，看着原葵斗扬起灿烂的笑脸，幽黑的眸子里仿佛燃起了一团火焰，旁边有个风纪部的男生担心地提醒："部长，怎么办？三天时间也太赶了吧？"

从始至终，闻人唯都没注意到韩圣燮的存在，韩圣燮那张俊美的脸上浮起了一丝嘲讽的笑。

"既然她说自己能解决，那就让她解决吧。"他毫不留情地转身离开了。

"阿葵，"闻人唯扶起原葵斗，和他肩并肩朝教学楼走去，"你不应该骗人的，月琦蔓她们没有证据，才不可能因为一个污蔑人的帖子，就把我怎么样呢！更何况昨天我和韩圣燮在一起，他是风纪部部长，一定会保护我这个圣樱学院的学生的。"

"啊！我……我不知道你和韩圣燮在一起……"原葵斗愧疚地看着她，"你知道，月琦蔓从来不是讲道理的人，我一着急，就……"

"我知道你是为我好，"闻人唯笑嘻嘻地拍了拍他的肩膀，"不过，以后还是不要说谎了，我现在都浑身不自在呢。"

过了好一会儿，原葵斗才缩缩肩膀，低声回答："嗯……"

清脆的八音盒上课铃响起。第一节是早自习，闻人唯慢悠悠地走着，看原葵斗从旁边的树上摘下一片叶子，在指间紧张地搓揉："小唯……你还记得，上次你在甜品店劝我的话吗？我回去反省过了。你说得对，我不能再这样放任自己胖下去了，我不想永远活在别人的嘲笑中。"

"啊？"闻人唯诧异地停下脚步，转头看着他。

阳光斜斜地照下来，原葵斗白胖的脸上带上了一丝坚定："我报名参加了一个魔鬼减肥训练营，请了一个月的假。"

“减肥训练营？”

“小唯，这段日子我不能待在学校了。我想过了，这一个月里我一定要好好地减肥，等到下次见到我的时候，你一定认不出来！”

原葵斗那双黑珍珠般的眼睛诚恳地看着她：“你放心，我一定会回来看你比赛的。这一次，我绝对不会半途而废，一定要成功！”

“好，不成功便成仁！”

被原葵斗的豪言壮语感染，闻人唯绽放出一抹笑容。原葵斗是她在圣樱学院交到的第一个朋友，不管他要做什么，她都会支持的！而且这段时间里，她也有太多事要做，够自己忙得焦头烂额了。

## 3

春日的暖风缓缓吹着，金色的阳光穿过生机盎然的林间，照在嬉戏打闹的女生们身上，绿茵操场上喧闹一片，将整个学院衬托得朝气蓬勃。

月琦蔓双手抱着胸，面带嘲讽的微笑，站在圣樱学院校门口，她身后的女生穿着华丽的制服，一个个神情严肃，如临大敌。

“会长，您之前的话难道是认真的吗？”

“那个叫闻人唯的女生明明就是小偷！我们只是没有证据而已，一想到要跟她打交道，我就生气。”

“是啊！琦蔓，你该不会是真的相信那个闻人唯的话吧！”

月琦蔓一只手轻轻勾起一缕卷发，在手指间把玩：“难道你们觉得，在这短短的三天内，闻人唯真的能拿出令人眼前一亮的银花王冠吗？”

“不可能！”

“当然拿不出来！”

大家七嘴八舌地回答着，月琦蔓微微一笑，无比自信地说：“那不就行了。今天就是约定好的日子，我倒要看看她拿不出东西，该怎么向我交代。”

有了她这番话，圣玛丽学院的女生都觉得自己的底气足了起来，纷纷挺胸抬头，跟着月琦蔓朝圣樱学院走去。一行人来到风纪部，正要找韩圣燮兴师问罪，没想到卡其色的沙发上坐着一个令他们意想不到的人。

“你居然在这里？”

月琦蔓诧异地说，在她的预想中，到了约定时间闻人唯拿不出银花王冠，应该像只缩头乌龟一样，躲在公寓里不敢出来才对。

闻人唯笑嘻嘻地看着她，从身后拿出一个银色的小盒子：“你要的东西我带来了，早早地在这里等着你呢。”

一群以卞青窈和凌步翡为首的风纪部学生站在闻人唯两旁，虎视眈眈地盯着月琦蔓一群人，身为风纪部部长的韩圣燮却不见人影。

月琦蔓的心里突然升起一股焦躁，她刻意忽略掉这奇怪的感觉，高傲地抬了抬下巴：“我倒要看看你拿了个什么东西出来。”

“虽然比不上你找的那个佩洛普大师，但也是不差的！”说着，闻人唯就打开了小盒子。

虽然嘴上说着不在意，但圣玛丽学院的女生们却都在打开盒子的那一刹那，目不转睛地盯着看。当盒子里的东西呈现在大家面前的时候，所有人都忍不住发出了“哇”的惊叹声。

闻人唯的银花王冠，比之前由珠宝所打造的那顶要朴素多了。它晶莹剔透，呈圆环状，圆环周边点缀着许多风铃般的透明小花，倒垂下来，折射着阳光，仿佛一颗颗璀璨夺目的珍珠。

“这也很普通嘛，”月琦蔓身后一个女生嘴硬地说，“完全比不上之前那顶。”

“先别急着评价嘛！”闻人唯神秘兮兮地眨眨眼，戴上手套，亲自把那一颗颗装饰小花摘下来，在众人惊叹的目光中，用一种不可思议的手法重新组合，那双手仿佛拥有魔法一般，转瞬之间，这顶晶莹的王冠居然变成了一朵精巧绝伦的铃兰花，被她捧在手中，熠熠生辉。

“好厉害！”

不知道是谁情不自禁地喊了一声，月琦蔓怒目而视，却发现声音源头竟然是圣玛丽学院的一个女生，女生惭愧地低下头。但光看这一幕，闻人唯就知道自己过关了。

多亏上次在玻璃花房遇到了韩圣燮，他送自己的那盆铃兰花给了她灵感。这三天，闻人唯都窝在公寓里，不知道试了多少次，才做出这顶纯手工银花王冠，精致大方，还贴合主题——美丽的银色花朵。

“这顶王冠，”过了好一会儿，月琦蔓才白着一张小脸说，“我不满意。”

闻人唯奇怪地看着她：“哪里不满意？我看大家都觉得很好啊。”

月琦蔓咬了咬嘴唇，不甘心地说：“这……这种东西一看就是便宜货，怎么配得上幻花少女大赛的奖品？不行，反正我不同意。”

闻人唯站起身来，一边小心翼翼地把王冠重新收回盒子里，一边反驳：“我倒不这么认为，幻花少女大赛原本就是学校与学校之间的竞赛，奖品太昂贵，岂不是很浮夸吗？我们都是学生而已，名贵的珠宝对我们来说太遥远了，反而是花了心思设计的精巧作品，更加衬得起幻花少女大赛的气氛。”

“对，就是！”

“我也觉得很不错啊！”

“说得真不错，又不是人人都买得起啊！”

虽然银花王冠赔给月琦蔓，代表着圣樱学院在气势上就输了一截，但也总比被扣上小偷的帽子要好。

圣樱学院的同学们，都纷纷随声附和，力挺闻人唯，就连卞青窈和凌步翡看向闻人唯的目光中都带上了一丝敬佩。月琦蔓的脸上一阵青一阵白，她不想承认自己的失败，故作骄傲地扬起眉头："你们的思维我不懂，所以说，圣樱学院的穷人太多，也真是伤脑筋。"

这番话一出，大家一片哗然。

"怎么这么说话呢？"

"月琦蔓也太高傲了吧，虽然知道她是圣玛丽学院的女神，可我没有想到她居然会这么说呢！"

"人家是千金大小姐，怎么是我们这些人能够相比的。"

一阵阵冷嘲热讽传进她的耳中，月琦蔓心中越发烦躁，她向来是众星捧月的女神，什么时候受过这样的嘲讽？

闻人唯认真地看着月琦蔓，不由得想起那天晚上在医院，她脸上那种仓皇无助的表情。韩圣燮说过，月琦垩并没有把自己的病情告诉月琦蔓，也就是说，这位骄傲的大小姐现在还被蒙在鼓里。

唉……绝症病人将病情隐瞒着自己的亲人，而亲人却不理解他，以为他是看不起自己……

闻人唯的心中仿佛打翻了五味瓶，怎么都不是滋味，她忍不住叹了口气："月琦蔓，不管你多么骄傲，多么看不起别人，但其实，你也挺可怜的。"

月琦蔓不敢相信地抬起眼睛，死死盯着闻人唯，自己什么时候轮得到她来同情了？

难道说，她是知道了自己孤儿的身份，所以出言嘲讽吗？

"你凭什么说我可怜？你才可怜！"

一时间，一股无法抑制的怒火蒙蔽了月琦蔓的心，她向前一步，扬起巴掌就要挥下去——

"你干什么？"

这时，一只强有力的手抓住了月琦蔓扬起的手臂。顿时，所有人都朝这只手的主人看去，韩圣燮俊美的脸上仿佛覆满了寒霜。

他冷冷地盯着月琦蔓："圣玛丽学院学生会会长大驾光临，难道就是为了在这么多人面前，打我们学校的学生吗？"

月琦蔓这才回过神来，她惶恐地后退几步，脸色苍白地左右看看，发现周围的同学都用震惊的目光看着自己。

韩圣燮迈开步子，将惊魂未定的闻人唯挡在自己身后："身为风纪部部长，我绝不允许我们学院的学生受到任何欺负。"

月琦蔓和圣玛丽那群女生在韩圣燮手中吃了瘪，只好悻悻地离开。

一整个下午，同班同学“小雀斑”都捧着脸，兴奋地在闻人唯身边绕来绕去，完全成了韩圣燮的粉丝。

“韩圣燮好帅哦！我以前怎么会觉得他很凶呢？他其实很有绅士风度啊。”

“还好吧。”

闻人唯懒懒地趴在课桌上，心不在焉地听着，她的脑海中不由自主地回想起韩圣燮挡在自己身前的那一幕。她以前从来没有注意过，原来少年的肩膀也能这么宽阔。

“什么叫还好，明明就很帅！唉，要不是我们部长总是一脸‘别人欠钱不还’的样子，早就迷倒万千少女了！”“小雀斑”叹了口气，也跟着坐了下来，“不过，我还是比较喜欢凌步翡。部长的性格太可怕了，只可远观不能靠近。我严重怀疑他整天就顾着盯违反校规的同学，要是我像你一样，被罚扫大街那就惨了。”

听到“小雀斑”这样评价韩圣燮，闻人唯直起身子，刚想要用那天在玻璃花房看到的“花匠部长”来反驳，不知道为什么，却迟疑了起来。虽然韩圣燮并没有说这是必须保守的秘密，但也许在潜意识中，自己并不想让别人知道……

意识到这件事，一股热流涌上脸庞，闻人唯拒绝再想下去，赶紧按了按自动铅笔，捧起数学书问：“对了，昨天的作业你做了吗？那个三角函数的公式……”

自从来到这里，要赶上功课就已经很吃力了，再加上复古社的最后一个成员还没有找到，想那么多有的没的干吗？

## 4

午后的阳光透过明亮的玻璃，懒懒地照射在木质地板上，风纪部办公室内弥漫着醇厚的咖啡香。

“你有没有发现，这两天小唯很少来风纪部了？”

卞青窈无聊地翻着手里的卷宗，问在一旁转篮球玩的凌步翡。星期二的下午是学院社团活动时间，学生可以不用穿校服。两个人穿着便服，显得清爽又充满活力。

“啊，为什么？”凌步翡清俊的眉目间带着诧异，他停下手里的动作，“她要建复古社，不是正需要我们帮忙吗？”

卞青窈若有所思地蹙起眉毛，漂亮的鹅蛋脸比一般的女生多了几分飒爽，配上中性风的格子衬衫和牛仔裤，看起来像雌雄莫辨的美少年。

“可是，我总觉得她好像在躲着谁的样子。上次，我和阿燮一起在走廊上碰到小唯，刚准备打招呼，没想到她转身走了。”

凌步翡恍然大悟，剑眉舒展开来：“说起来我也是！我上次在餐厅和阿燮一起吃饭，正好看到她走进来，想叫小唯坐我们这边，没想到她像躲瘟神一样绕到了离我们最远的桌子……这么说，她不是在躲我们吧？”

“可是上次她来我公寓玩了呀！”

“我也是，有次打完篮球，她还约我一起吃冷饮呢！”

“这么说，好像每次我们和阿燮在一起时，小唯就躲着走？”

两个人越说越觉得不对劲，最后不约而同地将目光投向正伏案工作的韩圣燮。天气渐渐热了起来，韩圣燮身上的衬衣却永远没有一丝褶皱，白皙的额间一点儿汗都没有，和别人动不动就汗流浃背相比，他就像冰雪凝聚而成的人。

韩圣燮察觉到两个人灼热的视线，停下手中的笔，推了推眼镜，目光锐利地看了过去。

“有闲心说那么多有的没的，还不如来帮我看看这几条校规的重新修订版。”

“咳咳……”

卞青窈干巴巴地咳嗽了几声，瞥了对面的凌步翡一眼，凌步翡做了个给嘴巴拉拉链的动作，整间办公室陷入了安静。

阳光依旧灿烂，外面的操场上传来喧闹的声音，韩圣燮抬起头，沉静而美好的脸庞映着金色的光，他盯着窗外出了一会儿神，嘴唇渐渐地抿成一条直线。

时间如指尖的沙砾，感受不到它的流逝，只有日历上一天天画掉的日期在提醒闻人唯幻花少女大赛正日渐逼近。

"同学，你想了解一下我们复古社吗？"

"同学，复古社……别走嘛！"

正午的阳光明晃晃的，刺得人眼睛发疼。一位身材娇小，穿着圣樱学院制服的少女在校园里发传单，可是路过的同学都纷纷摇头摆手，没有人愿意停下脚步听她说话。

不知道是第几次被拒绝了，闻人唯擦擦额头上的汗，看着手里被攥得皱巴巴的传单，心中升起一丝焦虑。

最近学院里的八卦话题都是关于幻花少女大赛，往年两所学院之间残酷的"厮杀"被人津津乐道，作为有勇气向月琦蔓挑战的"勇士"，同学们免不了要拿两个女生对比一番——

就算是再迟钝，闻人唯也感觉到大家看自己的目光越来越奇怪，毕竟和上一任的冠军相比，她这种到处宣扬自己来自迦蓝王国，还整天穿着雨衣晃来晃去的怪人根本毫无胜算嘛。但就算她听从艾蜜橘的劝告脱掉雨衣，和大家一样穿制服也来不及了，"小骗子"的形象已经深入人心，大家都心存怀疑，没有一个人肯答应加入复古社。

"小唯！"

远远地，一个高挑苗条的身影朝闻人唯奔来，那张富有古典美的鹅蛋脸上布满苦恼："糟了糟了！你知道吗？月琦蔓最近改变路线了！"

"改变路线？"

看着突然拦住自己的卞青窈，闻人唯一头雾水，不明白是什么状况。

"是啊，上次在路上遇到她，月琦蔓还主动朝我笑，害我浑身汗毛都竖起来了。"卞青窈见鬼般地瞪大双眼，一副心有余悸的样子，"以前对我们学校的人，她不都是用鼻孔看人的吗？更别提我这个风纪部的，她向来都是视而不见。"

说到这里，她抬起头，模仿大猩猩做了个夸张的仰头鬼脸，放大的鼻孔逗得闻人唯忍不住笑出声来，卞青窈跟着笑了笑，接着又说："我觉得不对劲，就特地去调查了一下，听说钢琴社请她来当特别辅导，她从上个星期五开始，就每天在我们学院教钢琴呢！"

"钢琴？好厉害啊。"闻人唯真心实意地发出一声夸赞，她从生下来就没有音乐细胞，曾有一次一边洗澡一边哼歌，隔壁的女生忍不住猛敲墙壁让她别唱了。

"她不是钢琴十级，还拿过国外的天鹅奖吗？"卞青窈忧愁地叹了口气，"幻花少女大赛规定的才艺表演，月琦蔓每一项都很厉害。之前我们学校就有很多同学视她为偶像，只不过她太傲气，对谁都端着大小姐架子，所以也有很多人讨厌她。”

“可是她现在不是很亲切吗？”

“就是这样才让人担心啊！”卞青窈恨铁不成钢地瞪了闻人唯一眼，自从加入了复古社以后，她觉得自己头发都要急白了，“你想想，一个原本很高冷的女神，突然变得平易近人，还教粉丝弹钢琴，她的人气不是会直线上升吗？”

闻人唯倒是没想那么多，这些天她都在绞尽脑汁地找一个对手工感兴趣的同学，可惜现在流行的都是漫画和电视剧，自己熟悉的东西都派不上用场。

“青窈，”她幽幽地叹了口气，“你说，我喜欢做缝纫和手工，是不是已经过时了呀？大家好像都不感兴趣的样子。”

“哪有！”卞青窈激烈地反对，她拍拍闻人唯的肩，“你忘了，你做的银花王冠那么漂亮，当时可是震惊全校呢！你说，他们怎么就不相信，那是你亲手做的呢？”

看着卞青窈清澈的瞳仁中倒映出自己小小的身影，闻人唯勉强扯了扯嘴角，心中却像压了一块沉甸甸的石头……虽然那顶银花王冠打动了所有的人，但因为大家对她的印象是“小骗子”，所以最后都没人相信那顶王冠是她做的！

都怪韩圣爕，谁让他天天这么叫她的？

可是，要让她去风纪部找他，让他为自己澄清，闻人唯却说什么也不愿意，最近每次想到韩圣爕，她的心都忍不住跳得厉害，就像生病了一般。

这是为什么呢？是因为他从曦明山背出了迷路的自己，还是每次有事的时候，韩圣爕总是挺身而出，挡在她前面；又或者是，从来没有人像他一样，会亲手种一盆美丽的铃兰？

# 第七章

## 奋起吧！
## 复古社

# 1

夕阳的余晖洒落，整个学校都染上绚烂的玫瑰色。圣樱学院每天放学后的社团活动时间很受欢迎，为了避免有顽皮的同学闹出危险事故，每天风纪部会在学院里巡逻。

“奇怪，今天的检查有什么不同吗？为什么部长要亲自出马？”

一个男生悄悄地转过头，问身旁的同伴。说来奇怪，如果不是春日祭这样的大事件，风纪部部长一般都不会参与巡逻这种日常事务的，可偏偏今天，韩圣燮居然主动提出要跟值日生一起巡视校园。

“我哪知道……难道说今天有人想闹事？”

两个人窃窃私语了半天，也没有议论出个所以然，只能忐忑不安地跟在韩圣燮的身后亦步亦趋。

韩圣燮悠闲地路过走廊，拐角处传来一个熟悉的清脆嗓音：“蜜橘，你真的要参加我们复古社吗？”

另一个甜甜的女声回答：“当然，我答应过你的事，什么时候不算话？”

韩圣燮停下脚步，他冲身后的两个值日生点点头，压低声音说：“你们先去看看戏剧社，我听说他们今天为了排新剧本，擅自拆了学院礼堂的音响设施。”

两个男生对视一眼，心中一紧，赶紧照着部长说的去检查，一边走一边八卦：“戏剧社也不知道倒了什么大霉，最近被部长盯得死死的，这都是这个月第三次突击检查了。”

“也不能这么说，谁让他们破坏公物的……”

目送着他们的背影离开，韩圣燮继续听闻人唯和艾蜜橘聊天。

“太好啦！我正在为复古社剩下的两个成员而发愁呢！唉，什么破规定，一定要五个人才符合申请条件……青窈，阿葵，你还有我，现在已经有四个人了，蜜橘！真是太谢谢你啦！”

“朋友之间说什么谢谢嘛，我还等着你打败月琦蔓呢。”

韩圣燮面无表情，幽黑的眼眸犹如一泓深潭，他悄无声息地走到闻人唯背后，迎着对面艾蜜橘好奇的目光，突然开口：“小骗子，原来你在这儿。”

闻人唯吓了一大跳，扭过头，正对上那张熟悉的俊脸，紧张得顿时磕巴起来：“你……你找我干吗？”

“我巡逻恰好经过。”

“可是部长不是不用巡逻吗？我特地这个时候出来……”闻人唯突然意识到自己说

了什么之后，猛地咬住了舌头。

一旁的艾蜜橘看看闻人唯，又看看韩圣燮，洁白的小脸上透出几分好奇，韩圣燮蹙了蹙乌黑的眉头，蛮横地一把抓住闻人唯的手腕：“跟我来。”

在艾蜜橘的注视中，韩圣燮拉着一脸错愕的闻人唯来到教学楼下面的小花园。小花园里开了许多鹅黄色的小花，星星点点地夹杂在郁郁葱葱的草丛中，空气中淡淡的芳草气息，预示着夏天快要来到。

闻人唯一边走一边看着前方韩圣燮英挺的背脊，回想起他背着自己走出曦明山时的场景，忽然感觉他的手就像烧红的烙铁一样烫，自己的胸口也像揣了只小兔子，“怦怦”地乱跳。

她拍开他的手：“有话好好说，不要动手动脚！”

冷不丁被闻人唯抗拒地打了一下，韩圣燮想起之前她和原葵斗亲密的模样，强忍着愠怒转过身：“小骗子，你最近为什么躲着我？”

“我……我哪有躲？”没想到他是来质问自己这个，闻人唯忍不住一怔，下意识地移开了目光，“只不过是复古社的事太多了嘛。”

韩圣燮盯着闻人唯的头顶，眸中的情绪让人捉摸不透：“不要说谎了，你到了这个时候还要狡辩吗？看来，我叫你‘小骗子’还真是没错。”

闻人唯震惊地瞪大眼睛看着韩圣燮。

“狡辩？”

“难道这段时间，”韩圣燮向她逼近了一步，冷冷的语气带上了薄怒，“你不是看到我就逃跑吗？为什么？难道你还在因为开学时，我罚你扫大街的事而生气？”

“不是的，我……我……”闻人唯吞吞吐吐的，磨蹭了半天也说不出个理由。

总不能说，她看到他就心跳加速，生怕自己会头脑发热，做出什么奇怪的事吧？

“你什么？”等了好久也等不到闻人唯的解释，韩圣燮的眼神黯淡下来，“你难道也听信了那些传言，说碰见我就会倒霉吗？”

“不是的！”闻人唯猛地打断他的话，“我不是因为这个躲着你，真的！”

“那你说说为什么。”韩圣燮白皙的脸上犹如笼上了一层寒霜，“不许说谎，就算你骗人我也看得出来。”

闻人唯猛地闭上了嘴巴。她心乱如麻，不知道该说些什么。在曦明山时，韩圣燮翻遍了整座山寻找她，最后亲自背着她走出来；后来她在玻璃花房遇到他，他又送她铃兰花……她对他的好感日益加深，可是……可这是不对的！

不管别人相不相信，这段时间，就算与月琦蔓的赌约让她忙得焦头烂额，她也一直没有放弃寻找迦蓝王国的线索。虽然还是一无所获，但按照故乡的传统，擅自喜欢上一个人，家人甚至都不认识，是一件很可怕的事！特别是每当看到韩圣夔的脸，她就呼吸困难。她不知所措，只想逃避……

时间仿佛静止了，气氛变得很尴尬。灿烂的阳光照在两个人身上，让人一点儿都感受不到温暖，反而凉意彻骨。

“我知道，很多人在背后叫我恶魔阎罗，”韩圣夔沉默了许久，终于开口，“原本以为你和别人不一样，现在看来是我想多了。”

韩圣夔的声音很轻，却像一道利剑，狠狠刺在闻人唯的心头。韩圣夔也不知道自己是怎么回事，明知道这话很过分，却还是不肯停。他抿了抿薄薄的唇，赌气地说：“是我看错了人，忘了你一开始就满嘴谎言，用可笑的花样来哗众取宠。”

“你说什么？”闻人唯脑子里仿佛有一根弦“砰”地断了，“哗众取宠？”

看到闻人唯一脸受伤的表情，韩圣夔住了口，绷紧的面容上闪过一丝愧疚。

闻人唯不敢相信她会从韩圣夔口中听到这样的话，极度的震惊过后，她的胸口燃起愤怒的火焰。

她可不是忍气吞声的人，于是想也不想，便气愤地说：“既然在你眼中我是骗子，那我躲着你走，岂不是更好？”

说完，她沉着脸，推开挡在前面的韩圣夔，径直离开了这个是非之地。

## 2

夏日虽还未到，天气却一天天地热了起来，草丛中偶尔响起几声虫鸣，为这静谧的校园带来了几分生机盎然的气息。

下午放学时间，卞青窈一边整理着风纪部的文件，一边和凌步翡聊着天：“最近小唯是怎么了？每次看到她都一脸闷闷不乐的样子，问她什么原因又不说。”

“有吗？”凌步翡心不在焉地瞥着不远处的体育馆，今天篮球社没有活动，他整个人都蔫蔫的，“大概是为了复古社的事，压力太大吧。”

“可是这样下去也不行啊！这两天，我看她的脸色越来越苍白，听说上课也常常发呆。幻花少女大赛过后就要期中考试，就算得了冠军，成绩也不能吊车尾呀！”卞青窈忧心忡忡。

“嗨！这有什么，”凌步翡收回目光，不甚在意地说道，“不就是压力大吗？放松一下就好啦！上次我在公交车站的广告牌上，看到这个周末在博物馆有古代仕女首饰艺术品展览，我去找几张门票送给她。她应该就会开心起来了吧。”

卞青窈怜悯地看着他：“你们男生的世界真单纯。”

这家伙是真不懂还是假不懂，都没看到最近部长大人也脾气特别暴躁吗？韩圣燮和闻人唯之间，一定发生了什么不为人知的事！

“啊？”凌步翡疏朗的眉目间满是困惑。

“没什么。”卞青窈收拾好手上的文件，走到书柜旁，“如果问题能这么简单就解决，当然再好不过了，你去试试看吧。”

第二天是星期五，每到临近周末的日子，同学们总是格外兴奋。一轮红日斜斜地挂在地平线上方，向大地洒下橘红色光芒，在人们身上镀了一层温馨的色彩。

下课铃刚落没多久，教室就变得空荡荡的。闻人唯坐在课桌前，一只手支着下颚，呆呆地望着窗外，不知道在想什么心事，洁白的小脸一半浸在阴影中，带着一丝淡淡的忧郁。

每天放学后闻人唯会留在教室里，好好研究打败月琦蔓的方法。毫不夸张地说，月琦蔓简直算是全能选手，绘画、舞蹈、钢琴……没有一项不精通的。

“小唯？”凌步翡探头进来，轻快的声音清朗悦耳，“你果然在这里。”

闻人唯困惑地抬起眼睛，就看见凌步翡迈着修长笔直的双腿，迎面走了过来，他“啪”地一下，甩下一叠厚厚的册子。

“这是？”

“之前青窈跟我说，你神经太紧张，这个周末有个古代艺术展，我特地弄来了宣传册和门票，你不是很感兴趣吗？到时候你就直接叫上朋友们一起去吧！”凌步翡单手拎起书包，帅气地往肩上一甩，“要不然，大家都该担心了。”

“凌步翡……”

闻人唯心中涌起一股暖流，随之而来的是淡淡的酸楚。只有她自己知道，她哪里是什么神经紧张，明明就是因为韩圣夔那家伙。

这段时间，他们两个人的关系回到了最初，不，比那还不如。平时在校园里遇到，他们对彼此视而不见，仿佛从来没认识过。

想到这里，闻人唯觉得那股酸意涌进了鼻子里，就连喉咙也痒痒的，眼圈不由自主地泛红。

她想不通，韩圣夔为什么对自己说那么过分的话？

“小唯，你怎么了？眼睛怎么红了？”就连凌步翡这个神经无比大条的人，也发现了不对劲，他赶紧放下书包拍拍闻人唯的肩膀，“你不是要哭了吧？要是被阿夔和青窈他们看到，一定会以为是我在欺负你。有话好好说，不要哭啊！”

“不，不会的……”

自己和韩圣夔之间变成这样，是不是就连幻花少女大赛，他也不会来看了？

还未陷入更加自怨自艾的情绪中，教室窗外一闪而过的黑影吸引了闻人唯的注意。

“咦？”她蓦然站起身来，背对着窗户的凌步翡一无所觉。

“小唯？”

闻人唯蹙起眉毛，这道黑影并不是第一次出现，那种有人在暗处窥探的感觉已经很久了。

“快！跟我来！”

顾不上解释，闻人唯拉着凌步翡的手就往外冲去，这一次，她倒要看看，是什么人一直在背地里偷窥自己！

手心沁出点点汗珠，空旷的走廊里回响着两个人急促的脚步声，闻人唯一路追到二楼的走廊拐角，却连一个人都没看到，更别提什么可疑的人影了。

“小唯，你拉着我到底要干吗啊？”凌步翡不解地问。

难道刚刚真的是她的错觉？不可能啊！闻人唯满腹狐疑地停下脚步：“没什么，只是最近好像有人在……”她刚要解释，眼角的余光却忽然瞥到走廊拐角不知何时站了一个人。

高大挺拔的身材，没有一丝褶皱的白色衬衫，修长有力的双手插在裤袋里，黑曜石般的眼睛宛若一泓深潭，情绪藏在黑框眼镜后……

是他！

她猛地怔住，心中仿佛有什么东西轰然倒塌，呆呆地望着那张熟悉的俊美容颜，半句话都说不出来。

“嗨，阿燮！”凌步翡笑容灿烂地扬起右手挥了挥。

韩圣燮抿了抿嘴唇，只是淡淡地“嗯”了一声，目光仿佛带着烫人的温度，掠过闻人唯和凌步翡握在一起的手，落在了闻人唯身上。

闻人唯猛地转过头看向另一侧的窗外。

为什么……难道刚刚自己察觉到的目光，是韩圣燮？他其实还是不相信自己，一直在监视自己？

不，不可能……

闻人唯浑身僵硬地站在原地，脑子里乱糟糟的，身边的凌步翡与韩圣燮的交谈声像从很远的地方传来，等身边掠起一阵微风时，闻人唯才反应过来，韩圣燮身上淡淡的青草气息钻进了她的鼻尖。

她转过头看着韩圣燮的背影渐渐远去，耳边传来凌步翡的叹息：“唉，我总算明白了，原来你们两个在闹别扭啊！谁也不理谁，这真是……”

3

日子一天一天过去，如同手中细沙，握得再紧也阻挡不了它的流逝。日光温和，百花正香，对于大部分人来说，这些都是十分美好的平静时光，但对于某些人来说，一分一秒，都是那么令人痛苦、难熬。

随着太阳落下地平线，天边茜色的云彩散去，夜幕笼罩了整个圣樱学院，只有几颗星星稀稀拉拉地挂在天空上。

静谧的教学楼中，一间教室亮着灯光。

“嗯……”

闻人唯睡得迷迷糊糊，她微微眨动了两下睫毛，睁开了眼睛，脑袋一片混沌，一只可爱的粉色布偶兔映入眼帘，毛茸茸的长耳朵弯成爱心形状。

她摸了摸兔子耳朵，发了好一会儿呆，才想起自己放学来缝纫教室做手工，做着做着睡着了。教室的玻璃窗上倒映着她孤零零的身影。

“唉……”她忍不住叹了口气。

凌步翡推荐的展览的确给她带来了灵感，看完展览后，闻人唯做出了很多精美绝伦的服饰和首饰。可是无论多么努力为幻花大赛做准备，最终都很可能前功尽弃，因为直到现在，她连复古社的第四位成员都没找到。

眼看着四月十二日，也就是明天，就要举行幻花少女大赛了……闻人唯感到一阵绝望。一直以来，她都认为只要努力，就没有什么不能做到的事，可现实却给了她狠狠一记耳光。

她回想起比赛日期确定的第一时间，卞青窈就急匆匆地跑过来告诉自己。

“就在复活节！”卞青窈那张柔美中不乏英气的脸上带着担忧，“是月琦蔓提议的，说请大家那天准备好装扮，比赛完后直接参加复活节庆典，她这是赤裸裸的挑衅啊！”

别说月琦蔓太得意，的确，自己连参加比赛的资格都没达到，和人家比落后了一大截。不管她怎么努力地站在学院门口发传单宣传复古社，大家都带着怀疑的目光拒绝了她，有好几次她碰到来教钢琴的月琦蔓，月琦蔓那微笑中带着嘲讽的表情，简直像利刃一样刺痛着她的心。

浑浑噩噩间，她不知道自己还能做什么，放学后，她只能机械麻木地来到缝纫教室，尽情地把懊恼、郁闷和愤怒都发泄到做玩偶上。要不然，巨大的压力非把她压垮不可。

“小兔子，你能给我带来幸运吗？”闻人唯看着兔子红红的琉璃眼珠，忍不住鼻头一酸。

她给兔子的粉色围裙上绣了幸运四叶草图案，希望能带来好运，可那也只是奢望而已，明天就要比赛了，她却连入场的资格都没有，事实如此讽刺，还有谁能帮她？

闻人唯俯下身，趴在桌上哭了个痛快，也只有在这安静无人的教室里，没有人会发现她的眼泪，直到哭得眼睛都肿了，她才摇摇晃晃地站起身来，抓起兔子玩偶和书包，准备回女生公寓。

她走到门口，抓住黄铜把手旋了一下，却发现旋不动。

“咦？”

闻人唯又疑惑地试了试，不管怎么拉，把手都纹丝不动。不会吧！教室门被人从外面锁上了？

“有人吗？外面有人吗？”闻人唯提高嗓门喊了好几声，回答她的只有一片寂静。这个时候，教室里的白炽灯突然闪烁了一下，发出“滋滋”的声音。

一瞬间，之前和原葵斗一起看过的恐怖片镜头浮上了脑海，闻人唯只感觉自己全身的汗毛都竖了起来。她赶紧从口袋里掏出手机，才发现手机因为没电自动关机了。

“不会吧！这么邪门？”闻人唯冲到门口“砰砰”捶了几下，“有人吗？不要恶作剧了，赶紧开门啊！”

她对着门又踢又打，折腾了半个多小时，门外依旧静悄悄的。正当她打算放弃，在缝纫教室睡一晚时，忽然门外传来了一阵微弱的脚步声。

“嗒，嗒，嗒……”

如果说，刚刚闻人唯还期待着有人能听到自己的求救，现在她只希望那幽灵般的脚步声赶紧消失在走廊的尽头，然而脚步声却越来越近，最后停在了缝纫教室门口。

“咔嗒。”

门把手被人从外面转动了一圈，闻人唯咽了一下口水，屏住呼吸，眼睛一眨不眨地盯着缓缓打开的门，不断在心里告诉自己：要相信科学，不要胡乱迷信！这个世界上没有怪力乱神！

可是，当她看到出现在自己面前的人时，还是忍不住尖叫出声，这……这个从头到脚都罩在黑斗篷里，只露出一截苍白下颌和嫣红嘴唇的人……

等等，她是人类吗？

4

“你——在这里——干吗——”

对面的斗篷人微微动了动嘴唇，发出几个艰涩的音符，那声音就像锐器刮擦在铁板上一般刺耳。

闻人唯瞪大眼睛，往后倒退了几步：“我……我……我来做手工……”

斗篷人的长袍拖在地上，看上去就像飘行在空中一样，她慢慢逼近闻人唯。

“你……你究竟是人是鬼？”闻人唯壮着胆子问，声音止不住地颤抖，想要拖延时间，伺机逃跑。

“哼哼哼——”斗篷人发出一连串阴恻恻的笑声，继续往前“走”。

后背顶到桌子冰凉的角，闻人唯已经无路可退，心下正绝望时，斗篷人忽然“哎呀”一声，一个趔趄，栽倒在地。

“咚！”

重重倒地的声音，听着都让人觉得疼，更何况斗篷人还“骨碌碌”地滚了几下。因为斗篷累赘，斗篷人挣扎了好几次都没能爬起来。

挣扎中，斗篷人头上的帽子滑落，一头耀眼的金发顿时如月光般倾泄散落，一张精致的脸蛋映入闻人唯眼中。斗篷之下竟然是一位漂亮得如同画中精灵的少女。

然而，女生重重的黑眼圈，苍白如纸的脸色，和滚得满身都是灰尘的模样，破坏了这份美好。

闻人唯现在完全明白了过来，觉得自己之前的惊慌失措实在是太傻了。

她上前一步，拉住金发女生的手腕。女生十分瘦弱，她没费多大力气便把女生从地上拽了起来。

“你弄成这样，是要吓唬谁啊？”

金发女生一边揉着自己摔疼的腰，一边嘟嘟囔囔着：“谁知道这么晚了缝纫教室还有人啊？我要是不先下手为强，万一你躲在这里是想要吓我怎么办……”

弄清楚只是个恶作剧而已，闻人唯也没心情再继续纠缠，她从地上捡起兔子玩偶，开口提醒道：“对了，你以后别把零食放在储物柜里，要是被风纪部查到，会被扣分的。”

圣樱学院的校规很严格，平时根本不允许把零食带进教室。

金发女生吓了一跳，神情紧张：“你……你怎么知道零食是我藏的？”

闻人唯刚要回答，却突然发觉金发女生蹙起眉毛的神情，似乎有些熟悉，但又想不起来在哪里见过。

她指着储物柜说：“不然你大晚上来缝纫教室做衣服吗？”

金发女生赶紧冲到储物柜前，将斗篷兜成一个兜，把柜子里吃到一半的薯片、被捏成碎片的饼干、快要融化的巧克力都扫了进去。

闻人唯忍不住好奇地问：“你的头发是染的吗？还是你是外国人啊？”

金发女生并没回答她的问题，而是抱着零食，气势汹汹地撞开她走了出去。

“真是怪人……”闻人唯挠挠头。

自己都来学院这么久了，印象中却没有这号人物，照道理说，光是她那头金发就已经够引人注目了，如果这个女生也是圣樱学院的学生，自己不可能没有见过啊。

她俯下身正要捡起掉在地上的兔子玩偶时，视线被旁边缝纫机底下一个闪闪发亮的东西吸引住了，遂捡起来仔细观察。

这是一条做工非常精巧的手链，银质的精巧枝叶淬出清冷的碎芒，上面嵌的粉色宝石璀璨夺目。

这条手链，怎么这么眼熟？闻人唯一怔，还来不及细想，金发女生便又折返回来，脸上满是焦急，怀里的零食全都不见了，一进门就弓着身在寻找什么，看到闻人唯手里拿着的手链，立马喜出望外地跑过来一把夺走。

“找到了！”原来手链是金发女生掉的。

闻人唯捡起兔子玩偶，站起身来。

“你叫什么名字？”

“你在说我？”闻人唯指了指自己的鼻子，“我叫闻人唯。”

金发女生瞬间瞪大眼睛：“你就是闻人唯？”

“你认识我？”闻人唯惊讶地反问。

“当然。”金发女生打量了闻人唯一番，“你在学院里很有名啊！大家都在说你是个神经病，大热天穿着雨衣晃来晃去，还说自己来自迦蓝王国。听说，你这阵子每天拦在校门口，问经过的每一个人要不要加入什么复古社，可是都被拒绝了。还有传言说，你和风纪部部长韩圣燮闹翻了，这样就更加没人敢参加你那个复古社啦！毕竟韩圣燮可是说一不二的人物，谁会想被风纪部天天找麻烦啊！”

“求你别说了……”

冷不丁听别人提起韩圣燮，闻人唯的心里顿时像堵了一块大石头，呼吸变得困难起来。

金发女生还要说什么，目光忽然落在闻人唯手里的兔子上，一时住了口。她伸出手，捏了捏兔子的爱心状的毛绒长耳朵，惊叹道：“这个兔子好可爱啊！”

“这个是我闲来无聊做的……”

“谢谢。”

趁闻人唯毫无防备，金发少女一把夺过兔子，身影眨眼间消失在走廊中。

好半天，闻人唯才反应过来刚刚发生了什么，她朝前迈了几步，喊道：“我的兔子！”

# 第八章

## 梅花妆与<br>涅槃的公主

# 1

在万众期盼中，复活节终于到来了，圣樱学院到处装饰着精致可爱的手绘小彩蛋，每个学生都动手参加了复活节彩蛋的制作，尤其是美术部，更是把自己的画技在小小的蛋壳上发挥得淋漓尽致。有在上面画着白天鹅的，也有简单描着条纹的，形形色色各式各样。圣樱学院的学生有化装成苏格兰乐队的，也有踩着高跷扮起小丑逗大家笑的，还有人穿着玩偶服，欢天喜地参加复活节独有的游行。

整座学院都洋溢着欢乐气氛，除了一个地方沉浸在黑暗中，仿佛再灿烂的阳光都照射不到，散发出颓废的气息。

女生公寓307里静悄悄的，吃剩的薯片和泡面盒子乱七八糟地堆在书桌上，凌乱的小床上趴着一个娇小的身影，半拉被子都掉在床下，床上的人却一点儿也不在意，如果不是瑟瑟发抖的肩膀，恐怕会让人以为她睡着了。

“呜呜……”闻人唯将脸埋在软软的枕头里，像绝望的小猫一样，发出微弱的哽咽声。

昨晚她辗转反侧一夜，都没有勇气去见韩圣燮，坦言自己没有找到最后一个成员，要退出比赛。

来到圣樱学院的第一个月时，她逢人就说自己来自迦蓝王国，虽然大家都不相信，却也没有对她露出异样的目光，特别是“小雀斑”她们，还很兴奋地说比赛一定来给自己加油，可是现在……

她要如何面对大家那一张张失望的脸庞？

忽然，寝室门被人“砰砰”捶响了，伴随着卞青窈那熟悉的嘹亮嗓门。

“小唯！小唯你在宿舍吗？

“快出来！你的建社申请被批准了！可以去参加比赛了！”

原本准备装死的闻人唯一听，一骨碌从床上爬了起来，顾不上身上还穿着HELLO KITTY（凯蒂猫）的睡衣，冲过去打开门。

“你说什么？复古社的建社申请被批准了？不是还少一个社员吗？”

卞青窈站在门外，看到闻人唯头没梳、脸没洗的邋遢样子，忍不住嫌弃地翻了个白眼。她拿出一张纸：“刚刚有人向风纪部发来复古社的入社申请，你看看。”

闻人唯接过来一看，皱起了眉头：“猫泽雾？名字怎么这么奇怪？”

卞青窈拿来的资料上写着，一个叫作猫泽雾的女生申请加入复古社，而闻人唯并不认识这个人。

“猫泽雾，这个女生我有印象。”卞青窈微微侧着脸，陷入了沉思，“她之前建过一个叫‘魔法研究社’的社团，吸引了很多迷恋星座和占卜的女生。据社员所说，猫泽雾非常神秘，至今都没有人见过她长什么样子。”

“可她不是我们学校的学生吗？平时上课总是会被人看到的呀！”闻人唯诧异地问。

卞青窈刚想要解释，忽然想起了什么，抬起手腕看了看贝壳表，焦灼地说：“哎呀！现在不是说这个的时候。小唯，你再不去日光樱礼堂，幻花少女大赛就要结束了！快！快换衣服，步翡也在楼下等着你！”

闻人唯方才如梦初醒，她匆匆洗了把脸，看着镜子里倒映出自己的脸，原本黯淡的眼睛重新焕发出了光芒。

这一刻，不管那个叫“猫泽雾”的女生是谁，闻人唯都发自内心地感谢她。

这是闻人唯第一次来日光樱礼堂，圣樱学院所有重大的晚会都会在这里举行。

一进礼堂，闻人唯就听见闹哄哄的讨论声，黑漆漆的场内看不清人影，只有舞台上超大的屏幕播放着视频——月琦蔓穿着一袭银色长裙，优雅地坐在白色三角钢琴前弹奏着抒情曲，她修长洁白的手指轻灵如蝴蝶，一串串音符从指尖流淌而出，悦耳动听极了。

“这个是《夜之海洋》，听说是月学姐拿奖的曲目呢！”

“今天真是来对了，我以后也要考音乐学院，月琦蔓是我的偶像！”

观众席分成两半，相比起左边圣玛丽学院的女生们的兴高采烈，坐在右边的圣樱学院的学生们则灰心丧气。

“什么情况？到底是不是比赛，参赛选手居然还没来？”

“这下子脸丢大了，闻人唯要是临阵脱逃，还不如当初不挑战月琦蔓呢！老实承认比不过人家不就好了吗？”

“不行，我打算退场了，实在是不想听那些女生的嘲笑。”

闻人唯默默地走到前排，一路听着圣樱学院的学生们气愤的议论声，心里说不出什么滋味。卞青窈顺手拉住一个圣樱学院的女生：“同学，现在比赛到哪一场了？”

“什么比赛啊！”女生看不清她们的模样，气鼓鼓地说，“简直就是月琦蔓的个人秀，第一轮比赛叫了好几次闻人唯的名字，她都没来，月琦蔓一个人在台上表演了好几首钢琴曲。你看，现在台上还在回放呢，简直太气人了！”

整场的灯光都已经熄灭，映衬得大屏幕的光线愈发炽烈，镜头正好打到月琦蔓的脸上，她微微闭着眼睛，忘情地弹奏着，美丽动人，宛若世界上最耀眼的明星。银色的月桂枝叶，缠绕在她白皙优雅的脖颈上，一连串金粉色的宝石花和着她的节奏微微晃动，无疑为她的演奏增添了炫目的色彩。

闻人唯不由自主地将视线落在那条引人注目的银色项链上。它似乎很贵重，月琦蔓来圣樱学院这么多次，闻人唯也没见过她戴这条项链。不过奇怪的是，她居然觉得有点儿眼熟。

然而仔细想想，宝石项链都是差不多的，可能是她在研究制作银花王冠的时候，在网上看过类似的图片吧。

闻人唯茫然地扫视了一圈观众席，下意识地找寻韩圣燮的身影，可是礼堂里实在太黑了。一股微妙的自卑感在她心中秘密地滋生出来……这么厉害的对手，她真的能战胜吗？

过了一会儿，卞青窈拉了拉闻人唯的衣袖，凑过来说："我已经问清楚了，第一场的音乐比赛因为你没来，只能算弃权，所以月琦蔓胜出。不过幸好她为了炫耀自己的技巧弹了好几首曲子，为你争取了时间。小唯！现在第二场比赛才刚开始，快去！"

说着，卞青窈推了闻人唯一把，示意她赶快去找裁判。

闻人唯往前走了几步，看到前排几个学生打算离场，又迟疑起来。她身后的卞青窈急得大叫："闻人唯！你不是要在这个时候掉链子吧？想想复古社多不容易才建起来的啊！"

卞青窈的声音很大，坐在附近的同学们都听到了，纷纷站起身来——

"闻人唯来了？在哪儿？"

"哇！原来她不是临阵脱逃？是有什么事耽误了吗？"

"在那里！我看到了！闻人唯加油！"

闻人唯浑身一激灵，在心底暗骂了自己一句"胆小鬼"，赶紧迈开脚步，往舞台前跑去。

幻花少女大赛的第二项比的是仪容和装扮，月琦蔓已经去后台换装了，她必须要在月琦蔓表演结束前准备好，可是现在，还不知道评委们接不接受她这个半途才来的选手！

短短的几步路，闻人唯打了无数腹稿，当她走到评委席前看清座位上的人时，所有的措辞却在一瞬间都忘光了。

韩圣燮摘下了黑框眼镜、身着黑色西装礼服，优雅地坐在评委席的红色法兰绒沙发上，一只手靠着沙发扶手轻支下颚，另一只手搭在桌面无意识地敲打，乌黑的眸子仿佛蒙着一层雾气，蕴藏的情绪令人捉摸不透。

"韩圣燮？"闻人唯脱口而出，"怎么会是你？"

韩圣夔抬起头，看清楚是闻人唯，眼中闪过一道光，顿了顿才说：“怎么不能是我？”

“可……”

她还要问，被韩圣夔打断。

“闻人唯同学，作为评委，我不得不提醒你，第二场比赛即将开始，难道你要再一次宣布弃权吗？”

“不！”

闻人唯如梦初醒，赶紧大声说：“我是圣樱学院的代表选手闻人唯，我要参加幻花少女大赛！”

闻人唯的声音很大，一下子盖过了礼堂中嘈杂的声音。这句话一出，犹如石破天惊，圣樱学院的学生激动了起来，准备离场的人停下脚步，伸长了脖子朝这边探望着。就连圣玛丽学院的女生们，见状也好奇地看过来。

“不行！”

评委不止韩圣夔一个人，还有圣玛丽学院的代表，一位穿着职业套装的女老师站起身来，强烈反对：“现在已经开场半个多小时了，闻人唯同学既然已经缺席了第一场比赛，就不应该再被允许入场。”

“为什么呀？”

圣樱学院的学生纷纷抗议：“这又不是考试，明明第二场还没开始，为什么不许入场！”

“这是比赛，又不是月琦蔓的个人表演大会！我才没兴趣看她一个人在那里弹钢琴呢！”

顿时，到处充满了圣樱学院学生的抗议声，评委席上几位圣樱学院的老师也露出不赞同的神情。

卞青窈趁机上前，正义凛然地说：“我是圣樱学院风纪部书记官，我可以保证，幻花少女大赛没有相关的条例。禁止闻人唯继续参加比赛是不合理的！”

“这也太不合规矩了吧？”没想到会有这么多人反对，女老师不甘心地嘟囔，“我当了这么多次裁判，可从来没有见过这样的事。”

这时，韩圣夔开口了，他嘴角一弯，英俊的面容舒展开，笑容犹如明月清风：“既然闻人唯来了，我们就不能赶她走。不如这样，我们限制时间，让她在十五分钟之内准备好第二场比赛，怎么样？”

不同于以往的冷漠严肃，此刻风度翩翩的韩圣燮提出的建议，让评委老师们无法拒绝。闻人唯震惊地看着韩圣燮，心中升起了一股说不清的感觉，又酸又甜，还有点儿涩……

女老师犹豫了一下，和其他评委商量了一会儿，这才点点头："那好吧。"

见闻人唯还一动不动地看着自己，韩圣燮蹙了蹙乌黑的眉头："还不快去准备，傻站着干什么！"

"哦！"闻人唯立刻跳起来，一路小跑着进了后台。

说到"幻花少女大赛"，其实一开始就是圣玛丽学院的策划，从第一场的才艺展示，第二场的仪容和装扮，到第三场的个人秀，比赛内容全是女生们最感兴趣的东西。从这一点来说，擅长理工科的圣樱学院本身就很吃亏。

为了公平起见，后台的更衣室被划分成两间，分别在舞台的一左一右。狭小的空间里，衣物堆成了小山，闻人唯挑拣着可以用的衣服，发现要么是花花绿绿的绸布衬衫，要么是富有年代感的灯笼裤，俗气得"辣眼睛"。

"月琦蔓每年都会以自己的名义，给圣樱学院的话剧社捐献很多衣物、首饰，随便拿出来一件都价值不菲！"卞青窈拈起一件发霉的天鹅绒长裙，嫌弃地摇摇头，"苏雪琴不愧是月琦蔓的粉丝，损人不利己的事都做得出来，她给你准备的衣服全都是破布。"

闻人唯也发现了这点，她无措地站在原地，虽然早就做好了心理准备，可就算自己再厉害，面对着这些破烂也没办法啊！

她的脑海中忽然浮现出韩圣燮那张平静无波的俊颜，如果是韩圣燮，遇到这样的事，他会怎么做呢？

"琦蔓！你听说了吗？那个叫闻人唯的女生，居然来参加比赛了！"

舞台的另一边，一个女生闯进月琦蔓的更衣室，兴奋地嚷嚷着，引得里面四五个女生一阵骚动，她们正陪着月琦蔓梳妆，原本以为稳赢的局面有了变化，大家都很感兴趣。

"真的？快说说，不是说她发现赢不了，根本连面都不敢露吗？"

"对啊！之前还有消息说，闻人唯的社团到比赛前一天都没建起来，连参赛资格都没有呢！"

这时，一个冷冷的女声打断了她们的话："真正的淑女，就不会随随便便尖叫。"

更衣室立马陷入了安静。

月琦蔓端坐在化妆镜前，背脊挺得笔直。她浓密纤长的睫毛好似两把小扇子，耳畔的碎钻耳饰闪耀出炫目的光；身上银蓝色的蓬蓬裙在灯光下渲染出淡淡的光晕；妆容精致的脸上神情宁静，仿若一尊完美的雕像。

她站起身，抚了抚脖子上的月桂项链，嘴角挑起一抹高傲的弧度。

“不管她来还是不来，胜利都会是我的。”

当月琦蔓盛装登场的一瞬间，日光樱礼堂的穹顶几乎被女生的尖叫掀翻，她的出场简直堪比少女偶像——

炫目的聚光灯从头顶投下，月琦蔓高仰着头走上舞台，随着她轻轻摇曳的优美步伐，银蓝色的纱缎从胸口到裙摆，变幻出星月流转的光辉。她走到台前，朝台下观众微笑，犹如精灵降临人间。

“月学姐今天真的好美啊！”

“这个是RYH今年的高级定制礼服吧！我好像在米兰展上见到过！”

“啊！学姐，我是你的忠实粉丝！”

月琦蔓的震撼登场，加之圣玛丽学院的女生的追捧，让圣樱学院的学生心里不由得打起了小鼓。临到这时，他们忽然发现想不起自己这方选手闻人唯的相貌了。

礼堂里的欢呼声一浪高过一浪，月琦蔓挥了挥手，拉开裙摆优雅地弯身致敬，女老师高兴地夸赞起来：“琦蔓，你今天真漂亮，就像把月光穿在了身上。”

月琦蔓矜持地微笑了一下，安静地站在舞台一旁等待，可是站了好一会儿，闻人唯也没出现。

“搞什么啊？闻人唯不会又跑了吧？”

“不会吧！来了又跑掉，这是什么套路啊？”

“月琦蔓那么美，这个闻人唯就算是天仙，也不一定比得过人家啊！更何况还是个连脸都记不清的路人甲……”

在大家如同潮水般的议论声中，女老师皱起了眉头：“闻人唯怎么还不出来？如果到时间还没准备好的话，还是要算弃权的！”

凌步翡站在韩圣燮身后翻白眼，这位女老师来自圣玛丽学院，当然会替她们学校说话，韩圣燮声音柔和地回应：“再等等吧，还没到时间……您看，这不就出来了？”

说话间，全场的灯光毫无预兆地灭掉了，整个礼堂顿时陷入一片黑暗。

2

全场人都在屏息等待。

鸦雀无声的礼堂中，不知道从哪儿隐隐传来了婉转的笛音，紧接着漆黑的屏幕上亮起一点莹莹白光，像闪着光的羽毛，悠悠地打着旋儿飘荡。

笛声幽幽，那一点莹莹白光越飞越近，越飞越近，观众刚想要看个仔细——

突然间，半空中炸开无数绯色的烟火，引起一连串惊呼声。绚丽的流光忽地由淡红变为深红，飘零四散，让人想起深秋时节的落花。跟着，舞台上方的天空，飘起了纷纷扬扬的大雪，美到让人不忍呼吸。

笛声骤停，一道白光"啪"地打下，原本黑暗的舞台中央出现了一个人影。

如果有人留意韩圣燮的举止，就会发现他的手飞快地从下巴上拿开，那双总是波澜不惊的幽黑双眸中流露出惊艳的神色。连向来冷漠的他都这种反应，更别提别人了。看到闻人唯的第一眼，在场的人都忍不住惊呼，就连月琦蔓也捂住了嘴，满脸不可思议。

因为，闻人唯穿了一袭古装!

她直直地站在"雪"中，宛如一株平地而起的梅花。她齐眉的刘海儿梳到脑后，露出一张明丽的脸；白皙的额心用朱砂点了一朵精致的梅花；落在发髻上的雪花，似乌黑的流云上天然镶嵌的发饰；广袖上绣着古朴的暗纹，长裙红如茜云，尽展婉约的风姿；除了束腰上叮当的环佩，身上别无他饰。

她转了个圈，俏皮一笑，冲礼堂四方作揖行礼，从宽大的袖子里抽出一把银色的长剑，挽了个漂亮的剑花，伴随着幽幽响起的古琴乐声，行云流水般舞蹈起来。

"这……"圣玛丽学院的女老师目瞪口呆，不知道该怎么评价，"这，这是……"

"没想到圣樱学院的选手会选择中国风。"一个年过花甲的教授评委赞赏地点头，"真不错，'清水出芙蓉，天然去雕饰'，这才是真的美啊。"

舞台旁的月琦蔓忍不住攥紧了裙摆，她暗咬嘴唇，不甘心地看着舞台上婉若游龙的闻人唯，知道这一场是自己输了。

因为就连她也不得不承认，这样的美是她没有的。如果说她将月光穿在了身上，那么闻人唯本人就是耀眼的太阳。

只要闻人唯站在那里，就是光芒万丈。

一曲剑舞过后，礼堂里响起雷鸣般的掌声，圣樱学院那边还有男生吹起了口哨，气氛比之前月琦蔓退场时还要热烈好几倍。

"女侠！我爱你！"

“好厉害啊，这简直是一秒变武侠剧嘛！”

“闻人唯，古风女神呀！”

闻人唯下台后第一时间跑到卞青窈面前：“怎么样？效果怎么样？”小脸红扑扑的，亮晶晶的眼睛里满是期待。

表演舞剑是闻人唯研究了好久才决定的。之前的幻花少女大赛，参赛者不是唱歌就是跳舞，很难出新意，她也不擅长那些，所以花了一个月的时间练习了舞剑，目的就是让人眼前一亮。

“完美！”卞青窈一把将闻人唯抱进怀里，用力蹭了蹭，“太厉害了！小唯，不枉你每天偷偷练习到半夜，今天过后我就是你的粉丝！刚刚阿燮眼睛都看直了！”

闻人唯回过头，目光在半空中与韩圣燮相接。这一次，她居然从他那双沉静的眼眸中看出了许多不同的情绪，热烈得简直藏不住。她忽然觉得自己的脸更热了，狼狈地回过头，看向卞青窈身边的高大男生。

“今天多亏了你，凌步翡。”闻人唯真心实意地道谢，“要不是你今天帮我送衣服过来，这一场我必输无疑。”

半个小时前，她和卞青窈在更衣室里，看着那些乱七八糟的衣服正一筹莫展。没想到凌步翡送来一个大箱子，里面装着她之前为了打发时间，亲手制作的所有服装和饰品。

凌步翡大大咧咧地挥挥手，小麦色的脸上浮起一抹狡黠的笑：“你应该谢的人不是我，而是阿燮。之前趁着他们在争议你该不该上台时，他交代我去把你落在缝纫教室的衣服和手工制品都拿过来。要不然，我哪会想到这些？”

是韩圣燮？

闻人唯怔住了。

“看到你们已经和好，我也就放心了。”凌步翡拍拍她的肩膀，“不过你怎么不早说，害我犹豫好久，要不要把阿燮突然接受当评委的事告诉你。唉，快憋死我了。”

一连串的消息，像炸弹一般，将闻人唯彻底炸蒙了。

“突然接受当评委？”

卞青窈在一旁热心地解说：“你不知道吧？以往每一年的幻花少女大赛，按照规定阿燮都是要来当评委的，但他总说无聊，想也不想就会拒绝。今年他却临时改变了主意……”说着，她促狭地撞了撞闻人唯，“也不知道是为了谁哦！”

闻人唯下意识地再回过头，韩圣燮正和一位评委交谈着，不时点着头，薄薄的唇角噙着笑意。

# 3

第二场比赛的结果毫无悬念，获胜的选手是圣樱学院的闻人唯！在等待着第三场比赛举行的空当，观众席上炸开了锅，喧闹声一浪高过一浪，从台前传到了更衣室里。

每年比赛在第二场就惨败的圣樱学院难得扬眉吐气了一回，谁也没想到今年居然能挺进第三场。

“好期待啊，”一位圣樱学院的女生双手合十，表情梦幻地说，“我还从来没有看过第三场比赛呢！听说是主题个人展示，那究竟是什么东西？”

说到这个，就少不了万事通“小雀斑”了，她挤到人群正中间，眉飞色舞地科普起来：“主题是个人展，就是用电脑抽签，从几万个词语中选出一个主题，看参赛的选手们谁对主题的表现更胜一筹。”

“那除了主题是不确定的以外，岂不是和第二场比赛差不多？”女生疑惑地问。

“小雀斑”摆了摆手：“当然不一样！这场比赛的模特，不能是本人！所以选择特定的人选，才是最重要的！”

相比起外面聊得热火朝天，圣玛丽学院的更衣室里，气氛却是异常凝重，生怕月琦蔓输了比赛心情不好，一群圣玛丽学院的女生围在她身边，你一言我一语地劝说着。

“琦蔓，放心吧，我们还有一场呢！这次肯定赢！”

“对啊，那个闻人唯，还真是小看她了，不过幸好我们早有准备。”

“是的，我们可是有撒手锏的……”

月琦蔓却一点儿也不领情，她阴沉着脸坐在化妆镜前，只觉得周围聒噪得很，让人心烦意乱，根本没法平静下来。

“行了，别说了。”她深吸一口气，努力将脑海里闻人唯闯进医院，听到自己秘密的那一幕抹掉，告诫自己要保持优雅，“第三场比赛的主题出来了吗？是什么？”

以往的幻花少女大赛很少进行到第三轮，每次都是圣玛丽学院的女生在前两轮就轻松击败对手，可这次在第一场对手缺席的情况下，被人家追成了平手。

不甘心自己从小被遗弃的命运，为了向优秀的哥哥证明自己，她一直都用“最好”这个标准来要求自己，而且一直都做到了，却没想到会在闻人唯这个奇怪的女生手上尝到败绩！想到这个，月琦蔓内心的屈辱感就油然而生。

下一场，她一定要一雪前耻！

“还在等电脑抽签。”站在门口等候的女生朝外张望了一下，忽然大声嚷了起来，“出来了，出来了！大屏幕上有字了！”

“是什么？”

月琦蔓提起裙摆第一时间冲到了门口，迫不及待地向大屏幕看去。只见原本一片漆黑的屏幕上，此刻像是万花筒一般闪烁着，五颜六色的方块字令人眼花缭乱。

一秒，两秒……

终于，不断闪烁变换的字停了下来，四个醒目的蓝色大字映入月琦蔓的眼帘，她微微一愣，不由自主地念出声来——

“华丽涅槃？”

“华丽涅槃？”

与此同时，后台的另一边，闻人唯也在一字一顿地重复着这四个字。

虽然第三场有一个小时的准备时间，但主题来得突然，一时间，她毫无头绪。

“传说中，凤凰是最高贵的鸟中之王，羽毛如火焰般耀眼。凤凰也有不死鸟之称，每一只凤凰老去之后，会自动燃烧自己，绽放出一生中最美丽的光芒。火焰燃尽之后，灰烬之中就会出现一只新生的鸟。所以说，这是一个关于新生和轮回的故事。”闻人唯分析道。

“这个主题，要怎么才能表现啊？”卞青窈忧心忡忡，“要不然，我们再找阿燮问问？”

“不行。”闻人唯想也不想就反对道，“这是我和月琦蔓的比赛，不能每次都找他帮忙。再说，韩圣燮是今天的评委，如果我这样去找他，一定会被别人质疑比赛的公平性。”

“那怎么办？”卞青窈比闻人唯还着急，那张鹅蛋脸上满是焦虑，“我去看看月琦蔓她们，看看那边进展如何。”

不等闻人唯阻止，卞青窈就冲出了门，还没过几分钟，又大惊失色地跑了回来。

“糟了！月琦蔓那边请来的模特居然是Candy Sunday（糖果周日）的关巧巧！她可真是舍得花钱。听说，关巧巧的出场费高达几十万呢。”

“关巧巧？”闻人唯挑起眉毛，疑惑地问。

“对，我忘了你都不关注这些。”卞青窈焦急地解释，“Candy Sunday现在是全国最红的少女偶像组合，特别是关巧巧，长得漂亮又乖巧可爱，是新一代的少女之星，宅男女神！她光是能来，什么都不用做，就能吸引所有人的目光了！”说到最后，卞青窈拉住闻人唯的手走到门边，“看！她已经来了！”

“我的天！”看清眼前的一幕之后，闻人唯不禁惊呼。

黑暗的礼堂完全被手机的闪光灯照亮了，两所学院的同学们都站了起来，疯狂地往前挤着。

一位穿着粉色蓬蓬裙的少女在两排黑衣保镖的护送下，从礼堂入口走向后台。她栗色的卷发扎成可爱的半丸子头，粉嫩的唇瓣宛若樱花，不断朝粉丝们送出飞吻，指尖挥动之间，闪耀着水钻的光芒。

日光樱礼堂里的氛围比之前热烈一百倍！尖叫声、快门声不绝于耳，关巧巧施施然地走进属于圣玛丽学院的更衣室，黑衣保镖们则围成一排，虎视眈眈地拦住了所有试图跟过来的同学。

“她这样也太狡猾了，居然利用明星的人气为自己拉票。”卞青窈看闻人唯怔在那里，秉着眼不见心不烦的原则，直接关上了门，“时间不多了，我们必须要想个办法才行。这局就是决胜局了，如果输了就功亏一篑了。”

闻人唯呆滞地将视线转到她的身上，喃喃自语：“对，必须要想个办法……”

月琦蔓放出关巧巧这个撒手锏，无形中把闻人唯这边的难度拔高到了顶尖。她现在必须要在这不到一个小时的时间内，找到符合主题还能将关巧巧的人气比下去的人选，这根本比登天还难。

她绞尽脑汁也想不到符合要求的人选，只好重新整理思路：“华丽涅槃，也就是说这个人必须要有一个令人惊叹的变化。”

寂静弥漫在小小的后台，无声地搅动着人心，令人越发不安。卞青窈靠在更衣室的门上，等闻人唯说下文，等了十分钟，终于按捺不住：“小唯，你——”

话还没说完，她忽然感到背后的门板微微颤动，似乎有人在敲门。她只好把话吞了回去，有点儿不耐烦地开了门，看到门外的来客之后，她露出几分疑惑：“你是？”

门外站着一位肤如凝脂的美少年，他杏仁般的眼睛剔透如琥珀，含着几分若有若无的笑意，不言不语地站在那里，看起来温顺又乖巧。虽然他穿着圣樱学院的校服，卞青窈却从来都没有见过这个人。

少年低垂着眼眸，小声地说：“那个，我是……原葵斗。刚……刚回到学校来。我听说，小唯在这里，她……”

不等他说完，卞青窈惊呼：“原葵斗？你是原葵斗？”

“别……别叫得那么大声。”原葵斗试图阻止她。

卞青窈立马反身将还在冥思苦想中的闻人唯拖到门口：“小唯，他说他是原葵斗！在学院里你和他关系最好，快看看他是不是真的！”

闻人唯这才反应过来，看向少年，少年腼腆地冲闻人唯笑笑。

即使外表大相径庭，但原葵斗那双漂亮的眸子不会变。

她一把抓住少年的肩膀，双眼迸发出希望的光彩：“原葵斗？”

原葵斗不好意思地挠挠头：“嗯，我从减肥训练营里回来了。”

涅槃，新生，令人惊叹的变化。

“欢迎回来，原葵斗！”

4

“嗯？要穿这种衣服吗？”

关巧巧提着裙摆，在镜子面前转了一圈，上下审视，表情看不出是喜欢还是不满。月琦蔓为她搭配的是水蓝色的礼裙，一字平领露出精致的锁骨，长长的裙尾轻落在地，透出几分优雅与成熟。这是她在大众面前从来都没有尝试过的风格。

“借这个机会突破你在大众眼中的固定形象，不是很好吗？”月琦蔓双手抱胸，淡淡地看着关巧巧。

她所理解的涅槃，就是对自我形象的一种突破。Candy Sunday作为偶像组合，每个人都有自己的形象定位。关巧巧一向以乖巧可爱示人，这次的打扮将会颠覆别人眼中对其的印象。而且她花大价钱请关巧巧过来，主要还是为了关巧巧的人气。

无论付出怎样的代价，她都要赢了闻人唯！

关巧巧耸耸肩，听到通知进场的声音，无所谓地说：“希望你是正确的，我不喜欢输。”

月琦蔓势在必得地回答道：“我只会赢。”

随着第三场比赛时间的追近，礼堂的学生按捺不住地向着舞台张望。

嘈杂的声音中，有人得意兴奋，也有人担心焦急。

突然，灯光从礼堂的后方开始，一排一排飞速地熄灭，只留下了一道追光照射着无人的舞台。

关巧巧身着一袭水蓝色长裙，肩披近乎透明的轻纱登台了。她赤裸着双脚，表情高傲而圣洁，不急不躁地走上舞台，每一步都仿佛踏在观者的心尖上。因轻盈的步伐，裙摆与披纱在灯光下漫出波纹，犹如将清澈的湖水裁剪出最为唯美的那一块，由湖之精灵轻飘飘地为它们的女神披在了身上。

忽然，她停住了脚步，微微仰头，好像在注视着什么。

灯光亮起，大家回过神来，激烈地鼓着掌。整个礼堂只剩惊叹和欢呼。这场个人表演，让大家在一瞬间成了关巧巧最为狂热的信徒。

大屏幕上亮出了关巧巧前后对比照，一边是可爱乖巧，一边是高傲圣洁，巨大的反差让大家热切地议论了起来。

“天啊！这简直太不可思议了！根本就像两个人！”

“我从来都没想过关巧巧还会有这一面，简直就是女神！”

“闻人唯那边该怎么办呀……”

原葵斗抱着头缩在后台的角落里，打着退堂鼓：“不行啊，我怎么赢得了关巧巧啊……我一点儿特色都没有，比不过她的。”

因常年被人欺负，原葵斗虽然瘦下来了，自卑又怯懦的心理却无法立刻纠正过来。

卞青窈大步走到原葵斗的身边，一把将他捞起来，语重心长地说：“原葵斗，这场比赛对小唯有多重要你是知道的，她是为了你才和月琦蔓杠上的，你忍心辜负她的期待吗？”

见原葵斗瑟缩了一下，闻人唯连忙拉开卞青窈，清了清嗓子，真诚地说：“其实这场比赛输了也不要紧，最重要的是，我想看到你堂堂正正地站在大家面前。作为朋友，我希望你以后在圣樱学院能够挺起胸膛，再也不被人欺负。你不用在意结果，试试看吧，好吗？”

望着闻人唯满含信任的眼睛，原葵斗天人交战了一番，终于鼓足了勇气，握紧拳头说：“我……我知道了。我去！我也要强大起来，不能再像从前那样了！”

看原葵斗能够迈出这一步，闻人唯真心实意地为他感到高兴。

原葵斗刚斗志满满地走出更衣室，看到满座的观众席，又立马胆怯地往回走，口中还念叨着：“不行，不行，我害怕，我不知道该怎么做……”

闻人唯和卞青窈联手推着他的后背，生生把他推上舞台，叮嘱道：“不要想那么多，保持微笑！”

灯光再度暗了下来，大家怀着期待又担心的心情，屏息看着舞台。

悠扬的古琴声响起，带着几分岁月的沧桑和历史的古韵。雾化的干冰将舞台装点成如梦似幻的人间仙境。

原葵斗被推上台，脚步有些踉跄，幸好大家都没注意到。他手执纸扇，露出微笑，犹豫地踏出一步，又慢慢地踏出第二步，一直走到舞台中央摆放的棋盘前，轻轻落座。

落在观众眼里却是一个穿着玄色长衫、广袖飘飘的古装美男子，他的长发被祥龙暗纹的金色头冠束起，微弯的眼眸带着几分少年的狡黠，又隐隐透露出成熟。

他看向对面的空座，像在等一个不会出现的人。他叹了口气，显露出一丝落寞，修长的手执起一枚黑子，半晌又放回棋盒，仿佛那个人不在就失了下棋的兴致，让人不由得随着他一起伤神。

古琴声一转，变得近乎缥缈。一只不知从何处飞来的蝴蝶，悄然落在他的肩膀上，无声地陪着他看着棋盘上的残局，就好似故人虽远，心却仍旧伴随他的左右。

礼堂里一片寂静，大家目不转睛地看着眼前这充满意境的场面，内心随着他的举止起起落落，同他一起欢欣，又同他一起伤感。直到古琴发出“铮”的一声响，大家才从梦中仙境走了出来，不约而同地鼓起了掌，竟然比给关巧巧的掌声还要热烈。

“太棒了！我第一次见到这种表演，简直魂都被勾进去了！”

“那是闻人唯请的模特？太美了，到底是从哪里请来的啊？”

“蝴蝶是真的吗？怎么做到的？该不会是闻人唯从迦蓝王国带来的秘技吧？”

月琦蔓站在舞台下，死死地盯着那个不知闻人唯从哪儿请来，正站在舞台上不知所措地接受大家欢呼声的模特。

关巧巧换回了自己的衣服，看着观众的反应，闲闲地说着风凉话：“看来你要输了。”

“闭嘴，”月琦蔓抑制不住地焦躁，低声呵斥道，“我才不会输。最重要的是切合主题。”

话音刚落，大屏幕上便放出模特涅槃前后的照片对比。涅槃前的照片中，那张肉乎乎的面孔，竟然是她几个月前轻视的大胖子原葵斗。

“我的天，这是同一个人吗？”关巧巧双手不可思议地捂在唇前，“要是这种程度的涅槃，我甘拜下风！”

身后圣玛丽女子学院的女生纷纷发出惊叹：“怎么可能？居然是原葵斗？”

“上次见到他也就是一个月之前吧，为什么会瘦得这么快？”

“这样的话，我们该不会输了吧……”

月琦蔓没有理会她们的窃窃私语，拎起裙摆径直上了舞台。她审视地看着原葵斗，想要从他身上找出破绽。当看到他面对自己时那瑟缩胆怯的反应，她无法不承认，这个人的确是原葵斗。

“涅槃重生？”月琦蔓冷冷地说，“原葵斗，我还真是小瞧你了。”

闻人唯跑上台来，毫不胆怯地将原葵斗护在身后：“你从来都是以貌取人，眼高于顶，当然会有栽跟头的时候。这场比赛的结果，你觉得还需要听吗？”

心头涌上的屈辱让月琦蔓捏紧了拳头，过了片刻，她松了手，头也不回地转身离开，只留下一个高傲的背影。

# 第九章

## 失踪的<br>月琦蔓

# I

月琦蔓的离开，无声地宣告着这场比赛的胜负。

圣玛丽学院的人脸色有些难看，尤其是评委席上那几位来自圣玛丽学院的代表，无不面露震惊。他们怎么也不肯相信在过往的比赛中一直所向披靡的月琦蔓，会被名不见经传的闻人唯连连打败。

圣樱学院的老师代表们，显然也没有预料到，在幻花少女大赛中一直处于弱势的圣樱学院，竟然在闻人唯手上有反败为胜的可能。

唯有韩圣夑十分淡然，这个局面像是早在他的意料之中。

他长腿交叠，身体前倾，单手支着下巴，语气轻快地说："各位评委，最后一场比赛结束了，现在可以宣布结果了吧？我认为第三场的获胜者应该是闻人唯。"

此言一出，引得圣樱学院的评委老师纷纷赞同，而圣玛丽学院的评委老师则默不作声地坐在那里，不愿意面对现实。

"等等……"圣玛丽学院的女老师不甘心就此认输，努力地挽回局面，"月琦蔓将关巧巧从之前的可爱甜美，改造成登台时的圣洁高傲，做到这样大的反差，足以体现她的能力，也完整地表达出了主题。所以我觉得获胜者应该是月琦蔓。"

"月琦蔓确实很有能力。"韩圣夑中肯地评价道。

站在舞台上的闻人唯紧张地注视着他，巴掌大的小脸都快皱成了一团。

他不着痕迹地将手轻握成拳遮住唇边的笑意，话锋一转，仿佛心有灵犀一般说出了闻人唯在看到"华丽涅槃"这个主题时说出的话："传说每一只凤凰老去，都会自动燃烧自己，绽放出一生最绚烂的光芒，而在光芒尽散的灰烬之中，会出现一只新生的凤凰。我们的主题就是指新生和轮回。"

他的手指向大屏幕上的照片："月琦蔓做到的只是在外表上改造，对于关巧巧本身并没有任何影响，只要下了这个舞台她还是那个少女偶像。但原葵斗不同，各位评委可以看到他的变化是翻天覆地的。最重要的是，闻人唯给他的勇气和自信。据我所知，原葵斗以前很胆小怯懦，现在他却能站在舞台上面对这么多的人，难道不是最华丽的'涅槃'吗？"

女老师找不出理由辩驳，只好懊恼地不再说话。

短暂的讨论过后，评委对于这场比赛的投票结束了。

大屏幕上，伴随着紧张的鼓点声，票数带着爆炸的特效显现在两位参赛者的名字旁。就像奇迹一般，每年只会出现在月琦蔓名字旁边的全票通过，今年却出现在了闻人唯的名字旁。

韩圣燮看着票数，站起身高声宣布道："根据三场比赛的结果判定，今年的幻花少女大赛的获胜者是——闻人唯！"

日光樱礼堂瞬间爆发出热烈的欢呼声，几乎要将屋顶掀翻。

凌步翡站在韩圣燮的旁边，长长地舒了一口气："幸好原葵斗正好回来了，要不然都不知道小唯该怎么打败月琦蔓。等一会儿的颁奖仪式是不是该由你去把银花王冠送给小唯？"

韩圣燮看了看托盘上摆放的银花王冠，微挑眉头，将它拿起交到凌步翡的手中："你送。"

"我？"凌步翡满脸诧异，看着韩圣燮朝舞台截然相反的方向走去，纳闷地追问："那你要去哪里啊？"

韩圣燮面无表情地说："秘密。"

闻人唯发蒙地看着大屏幕上的票数，直到卞青窈跑上舞台一把抱住她，兴奋地嚷嚷着"我们赢了"，才后知后觉地发现刚才韩圣燮宣布她为获胜者的话并不是梦。

闻人唯转头看向礼堂里兴奋的同学，呆呆地问身后的原葵斗："我们……赢了？"

"好像是吧……"作为一个有社交恐惧症的宅男，光是站在这么多人面前，原葵斗就觉得很吃力了，撑到现在已经到了极限。他脸色苍白，视线游移不定，尽力把自己缩到闻人唯的背后，含含糊糊地应着。

"这不是梦，我们真的赢了！"卞青窈一巴掌拍向原葵斗的后背，拍得他咳嗽了几声，"你现在可是圣樱学院女生们的男神了，大家称呼你为天使美少年呢！"

原葵斗受到了惊吓，杏眼瞪得溜圆："天……天使美少年？她……她们是不是在嘲笑我……"

卞青窈刚想解释，就看到凌步翡示意她要颁奖了。

"要颁奖了，小唯，你先想想获奖感言吧！"

悠扬的音乐如流水一般缓缓奏响，喧闹的礼堂顿时安静下来，圣樱学院的学生们紧张又激动地等待着这时隔多年的胜利。

凌步翡托着代表胜利的银花王冠，走到闻人唯的面前。他双眸盛满笑意，嘴角高高扬起，左手举着托盘，右手抵在心脏的位置，绅士地说道："亲爱的小姐，能允许我亲手将这花冠戴在你的头上吗？"

闻人唯腼腆地点了点头。

凌步翡将银花王冠轻轻地为闻人唯戴上，说：“对大家说一下获奖感言吧。”

风铃般的透明小花坠在她的耳边，犹如耀眼的珍珠一般，闪烁着胜利的光辉。银色的花冠带着熟悉的触感，那是她亲手做的。

伴随着热浪般的掌声，闻人唯有些磕巴地说：“那个，获奖感言……首先我要感谢我的……”

话还没说完，观众席发出了几声惊呼，她不由得收了声音，下意识转头看向大屏幕。只见大屏幕上是一张张奇妙的风景图，一座海岛漂浮在汪洋上，云雾缭绕中，仿佛岛在九重天上，是凡人难以触及的仙境。

海岛之上有座小黑山，就像一个沉稳的守护神，安然而静谧。黑山前是一间间古宅，质朴厚重的大门带着历史的气息，林立着树木山石的小院，显露出几分雅致。大街上有着形形色色的摊子，摆放着许多精致小巧的饰品。登上黑山的山腰处，就能看到一个供人休憩的小亭子，红砖绿瓦砌成的屋顶，调皮地翘着边角，四面挂着铃铛，光是看着就仿佛能听到它随风摇动时发出的清脆声响。

闻人唯歪着头，表情疑惑不解：“这里是……”

“这是迦蓝王国。”

礼堂的大门忽然被人打开，韩圣燮顺着阶梯，一步一步向闻人唯走去，直到与她隔着咫尺的距离才停下来。

他沉如深潭的双眸直视着闻人唯，像在暗示着什么，一字一句沉稳地说着：“这里是你的家乡。”

她的……家乡？

闻人唯不可置信地看着韩圣燮，正想去问，韩圣燮却移开了视线，面向礼堂里的同学，镇定自若地介绍道：“根据我的调查，世界上确实有迦蓝王国的存在，大屏幕上的照片就是在迦蓝王国拍摄的。之前我未经调查就武断地判定闻人唯在说谎，是我的错。”从他口中说出的字字句句，都带着令人信服的力量。

圣樱学院的同学们顿时议论起来。

“哇！没想到迦蓝王国真的存在啊。”

“既然韩圣燮都这么说了，那肯定就是存在的，是我们见识太少了。”

“迦蓝王国简直太美了！我也好想去看看啊！”

卞青窈兴奋地勾住闻人唯的肩膀：“恭喜啊！小唯，你终于找到家乡了！”

凌步翡也满面笑意地祝贺：“太好了！找到家乡，大家就不会怀疑你说谎了！”

闻人唯却没有半点儿开心的感觉。

她木木地看着大屏幕上闪过的画面，图中的风景很陌生，没有一点儿让她感到熟悉的痕迹。只有她知道，韩圣燮为了她向全校人撒了弥天大谎。

她心里一阵五味杂陈，眼神复杂地看向韩圣燮，却见他回望着她，露出一个浅淡的笑容，眉眼间含着几分宠溺和无奈，像在对她说："小骗子，你看，为了你，我成了大骗子。"

## 2

比赛结束之后，大家有说有笑地从礼堂中走出。夜色悄然降临，天边静静地悬挂着一轮明月。圣樱学院为了庆祝这来之不易的胜利，特地通知大家在学校的空地临时举办一场烟火大会。观看过烟火后学院会安排大家一起去餐厅参加复活节盛典。

有社交恐惧症的原葵斗早就不知道跑去了哪里，同学们抓不到他，便积极地把闻人唯围住，因为有韩圣夔这个“阎罗”坐镇，大家不敢太闹腾，只能拉着闻人唯问东问西。

“你们迦蓝王国有多少人啊？离这里很远吗？”

“看照片上都是古宅，迦蓝王国到现在有多少年历史了？”

“闻人唯，你为什么会从迦蓝王国那边转到圣樱学院来学习呀？”

本来提起迦蓝王国就会兴奋地讲个不停的闻人唯，此刻却没心情回答，只是敷衍地应和着。

“好了，大家还是先看烟火吧，有问题以后再问。”卞青窈将周围的人驱散，有些担心地看着闻人唯，“你怎么了？感觉闷闷不乐的。”

凌步翡也凑了过来：“从礼堂出来你就不太对劲。”

“没什么，可能累了吧。”闻人唯勉强扯出一个微笑道，她偷偷看向韩圣夔，只见他手插口袋，正无所事事地站在不远处。

空地上满是等待着烟花的圣樱学院学生，她想要找他好好谈一谈，却找不到机会，正在懊恼的时候，突然，一串烟花蹿上了天空，在深沉的夜幕中，炸开无数朵绚烂的花朵。

人群中响起一声一声的惊呼，大家仰着头感叹地看着眼前盛丽的景象。闻人唯看了看四周，发现并没有人注意她，便悄无声息地退到韩圣夔身旁，一把扯住他的胳膊往无人的钟楼跑去。

韩圣夔不知怎么了，意外地很老实，没有抱怨也没有发火，只是跟随着她的脚步，还顺势握住了她的手臂。热度顺着薄薄的衣料传来，竟然让她不自觉颤抖了一下。

钟楼被包围在茂密的树丛之中，远处的夜空被烟火渲染得一片灿烂，遥远的喧闹声传来，衬得钟楼越发寂静。

韩圣夔仰头看了一下巨大的钟楼表盘，指针指向七点五十五分，像预料到闻人唯会找他谈话，他目光平静地看向她：“你把我叫到这里来，是想问我什么？”

闻人唯看着他如此坦然，一时张不了口，过了半晌，才闷头小声地说：“我是从迦蓝王国来到了这里。那里是我的家乡。”

韩圣燮微微歪头，眼镜下的双瞳与夜色融为一体："你说过。我记得。"

闻人唯仔细观察了一下他的表情，感觉他虽然说记得，但还是对她自称从迦蓝王国而来的说法持怀疑态度。

所以她才不懂他为什么要在别人面前为她说谎。

闻人唯拐弯抹角地说着："在这个时代，迦蓝王国是不存在的。"

韩圣燮饶有兴趣地看着她："所以呢？"

"所……所以……"闻人唯结巴了一下，"你为什么要说谎？"

"说谎……"韩圣燮沉吟一声，食指微弯抵在唇边，"你觉得我在说谎？"

闻人唯有些着急地解释："图片上的迦蓝王国，我从未见过。"

韩圣燮见她着急了，不再逗她，慢悠悠地卖起关子："其实，我也不算说谎。"

听到这意料之外的话语，闻人唯睁大了眼睛："为什么？"

"这个世界上确实有一个'迦蓝'，只不过不是王国，是一个小镇而已。"韩圣燮推了推鼻梁上的眼镜，唇角微微上翘，带着几分宠溺和柔情，"我们家有个度假海岛，从前叫'海都'，现在它叫'迦蓝'。所以，我不算说谎吧？"

把度假海岛的名字，改作了"迦蓝"？

闻人唯不可置信地看着他："你为什么要这么做？"

虽然知道韩圣燮出身豪门，但特意把家族度假小岛的名字改成"迦蓝"，这意味着什么呢？

话音刚落，一朵烟花在离钟楼不远的地方炸开，如同肆意泼洒的颜料，在夜幕的画布上留下一道道鲜明的痕迹，自由而洒脱，带着别样的和谐。古朴的大钟一下下敲响，浑厚的声音在天空中震动着，带来悠远的回音。

"八点了，复活节盛典正式开始了，"韩圣燮拿下眼镜，揉了揉眉心，凌厉的气质一下子消失不见，"餐厅离这里不远，要去看看吗？"

闻人唯抓住韩圣燮的袖口，生怕他逃跑："你还没告诉我呢，把海岛的名字改成'迦蓝'的意义。"

韩圣燮唇角漾出一抹浅淡却是发自真心的笑意，试探一般握住了她的手。

"只要你想要的，我都会创造出来。"

就像一颗糖衣炮弹掉落进心口，猝不及防间轰然炸开，蜜糖缓缓流入心间；又像从心底蹿升的烟花，升至高处绚烂绽放，撼动了身体的每一寸肌肤。

他的话犹如魔咒，不是流入了她的耳蜗，而是直接流进了她的心田。

闻人唯的脸颊通红，两只手无措地扇着风，妄图驱散这个热度，但她并没有冷静下来，甚至还徒增了热度。

她语无伦次起来：“那个……我……就是……前段时间……那个，昨天……”

此刻被温柔所填满的韩圣燮的双眸，仿佛落满了星辰，比烟花还要绚烂。

“不管你来自哪里，”他深情而专注地看着她，好像要将她的模样刻在心里，“‘迦蓝’王国，也会因为你而存在。”

就像一块石子砸入心湖泛起层层涟漪，闻人唯微微仰头，眼角因为感动而有些潮润。她说不出话来，只能同他对视，一切都在这无声的回答中。

3

复活节盛典散场后，闻人唯心情颇好地哼着小曲，脚步发飘地回到寝室，当她打开房门时，被眼前的场景震惊了。

薯片和泡面盒杂乱地堆在书桌上，睡衣随意丢在床头，半床被子凄惨地耷拉在地板上，仿佛在控诉着什么。整个房间就像被强盗洗劫了，没有一处是整洁的。

好心情在一瞬间烟消云散，闻人唯默默地关上门，认命地拿起垃圾桶开始收拾。无意间，她的视线扫到被自己丢到一旁的卞青窈送来的入部资料，那个陌生的名字“猫泽雾”再度映入眼帘。

之前卞青窈简单地说过，猫泽雾是个女生，从前还是“魔法研究社”的社长，但她为什么会忽然参加复古社，谁也不知道原因。闻人唯只知道，如果不是关键时刻猫泽雾参加了复古社，自己连参加比赛的资格都没有，她简直是自己的幸运星。

但是该怎么表达谢意呢？毕竟她连猫泽雾长什么样子都不知道……

闻人唯拿起申请书看了看，决定明天再向卞青窈打听一下。

弄乱房间很容易，但打扫起来却很费时间，等闻人唯将房间里里外外打扫得一尘不染之后，已经将近零点了。

她腰酸背痛地扑倒在床上，卷着被子打滚。明明到了该睡的时候，但大脑却异常清醒，不断重播着她和韩圣燮在钟楼看烟花的场面。

他说的那些话……是不是就相当于告白了呀？

闻人唯紧紧地攥着被角，心忍不住怦怦乱跳，她强迫自己冷静下来：“不，不对，也许人家根本不算是告白呢，该不会是我自作多情了吧？”

就在这种患得患失的纠结之中，手机忽然响起“叮咚”一声，打断了闻人唯纷乱的思绪，她拿起来一看，原来是原葵斗发来的短信。

闻人唯的脑海里浮现出他减肥成功之后修长的身材，唇边浮起一丝微笑。说起来，今天原葵斗一回来，就被她匆匆忙忙拉上了台，后来又因为韩圣燮，一时之间把他抛到了脑后，明天再去找他好好聊聊吧。

她点开短信，刚看到第一行，整个人就从床上跳了起来。

小唯，出大事了，月琦蔓失踪了……

“失踪？”

她震惊地看着这条短信，反复确认了几遍。

月琦蔓失踪了？怎么会这样？几个小时前她不还好好地在和自己比赛吗？

来不及多想，闻人唯匆忙抓起钥匙揣进口袋，打开门慌慌张张地往外跑，想去找原葵斗问个明白。刚一出房门，她就觉得后脑勺一疼，猛地倒在了冰冷的地上，陷入了无边的黑暗。

不知过了多久，闻人唯隐隐约约觉得自己醒了，只是意识还有些恍惚，看什么都像被雾蒙住了一般，影影绰绰的。她尝试着活动手指，却没有半点儿知觉，就像一个旁观者似的，茫茫然看着身体居然不受自己控制地在随意走动。

这个诡异的场景，让她一下子意识到自己并没有清醒，而是在做梦。

她身在一个怪异的小屋子里。之所以说它怪异，是因为小小的房间摆满了她从来没见过的精密仪器，还有很多冒着气泡的、五彩缤纷的药水；最为显眼的是摆在小屋中央的那把椅子，上面缠了很多红红绿绿的线，正上方还有类似于铁盔一样的东西。

闻人唯不知道这些是什么东西，只是本能地觉得不太舒服。

周围有人在说话，但她听不清楚。

她看着自己坐上了那把椅子，然后在那些线缠上身体的瞬间，一道强光撕裂了黑暗，将她从梦境中带了出来。

她眯起眼，眨巴了两下，有些不适应地缓缓睁开。

听着外面的鸟叫声，闻人唯茫然地看了看天花板，一只手扶着头坐起来，发现自己身在宿舍，还穿着外套，忽地想起前一天晚上发生的事，立刻掏出手机打开微信，果然看到了月琦蔓失踪的消息。

顾不得打扮，她起身冲向了门口，开门之前还警惕地观察了四周，发现没有异常，才向着风纪部奔去。

按理讲，虽然月琦蔓是圣玛丽女子学院的人，但她在圣樱学院失踪也会是个轰动的新闻。然而一路上，整个校园平静到近乎诡异的地步，大家都像平常那样说说笑笑，没有一个人谈论月琦蔓的事情，好像根本就不知道似的。

闻人唯感觉有些不对劲，连忙拉住一个路过的女同学："那个，请问月琦蔓她……"

"啊，闻人唯！"那个同学抱着书本，兴奋地说，"我知道！你赢了月琦蔓！"

"我不是想说这个。"闻人唯思考了一下，委婉地问道，"你有没有听到关于月琦蔓的什么消息？比如昨天晚上发生的之类？"

"昨天晚上？"那个同学微歪头，疑惑不解，"月琦蔓不是早就走了吗？"

闻人唯有些难以说明，只好含含糊糊地搪塞了过去，脚步更加匆忙地走向风纪部。

为什么这个消息只有她知道？难道是恶作剧？但原葵斗不是会开这种玩笑的人啊！

卞青窈和凌步翡被派出去检查，风纪部里只有韩圣燮一个人。闻人唯敲了两下门，顾不得里面的回应，着急地推开门，气喘吁吁地说：“我有重要的事跟你说！”

听到熟悉的声音，韩圣燮从文件中抬起头来，看到闻人唯这副模样，愣了一下：“怎么了？校服也没整理好，这么邋邋遢遢地跑到风纪部来，是做了什么坏事，要主动向风纪部执行委员长自首吗？”

闻人唯没心思开玩笑，大步流星地走了过来，神色严肃：“月琦蔓在昨天晚上失踪了！”

“失踪？”韩圣燮微微挑眉，表情看起来有些不解，“我没有听说啊。你是怎么知道的？”

闻人唯从口袋中拿出手机，推到韩圣燮的眼前：“有人发短信告诉我的。”

韩圣燮看着发件人的名字：“原葵斗？”

4

“我的手机两天前就丢了。也不知道怎么那么倒霉，坐个公交车，手机就不见了。”

原葵斗站在风纪部里，垮着肩膀，一脸垂头丧气：“手机卡还没补办回来。你们叫我来，是捡到了我的手机吗？”

他小心地看着闻人唯略显凝重的脸色：“该不会是偷我手机的人，给你发诈骗短信了吧？”

“没什么。”闻人唯安抚他，“就是有人开了个玩笑。”

还是个相当恶劣的玩笑。

究竟是谁偷了原葵斗的手机，开这种玩笑？

靠在椅背上，盯着天花板，韩圣夔莫名有种不安，觉得事情好像没有这么简单。他拿起桌上的手机，犹豫了一下，打给了月琦蔓，电话那端一直重复着“对方手机已关机”的冰冷的提示音。

他将手机放在桌上，推了推眼镜，表情十分凝重。

“什么情况？”闻人唯的头连忙凑过来。

韩圣夔摇了摇头，语气沉重：“手机不通，她关机了。或许那个消息是真的。”

“那该怎么办才好？”闻人唯语气里包含着浓浓的担忧。

忽然，走廊响起一阵匆忙的脚步声，紧接着凌步翡推门而入。他神情不安地说：“阿夔，警察来了。他们想先到风纪部来问讯，青窈正带着他们过来。”

“警察来做什么？”韩圣夔微皱眉头。

“月琦蔓失踪了。月家报了警，说她自从参加完幻花少女大赛就一直没回家。因为这次幻花少女大赛是在我们学院的日光樱礼堂举行的，所以警察就先来圣樱学院调查了。”

顿了顿，凌步翡有些纳闷地问：“你们怎么好像并不吃惊？”

韩圣夔叹了口气：“先让青窈把警察带过来吧，这件事情能封锁消息就尽量封锁，总之不要让学院内产生太大的骚动。”

凌步翡则不太抱希望地回道：“有可能已经晚了。”

很快，问讯的警察便随着卞青窈一起来到了风纪部。总共来了两位刑警，一老一少，穿着笔挺的警服，面色严肃地坐在沙发上。他们看着韩圣夔，一板一眼地问：“你就是圣樱学院风纪部的委员长韩圣夔？我有些问题需要你们风纪部配合一下。不过这位是？”

“我是圣樱学院的学生，闻人唯。”闻人唯拘谨地抓着衣角。

韩圣燮条理分明地补充道：“昨晚有人用她朋友的手机号码，给她发了条奇怪的短信，说‘月琦蔓失踪了’。所以我认为她留在这里对调查可能有所帮助。我们已经问过，她朋友的手机在两天前已经丢失了，警察先生可以核实一下。”

他将手机放在茶几上：“这是她的手机。”

警察拿起来大概看了一眼，对闻人唯说道：“我们需要把这部手机带回去，追踪一下号码的位置，请问可以吗？”

闻人唯犹豫了一下，还是点了点头。

警察用证物袋将手机放好，打开小本，继续问道：“接到短信之后有什么奇怪的事情发生吗？”

回忆起自己挨的闷棍，闻人唯忙不迭地点头：“有有有。我刚出宿舍门，就被人从背后打昏了过去。醒来之后我躺在自己的床上，但东西一点儿都没丢。”

“有人偷袭你？”韩圣燮皱紧眉头，眼神锐利，蕴藏着一丝杀气，“看到是谁了吗？”

“没看到，当时太突然了，还是在背后。”

警察的问讯结束时，已经中午了。

送走两位警察后，韩圣燮颓然无力地坐在沙发上揉着眉心。

看着他这个样子，闻人唯坐到他的身边，尽量开朗地安抚他：“我们就相信警察，他们肯定会把月琦蔓找回来的！”

韩圣燮身子一歪，把头放在闻人唯的肩膀上，深深地叹了口气，语气中包含着藏不住的失落：“圣樱学院和圣玛丽学院是竞争对手，我对月琦蔓也喜欢不起来。但她失踪是我没能做好学院的安保工作，没能替还在医院里的月琦垩保护好他的妹妹。”

他难得在闻人唯面前显露出如此脆弱的一面，懊悔与自责掺杂在一起，呢喃着：“我该怎么向月琦垩交代……”

# 第十章

# 蔷薇魔女的秘密

1

“前天我看到有两个警察去风纪部了，也不知道是因为什么事，怪吓人的。”

“我也看到了！该不会我们学校出了什么事吧？”

“我听说，是因为圣玛丽学院那边有人失踪了。幻花少女大赛不是刚结束没多久吗？还是在日光樱礼堂举办的，所以警察才过来查。对了，月琦蔓不是先离……咳。”

本来围在一起窃窃私语的女生，一看到卞青窈正向她们这里走来，连忙跑进了教学楼。

看着她们的背影，卞青窈露出头痛的表情，心烦意乱间，看到不远处的闻人唯，也是一副心事重重的样子。

眼看着闻人唯就要撞上墙壁，卞青窈急忙跑过去拉住她：“小唯！”

闻人唯回过神来，表情有些懵懂，问道：“你怎么在这里？”

“我还想问你呢。”卞青窈没好气地道，“两个小时前，你说要去复古社的社团活动室。活动室在东边的教学楼，你怎么跑到西边来了？”

“啊？”闻人唯后知后觉地反应过来，看了看周围，有些无精打采，“我在想月琦蔓的事……”

月琦蔓已经失踪两天了，警方和风纪部虽然在尽全力搜索，但到现在没有一点儿消息，她好像人间蒸发了似的。没有她被人带走的证据，也不知道她是不是因为幻花少女大赛惨败而离家出走，但凭闻人唯和月琦蔓几次交手的经验来看，她不会选择后者。

卞青窈听到这话，也有些苦恼地说：“确实，都两天了。阿燮虽然已封锁月琦蔓失踪的消息，但我估计好多人都猜到了。”

自从警察来过圣樱学院之后，整个校园就像即将沸腾的水，平静的表面时不时蹿上几个气泡，而水面下无声涌动着不安。

韩圣燮也因为寻找月琦蔓而忙得焦头烂额，这两天卞青窈回到风纪部时，经常只看到桌子上摆着韩圣燮已经处理好的文件，却见不到人。

“算了，顺其自然吧。”卞青窈捋了捋头发，“那个人之后没给你发消息？”

“没有。”闻人唯摇了摇头，“我眼皮跳得厉害，总有种不好的预感，也不知道是因为月琦蔓还是因为别的。”

警方已经证实了原葵斗的手机是被盗走的，等他们通过卫星定位追查过去时，手机已经被小偷转手卖给一个不知情的阿姨，号码也被换成了新的。小偷销赃的套路比较复杂，警方正在逐个排查，也不知道什么时候才能抓到元凶。

“你就是想太多了。”卞青窈揽过闻人唯的肩膀，“这件事我们只能相信阿燮一定会找到月琦蔓。去看看新的社团活动室吧，我给你挑了个不错的办公室。等我忙完，就去找你。”

闻人唯见卞青窈怀中抱着许多文件，不敢再占用她的时间，乖乖点头。

“我差点忘记了，”卞青窈单只手在口袋中摸索了一会儿，掏出一块糖来，放到她的手中，“这是阿燮出门之前要我交给你的，他叫你打起精神来！”说着，卞青窈跑进了教学楼。

韩圣燮送给她的糖？

闻人唯微微睁大眼，看着手中的水果糖。拆开包装纸，糖果是苹果的形状，剔透如宝石，静静地躺在她的手心。

她将糖丢到自己的口中。淡淡的苹果香在唇齿间流转，舌尖触着那份甜意，令她不自觉露出浅淡的微笑。拍了拍脸颊，她驱散那些悲观的想法，精神百倍地往复古社的社团活动室走去。

“闻人唯！你给我站住！”

闻人唯刚走到学校的正门，就有人语气不善地喊住她。

她有些茫然地看过去，只见一群圣玛丽学院的女生气势汹汹地向她走了过来，停在离她两步远的地方，劈头盖脸地指责道：“闻人唯！你为什么要把月琦蔓带走？”

谁？她？把月琦蔓带走？

闻人唯不可置信地睁大了眼，指着自己：“你们说是我把月琦蔓给带走了？”

“不是你还会是谁？”那群女生激动地嚷着，“你别想狡辩！”

门口的骚动引起了很多学生的注意，他们在不远处松散地站成了几排，不明所以地围观着，时不时交谈几句。

“圣玛丽学院的人怎么来了？该不会又是来找碴儿的吧？”

“我之前听说圣玛丽学院有人失踪了，刚刚她们又说是闻人唯带走了月琦蔓，该不会失踪的就是月琦蔓吧？”

“月琦蔓？闻人唯为什么要带走月琦蔓啊？”

而作为这个事件的中心人物的闻人唯也是一头雾水：“我为什么要带走月琦蔓？”

“一定是你在嫉妒她的完美。”圣玛丽学院的女生愤愤不平地下结论，“你心里清楚，这次幻花少女大赛你能赢只是侥幸，你还是比不过她的完美。再加上你和她之前有过节，所以趁月女神离开，你一不做二不休就把她绑走了！”

闻人唯一时无语，懒得和她们争辩："证据呢？"

"证据我们当然有，否则也不会来找你。"她们显得胸有成竹，像是有备而来，"你敢说出你在幻花少女大赛后的烟火大会时去了哪里吗？"

烟火大会……她和韩圣燮在一起。

迦蓝王国的事，要是说出口，一定会被她们追问到底，所以闻人唯只能回避道："你们想说什么？"

看到闻人唯不愿多谈，她们更加确定是闻人唯拐走了月琦蔓，为首女生的唇角扯出一个嘲弄的弧度，冷冷地说："不如你自己上我们学院的论坛看看，你在那个时候究竟做了什么。"

这个似曾相识的场景，让闻人唯产生了不好的预感，她忐忑不安地点开了圣玛丽学院的官网论坛，最先映入眼中的是高挂在首页的匿名帖子，上面明晃晃的黑色加粗的字体犹如怒斥——"亲眼目睹！带走月琦蔓的罪魁祸首——闻人唯"。

这个帖子下面便是之前说她盗走银花王冠的帖子，一长串的页数足以证明这两件事在圣玛丽学院掀起了多大的波澜。

发帖人声称自己目睹了闻人唯拐走月琦蔓的始末，还明确了时间和地点，编出子虚乌有的吵架事件来说明她们的过节很深。那人强调自己只是路过的时候不小心撞见的，当时没觉得有什么，然而后来听说月琦蔓失踪，感到事情不对，才把这件事贴在了论坛上，希望能给大家提供一些线索。

虽然这次没有附带证明照片，但发帖人逼真详细的描述，和圣玛丽学院对这次幻花少女大赛结果的不满，还是让这个帖子在不到五个小时之间，就翻到了上百页。

"这么一说，在烟火大会上，我好像真没看到闻人唯。"

"对，我记得开场她还和我们在一起，但后来不知怎么就看不见了。"

"哇，该不会真是闻人唯干的吧？"

怀疑犹如洪水，带着吞噬一切的架势向着闻人唯席卷而来。上次她看到这种诬陷的帖子肺都要气炸了，但这次她却莫名冷静了下来。

第一次可以解释为有人看她不爽，但第二次显然就是在利用圣玛丽学院的人来针对她。就算她说出有人在复活节那夜给她发了短信，也肯定会被这些人当作是自导自演。

到底是谁做的？究竟有什么目的？

闻人唯将手机放回口袋中。从上次的事件中她已经清楚，解释再多也只会被看作心虚，于是语气平淡地说："不管你们信不信，我没做过这件事。"

圣玛丽学院的女生咄咄逼人地道："好啊。那你说，烟火大会的时候你去了哪里？"

“她和我在一起，有什么问题吗？”

韩圣燮两手插在口袋中，从正门走过来。未戴眼镜的他，眼神凌厉，如刀一般闪着寒光。

他亮出手臂上设计简约的名表，看了看时间：“临时举办的烟火大会是在晚上七点三十分正式开始的，我和她在七点五十五分到达钟楼，八点二十分在复活节盛典的烟花开场秀结束之后，回到了餐厅。之后她就和大家一起活动了。她从头到尾都没和月琦蔓接触过。够清楚了吗？”

闻人唯看到韩圣燮出现，本来高高悬着的心，竟然奇妙地放了下来。

她愁眉苦脸地凑到他的身边，语气前所未有地乖巧：“我好像又给风纪部添麻烦了。”

“不是你的错。”韩圣燮沉稳的声音，带着能够抚慰人心的力量，“交给我。”

看到韩圣燮出现，圣玛丽学院的女生底气顿时弱了下来：“待在一起那么久，做些什么啊？又没有证据，谁知道你是不是在包庇闻人唯。”

“我和她做什么，没必要和你们详细交代。你们跑来兴师问罪，除了那个没办法证实的帖子之外，并没有确切的证据。”韩圣燮微眯起眼，却未遮住眼里的寒光，“说我包庇她，你们是在质疑风纪部的公正吗？”

圣玛丽学院的女生吓了一跳，下意识地摇起了头。

仔细想想，这个帖子确实也说明不了什么，她们只是对比赛的结果不满，所以想着或许是真的，就跑来找闻人唯的碴儿而已。既然韩圣燮都发了话，也不好再纠缠下去，便逃也似的走了。

围观的学生怕被风纪部教训，也跟着急匆匆地散了，一时间正门附近就只剩韩圣燮和闻人唯两个人。

韩圣燮揉了揉眉心，将眼镜戴上，关切地看着闻人唯："没事吧？"

“没事，没事。”闻人唯看到韩圣燮那淡淡的黑眼圈，知道他最近连日奔波很疲惫，便假装开朗地说，“事情都解释清楚了，我能有什么事呀。”

看得出来她在逞强，韩圣燮皱起眉头，一只手微微抬起，像是要触碰她的手臂："你……"

不行，他再这么温柔，她会忍不住委屈，在他面前哭得稀里哗啦。

闻人唯向后退了一步，怕他再多问，语速极快地说：“对了，我还要去社团活动室，先走了！”便脚步飞快地逃开了。

刚走两步，她又慢慢退回来，小声补充道：“谢谢你的糖。”再次逃开了。

韩圣燮看着闻人唯离开的背影，目光变得冰冷。要不是凌步翡打电话通知他这件事，他都不知道闻人唯受了这么大的委屈。

从口袋中掏出手机，他将电话打给凌步翡，语气生冷："我觉得这次的帖子和上次银花王冠失窃时那个帖子很像，应该是同一个人发的。步翡，我们不论用什么手段也要把他给查出来。"

2

临近黄昏，日光越发深沉，层层渲染的火烧云高挂在天边，带着绚烂的光辉。屋子里的桌椅板凳，都染上了微红的霞光，温暖之中又透着几分孤寂。

虽然复古社加上闻人唯这个社长，总共只有五个人，但活动室比较宽敞，设备也很齐全。靠墙摆着一排缝纫工具，还有针线和几盒五彩缤纷的小珠子；活动室正中央的桌子上，放着几个她亲手做的布娃娃；活动室的右侧，则挂着她为戏剧社做的衣服，尤其是那套在幻花少女大赛上穿过的古装，被放在最显眼的位置。

闻人唯趴在桌子上，看着空无一人的活动室，无声地叹了口气。

原葵斗有事，提前跟她请了假；卞青窈忙于风纪部的工作，一时半会儿来不了；至于艾蜜橘和猫泽雾这两位神龙见首不见尾的人物，也不知道有没有来上学。

除了社长之外，全都是幽灵社员。

“唉。”闻人唯闷闷不乐，“想回迦蓝王国，在这里每件事都不顺。”说着，她脑海中却忽然浮现出韩圣燮那张英俊白皙的脸，回想起刚刚他犹如英雄般将她从困境中解救出来的场景，不自觉地红了脸，两只手捂住脸颊，苦恼道，“不知道啦。”

恰在此时，活动室的门被人敲响。闻人唯没想到还会有人来，吓了一跳，磕磕巴巴地高声说道：“那……那个，请进！门没锁！”

房门应声推开，露出一张甜美可爱的小脸。

“艾蜜橘？你怎么来了？”闻人唯惊讶地问。

“我也是这个社团的社员啊。”艾蜜橘关上门，拉了张椅子坐到闻人唯的身边，“去宿舍没找到你，所以我猜你会来这里，想碰碰运气，就过来了。”

“你找我有什么事吗？”

“我听说了圣玛丽学院来找你碴儿的事，你没事吧？我相信你肯定和月琦蔓的失踪没有关系！”艾蜜橘担忧地看着闻人唯。

原来艾蜜橘是为了安慰她才特地过来的，闻人唯不由得露出一个暖心的笑容：“我没事！与其闷在房里唉声叹气，让关心我的朋友也跟着担心，倒不如向前看，积极开朗地面对！反正只要找到月琦蔓，我的嫌疑就自动解除了，不管是什么人针对我，我都不怕。”

“你能这么想就太好了。”艾蜜橘放下心来，欣慰地说。

这个话题无论怎么积极面对，提起来总是带着些沉重感。像是为了打破这种气氛，艾蜜橘环视四周，目光最终落在桌上的玩偶上，拿起一只系着粉色蝴蝶结的白色小熊，颇为喜爱地看来看去，称赞道："小唯，这都是你做的吗？太可爱了！"

"是啊！做起来还挺容易的。"提起擅长的手工，闻人唯兴致勃勃地说，"我教你吧！"

女孩子对可爱的事物总是抗拒不了，艾蜜橘兴奋地点点头，又有些迟疑："我第一次用针线，可能不太擅长……"

"没关系，我第一次也不擅长啊。小时候……"

本来流畅的话语说到此处却戛然而止，闻人唯发现大脑一片空白，想不起自己究竟是什么时候学会的缝纫。虽然她对迦蓝王国的风土人情如数家珍，关于自己的记忆却总是模糊的。说来奇怪，最近她总是做些奇怪的梦，然而醒来能记得的却不多。

"小唯，怎么了？"艾蜜橘拿着小熊，有些不明所以。

"没什么。"闻人唯笑了笑，略过这段不自然，转身去拿台子上的布料和一些针线，摆在艾蜜橘面前，耐心地教起来，"首先呢，我们画好尺寸，然后裁剪下来……"

不得不说，闻人唯是个细心的好老师，艾蜜橘领悟得也很快，没过多久，就把需要的布料按照尺寸全都裁剪好了。她教艾蜜橘如何缝制之后，就放任艾蜜橘自己动手。

看着窗外的夕阳，闻人唯忽然想起之前在学校里传得很神秘的事件，因为提及这件事韩圣燮还对她生过气。在那之后她就逐渐淡忘了，但这次月琦蔓失踪，又让她回想起来。

她漫不经心地说着："艾蜜橘，我听说之前也有个学生在圣樱学院失踪。你说月琦蔓的失踪会不会和这件事有关系啊？"

"啊！"

听到这声惊呼，闻人唯连忙转过头来，就见艾蜜橘的手被针刺破，正一点儿一点儿渗着血珠。她慌张地从抽屉里翻出医疗包，为艾蜜橘的伤口消毒，心惊胆战地问："发生什么事了？刚才不是还挺顺利的吗？"

艾蜜橘的脸色苍白，神态有些不自然："没什么。是我不小心。"

闻人唯狐疑地看了看她，突然想起来上次提起这件事时，艾蜜橘也是这副模样。

她为艾蜜橘缠上一个创可贴，低声问："艾蜜橘，那个传说，你是不是知道什么？"

艾蜜橘蓦地睁大双眼，手指轻微地颤抖了一下。她闭了闭眼，内心纠结了一番，终于下定决心，娓娓道来："那个传说……我确实是知道的，而且比别人知道的都要多。因为，当年失踪的那个人，就是我的哥哥——艾晴渊。"

"哥哥？"闻人唯惊呼，"你还有个哥哥啊？"

"五年前，我的哥哥在圣樱学院读书，有一天他忽然失踪了，怎么也找不到。那天早上他还说，会给我带好吃的蛋糕，结果我等到现在，他还没有回来。"艾蜜橘自嘲地笑了笑，“后来蔷薇魔女的传说盛行起来。大家都说，他是被蔷薇魔女带走了……可能永远都回不来了。”

“他肯定会回来的。”闻人唯不知该说些什么才好，只能握住她的手。

“是啊，我也相信他会回来。”艾蜜橘的双眸看着窗外被阳光渲染得火红的云朵，眼中却没了那细碎的光芒，“他还欠我一份蛋糕呢。”

她放下手中的针线，唇角扯出一个牵强的笑容：“几年过去了，大家知道那个传说，却不知道失踪的人是谁。今天能说出来，我也算轻松一些。时间不早了，下次再继续把这个熊玩偶做好吧。”

有些事情，只是从口中说出来，就相当于把伤疤重新揭开一次。

脸色苍白的艾蜜橘摇摇晃晃地站起来，夕阳将她的背影拉得很长，显得单薄而无助。闻人唯仿佛透过现在，看到了五年前听说哥哥失踪时，悲痛的艾蜜橘。

艾蜜橘离开后，闻人唯靠在椅子上，仰头呆呆地看着天花板，心里有些难受。

“蔷薇魔女……和月琦蔓的失踪，有没有关系呢？”

## 3

像是神明听到了闻人唯的疑惑，特地跑来为她答疑解惑一般，第二天清晨，原葵斗拿着一本杂志风风火火地闯进了风纪部。

风纪部除韩圣燮外，其他人都去校园巡逻了。办公室里，闻人唯正在询问韩圣燮，月琦蔓有没有新消息。

感觉到有人闯了进来，韩圣燮头也不抬地问道：“下次记得敲门。有什么事吗？”

“有事！有事！”原葵斗将杂志拍到桌子上，惊慌失措地说，“这可是大事！”

闻人唯看他这么慌张，好奇地问：“什么事情能让你慌成这样啊？”

“小唯，你和韩圣燮一起上了学校的八卦周刊！”他拿起杂志，飞快地翻到头版头条，将它摆在闻人唯的眼前。

“是复活节那天，你和韩圣燮的合影。”

闻人唯讶然地睁大了双眼。从周刊上刊登的照片角度来看，是偷拍。背景是大大的钟楼，偷拍者当时应该躲在周围的树丛里。照片上的面容虽然有些模糊，但光从体形和衣服，就能看出这两个人是闻人唯和韩圣燮。

韩圣燮从文件堆中抬起了头，紧皱着眉头，拿过杂志看了看，随即丢在一边，揉着额角，头痛地说：“是我太大意了，居然没发现周围有人偷拍。”

这对一向警觉的他来说，是个很大的失误。

这时，凌步翡也闯了进来，拿着八卦周刊嚷道：“阿燮，有大事……你们这么看着我……难道都知道了？”

“是新闻部的人偷拍的？”韩圣燮冷静地指着桌上的周刊。

“他们哪敢偷拍风纪部啊！”大新闻没有第一时间分享到，凌步翡有些丧气地回应，“我问了新闻部部长，他说这张照片是有人匿名寄过来的。昨天你不是公开说烟火大会的时候和小唯在一起吗？所以他觉得没关系，就刊登了。”

他展开八卦周刊，点了点照片的右下角，上面标注着复活节的日期和时间：“上面写着八点十分。这个时间点，无论是往前推，还是往后推，小唯都没办法到达那个帖子上说的她拐走月琦蔓的地点。新闻部部长觉得这也算是为她澄清了。”

韩圣燮冷冷地笑着：“他这是借口，怕我找新闻部麻烦。”

“好了好了，反正你们见面的事，昨天学校都传过一遍了，也没什么稀奇。”凌步翡兴致勃勃地指着大标题，“最重要的是这个标题——‘蔷薇魔女再度现身？’”

“蔷薇魔女？”

刚才闻人唯只顾着惊讶，还没来得及仔细去看报刊上的内容，听到这个熟悉的名字，她忍不住凑过去："我们的合照和蔷薇魔女有什么关系？"

"蔷薇魔女的传说你听说过吧？"凌步翡不等她回答，自顾自地介绍道，"传说在几年前的复活节，有个学生在圣樱学院失踪了。当时那届的学长说，那个学生是被一个披着黑斗篷，拿着蔷薇花的魔女带走的。所以学院就有了蔷薇魔女的传说。"

"你看这里，钟楼上。"

凌步翡指着一张被放大十倍的合照。

偷拍照中，背景钟楼里，站着一个模糊的身影。那个身影披着黑色的斗篷，仿佛与夜色融为一体，要不是烟花在那一刻点亮星空，恐怕根本没有人会发现。

闻人唯迟疑地问："这个……就是蔷薇魔女？"

"这个人的打扮和传说的蔷薇魔女不太一样，"凌步翡将八卦周刊合上放到一边，换上一副苦恼的表情，"不过这种流言在学院里出现，引起了很大的恐慌，再加上那天正好是复活节，现在到处都在疯传蔷薇魔女的传说。大家都说月琦蔓就像当年那个学生一样，被蔷薇魔女带走了。青窈正忙着安抚学生的情绪。"

"魔女出现在钟楼，而你们在钟楼下——"原葵斗担忧的话还没说完，便被凌步翡接口："该不会你们两个被蔷薇魔女给盯上了吧？"

"这世界上哪会有什么魔女？"韩圣燮嗤之以鼻，继续工作。

"宁可信其有，不可信其无。"凌步翡托着下巴，看了看韩圣燮，又看了看闻人唯，"阿燮，你皮糙肉厚倒是没关系，小唯就不一样了。"

韩圣燮头也不抬，用笔指了指桌子上摞成小山的文件："你要是太闲没事做，就去把这些文件送到西边的教学楼，从一楼分发到五楼。要是还有说这些的时间，就再去趟东边的教学楼，继续分发。"

"那我走了。"凌步翡无精打采地接过文件。

闻人唯好奇魔女的传说，连忙拉住凌步翡，问："你还没说完呢，被魔女盯上会怎么样？"

凌步翡有些为难地看了看韩圣燮，含糊道："也没什么。我随口说的，别太在意。"

"到底是什么啊？"

凌步翡有些骑虎难下，深觉他给自己挖了个坑："其实，也就是……"

话还没说完，原葵斗忽然打了个冷战，赶忙向外走，磕巴道："我……我不听了。我走了。"

"他为什么忽然走了？"凌步翡纳闷。

“他胆子小，这种怪谈他都不敢听的。”闻人唯习以为常，一双眼执拗地看着凌步翡，催促道，“你快说，你快说。”

“我胆子也小，不敢说，”凌步翡转了转眼珠，语气浮夸，“提起来我都害怕。你问胆子最大的阿燮吧！我还得去送文件，就不多待了。”

说完，他就像脚底抹油般，转瞬间消失在走廊的尽头。

## 4

在学校找了一圈，闻人唯都没有发现凌步翡的身影，也不知道他躲去了哪里。

学校里的气氛确实因为蔷薇魔女的传说而变得紧张起来，她随处乱走时，总能听到学生们在小声议论蔷薇魔女把月琦蔓带走的消息。有人看到八卦周刊上的合照，还推测下一个被蔷薇魔女带走的人，或许就是闻人唯。

因为怕受到牵连，他们见到闻人唯都躲着走。说不难受是假的，但她从迦蓝王国来到这个地方这么久了，也习惯了。就是凌步翡不愿说出被蔷薇魔女盯上的后果，反倒让她无比好奇。

抓不到凌步翡，也没看到卞青窈，闻人唯只好回宿舍。在宿舍公寓的大门前，她看到了一个意外的身影。

“原葵斗？你怎么来女生宿舍了？”

原葵斗有些尴尬地挠了挠头：“我在等你。”

“等我？”闻人唯歪着头，疑惑道，“你有什么事吗？”

“我……我想来想去，还是该提醒你一下。”原葵斗的表情有些纠结，不自在地用手捏着衣角，看起来很紧张，“那个蔷薇魔女的传说，我从前……听说过的，但有点儿可怕。所以，刚刚……刚刚我就走了。不过，我觉得应该告诉你一下的。”

“你说吧，我听着。刚刚凌步翡说什么都不肯给我讲，都快好奇死我了。”闻人唯的眼睛亮了起来，催促道。

“那个，寓意不太好，你不要被吓到了。”原葵斗犹豫了一下，提醒道。

看他这么慎重，闻人唯迟疑起来：“真那么吓人啊？”

见原葵斗点头，她抿唇思索了一下，莫名有些害怕：“你……你先说吧。”

“传说里提过，”原葵斗顿了顿，自己也跟着害怕起来，“被魔女盯上的人，就会永远失去自己最重要的人！”

失去……自己最重要的人？

闻人唯突然想起艾蜜橘失踪的哥哥，那不就是艾蜜橘最重要的人吗？

难道说当年魔女盯上的是艾蜜橘，所以艾晴渊才会失踪？

那魔女现在如果盯上了她，就说明，她……会失去自己最重要的人？

她打了个寒战，下意识地反驳道：“不可能！这个世界上根本就没有魔女！钟楼上那个人影肯定就是巧合啦！比如说有塑料袋被挂在了上面，结果就被错认成是人什么的。反正这种事我不会相信的，你也别信，知道了吗？”

看她反应那么大，原葵斗吓得缩了缩肩膀，小心地应着："我……我知道了。都是传说而已，听听就算了。对不起……我不该告诉你。"

闻人唯回过神来，意识到自己的反应有些过激，满是抱歉地说："该是我说对不起。可能是我有点儿累了。最近事情太多，神经过于敏感。你别介意。"

原葵斗连忙摆摆手，露出一个腼腆的笑容："你不用跟我说对不起的。那我不打扰你了，好好休息吧。事情总会好起来的。"

闻人唯露出浅淡的微笑，站在门口看着他离开，正打算进宿舍公寓的大门，忽然听到花坛中响起怪异的鸟鸣，吓得她一瞬间躲到了柱子的后面。过了一会儿，她胆战心惊地探出头去，观察了一下四周，发现并没有什么披着黑斗篷的女人，只是一只小小的麻雀在觅食。

她捂着怦怦跳动的心口，自嘲道："自己偏要听，结果还怕了起来。"

永远……失去自己最重要的人。

如果那个传言是真的……

闻人唯甩甩头，不敢再多想，赶紧回了宿舍。

因为闲下来就会胡思乱想，所以闻人唯回到房间后，又进行了一次大扫除，直到把宿舍打扫得一尘不染，才终于停下来。她疲惫地滚到床上，没过多久，便沉沉睡去，进入了奇异的梦乡。

这几天，她总是在重复做同一个梦。梦中的场景很模糊，她只记得有一个怪异的小屋，屋子里摆满了许多她并不了解的东西。大概是看多了，她竟然开始觉得有些熟悉。

这次的梦境和以往不同，不再被云雾笼罩，变得更加清晰。她清楚地听到有人在说话，不过都是些支离破碎的语句，比如"她""电"之类的不明所以的话语。

梦中的她并没有出现在那个奇怪的小屋里，而是站在一栋别墅前。别墅院子的大门到房屋之间铺着一条长长的石板路，院子里有着一大片草地，草地的右边是一个迷你的玫瑰花园。看起来屋子的主人并不是很喜欢照料花园。

谈话的声音像在为闻人唯引路。她循着声音走进院子，穿过小径，推开别墅雕刻华美的木门。玄关正对着的墙壁上挂着一幅油画，是莫奈的《日出印象》，她记得上课时，老师有讲过这幅画。往客厅走去，能看到一个欧式的暖炉，里面只剩一些灰烬。

穿过客厅，她意识迷蒙地跟从着那个声音，下了楼梯，来到了地下室。地下室的门是开着的，门前挂着白色的纱幔，透过纱幔，看布局很像她之前到达的那个怪异的小屋子，里面隐约映出一个小小的人影。直觉告诉她，一直引她来这里的声音就是属于这个人的。

梦里的自己似乎和她想的一样，也想看看隐藏在纱幔后的这个人是谁，伸出手轻拢纱幔，用令人心焦的速度一点儿一点儿地拨开。

就在即将看到那个人的真面目时，眼前却突然蒙上了一层黑暗，就像堕入一个黑洞一般。

闻人唯瞬间惊醒过来，大口地喘着气。从黑暗中摸索着爬起，借着月光，她倒了杯水，“咕咚咕咚”地喝下。过了一会儿，才缓和了过来，她疲惫地跌坐在椅子上。

明明就差一点点了……只要再掀开那么一点点……

闻人唯有些懊恼，长叹了口气，茫然地看着窗外。圣樱学院的夜晚很静，像一座空城，只有偶尔响起的虫鸣，在孤独地吟唱。

为什么最近总会做这种梦？难道有什么含义吗？

她敲敲自己的头，唉声叹气：“想不通。”

# 月琦蔓的身世之谜

1

"小唯啊，我最近感觉好烦啊……"

蔚蓝的天空上，飘浮着淡如薄烟的云朵，正午的太阳高高悬挂于头顶，不遗余力地向着广阔的大地散发着它的光芒。无论怎么看，这都是个艳阳高照的好天气，然而圣樱学院的喷泉边，却响起了与这晴朗截然相反的阴沉声音。

距喷泉不远的长椅上，手中捧着一小罐咖啡的闻人唯，看向瘫软在一旁，一脸"生无可恋"的卞青窈，疑惑不解地问："怎么了？"

一向帅气干练的卞青窈，就算风纪部的工作再多，也没有如此颓废过。闻人唯刚刚路过时，要不是看到了卞青窈的脸，差点儿就把她认成了别人。

"我认识月琦蔓这几年，从来都没有像现在这样迫切地想要见到她。"卞青窈把头一歪，搭在闻人唯的肩膀上，有气无力地说，"已经过了整整十天，她好好的一个大活人，就像人间蒸发了似的，怎么找也找不到。"

闻人唯听到这话，脸上也泛上几分愁容："是啊，她都失踪十天了。"

警方到现在只能分析出月琦蔓有很大的可能性是被人带走的，至于她现在在哪里，究竟是被什么人在什么时间、什么地点带走的，这些他们都不知道。搜索可以说是毫无进展。

"现在不仅是圣樱学院，就连圣玛丽学院那边也开始议论起了蔷薇魔女的传说，而且越传越邪，大家都认为是蔷薇魔女把月琦蔓带走了，肯定和五年前的那个学生一样永远都找不到了。"她从口袋中翻出手机，手指在屏幕上滑了几下，递给闻人唯。

圣玛丽学院论坛的首页上被高高挂起的不再是污蔑她的那个帖子，而是一个"揭开蔷薇魔女的面纱——诅咒篇"的帖子。其后紧跟着"起源篇""发展篇""应对篇"。

"也不知道谁那么闲写这种帖子，这群大小姐都不去上课的吗？"卞青窈将手机随意放回口袋，兴味索然地说着，"还有人说你就是魔女呢，都怨那个新闻部的部长，要不是他，哪会有现在这么多事。要不是阿翡拦着我，我早就约他单挑了。"

原葵斗的话萦绕在耳边，虽然闻人唯这几天来一直想要忘掉。她看着在阳光中倾洒出彩虹的喷泉，语调有些缥缈："青窈，你相信蔷薇魔女的存在吗？"

卞青窈愣了一下，直起身来，窥探着她的表情，似乎不太理解她为什么要这么问。

闻人唯也觉得有些突兀，掩饰般笑了笑，低头看着掌心的纹路："没什么，我就是问问。"

"没关系，你不用怕。"卞青窈站起来，弯腰抱了抱她，露出暖如春光的笑颜，

“就算蔷薇魔女真的存在，无论是我还是阿翡、阿燮，都会保护好你的。”

闻人唯微怔，随即勾起了唇角，笑容浅淡却是发自真心：“我知道了。谢谢你们。”

之前的阴沉仿佛被扫荡一空，卞青窈伸了个懒腰，精神百倍地说：“果然向你吐吐苦水，心情就好多了！午休快要结束了，我去教师办公室取份文件，有事情记得给我打电话。”

闻人唯带着自己都没有注意到的温柔笑容，目送着卞青窈离开。她的心中就像涌入了暖暖的泉水，既暖心又安心。

她并没有急着离开，而是思绪放空地看着远处的人来人往。从月琦蔓失踪的那天开始，出乎意料的事情一件接一件地发生，令人应接不暇，到了晚上又要重复地做着那个奇怪的梦。每次都是那座房子，还有总也看不见的人。所以过了这么多天，她还没有真正意义上地休息过，只能偶尔放空一下自己，算是给大脑减压。

人群中突然出现一个令闻人唯颇为在意的身影。那个人手里捏着一部手机，步履匆忙地向学校正门赶去。

她站起身来，远远地张望了一下，确认那个人就是韩圣燮。

他这么急匆匆的，是要去哪里？

闻人唯有些不解，下意识地小跑着跟了过去。距离他还有三米远时，她放缓了脚步，一只手捂住口鼻，尽量做到悄无声息。

做完这一切之后，她才后知后觉地反应过来自己在做什么，不由得懊恼起来。

上次跟踪被人逮个正着，这次怎么又跟踪起韩圣燮了？能不能争气一点儿！

可现在跟都跟了……难道就真的不好奇吗？

天使与恶魔在闻人唯的耳边不断地环绕着，让她不知该听从哪个声音才好。正当她纠结时，走在前面的韩圣燮忽然停住了脚步，摇了摇手机，淡淡地说：“怎么？不继续跟过来了吗？”

闻人唯垂死挣扎般地装着傻：“我……我也不是跟着你呀。就是顺路而已，我也恰好要走这一边。”

韩圣燮转过身来，看着她的双眸藏有几分笑意，表情却很是严肃地步步逼近：“现在午休已经结束了，按照校规，这个时间学生外出需要老师签请假条或者经风纪部的人同意，否则私自外出按违反风纪处理。”

闻人唯被他逼到墙角，眼看形势不对，立刻乖巧承认：“对不起，我是跟踪你出来的。”

韩圣燮修长有力的手指轻轻拍了拍她的头，装模作样地说："既然你是跟着我出来的，那就算是我把你给带了出来。这样的话，你就一直跟到底，陪我去个地方吧。"

闻人唯摸了摸自己的头，心情止不住地雀跃。

她敏锐地看出韩圣燮似乎心情很好，有些不解："去哪里啊？"

韩圣燮的手像转笔一般摆弄着手机，任它在指缝间穿梭，平时他的手都是很安分的状态，音调也比平常上扬了几分："去医院。月琦垩已经能够走路了！"

"真的？"闻人唯讶然地睁大了眼，"那不就是说，他的渐冻人症已经好转了吗？"

"后续还需要检查，不过……"韩圣燮抿着唇，浅笑起来，如池中菡萏悄然盛开，"医生说，他的情况正在好转，或许最后真的会发生痊愈的奇迹。"

闻人唯回想起上次在男生宿舍时，那个清冷孤傲的男生在病痛中挣扎的模样。

她后来上网查过，得知渐冻人症是个令全世界都头痛的难题，别说是痊愈，连好转的可能性都很小。虽然她和月琦垩只见过一次，但听说他或许能从这种病痛中解放出来，还是真心实意地为他感到高兴。

她连忙催促道："那我们快点儿去医院吧！"说着，脸上显露出几分迟疑，"不过，月琦蔓的事……你和他说了吗？"

韩圣燮垂下眼帘，长长的睫毛仿佛只是雕塑上的装饰，眨也不眨，手指的动作停了下来，颓然垂下。

"他病情刚刚好转……月琦蔓的事能瞒多久就瞒多久吧。无论用什么手段，我也要把她完好无损地带到月琦垩的面前。"

## 2

贝慈医院白底黑字的牌子，高高挂在医院的大门前。

白天的医院要比晚上忙碌许多，护士们推着装满药品的小车，脚步飞快又不失稳重地在走廊穿梭。

两个人来到相对安静的VIP楼层，“602”门前。

韩圣燮轻轻敲了门。大概是因为怀揣着要对门内人隐瞒的秘密，闻人唯有些忐忑。

“请进。”清冷的声音隔着门板，模糊地传了出来。

月琦垩正坐在床上看书。开了小小的缝隙的窗户，偶尔有徐徐凉风吹进，拂动着洁白的窗帘。温暖的阳光照在他清俊苍白的脸上，柔和了他眉眼间的孤冷。

他从书中抬头，浅灰色的双眸淡淡地看向韩圣燮，不热不冷地打着招呼：“你来了。”

“我带了个人过来。”韩圣燮将买来的水果放到桌子上，向门外的闻人唯招了招手，“小骗子，快进来。”

“怎么又叫我小骗子？”闻人唯不满地嘟囔，“我也是有名字的。”

月琦垩看向她，思考了一下，问道：“你就是闻人唯？”

闻人唯有些惊讶：“你还记得我呀？不对，你怎么知道我的名字的？”

“圣燮经常提起——”

“咳！”正在削苹果的韩圣燮重重地咳了一声，打断了月琦垩。

月琦垩瞧了他一眼，没再说话，继续看起书来。

闻人唯没听到后续，想要接着问，却被韩圣燮拉住衣领一把扯向他，一块苹果被塞进口中，脸颊撑得鼓鼓的，像仓鼠一样。

韩圣燮警告地说：“不要打扰病人休息。”

闻人唯“咔嚓咔嚓”嚼着苹果，委屈地点了点头。

月琦垩和韩圣燮闲聊了几句，无非就是学校和风纪部的事情，闻人唯怕自己将月琦蔓的事情说漏了嘴，就没敢插话，老老实实地坐着，吃韩圣燮削好的苹果，当个安静的美少女。

然而月琦垩还是语气平淡地问出口：“她最近怎么样了？我记得她已经十一天没来医院了。上次来时，还说第二天是幻花少女大赛，她会拿到王冠回来见我。”

虽然他没有指明口中的人是谁，但在场的人都心知肚明。

韩圣燮削苹果的动作顿了顿：“她最近还是那样吧，没什么特别的。可能是输了心情不好，就躲起来了。”

月琦垩抬眼看向韩圣夔，双眸微眯，像是察觉到了什么：“幻花少女大赛之后，她没来过圣樱学院？”

“嗯。”韩圣夔头也不抬，含糊地应着。

他虽然能够面不改色地在全校面前半真半假地说着迦蓝王国的事情，但面对自己的好友，心中的那份歉疚，却让他无法镇定自若。

月琦垩马上就看出韩圣夔在撒谎。

他语气低沉地逼问：“是不是她出了什么事？”

韩圣夔没办法承认，也没办法否认，只好沉默。

看他不答，月琦垩直直地看向闻人唯：“你说实话，月琦蔓是不是出事了？”

闻人唯没想到月琦垩会问到她，加之不擅长说谎，顿时慌张起来，磕磕巴巴地回道：“那……那个……我……”

“是我不让她说的。”韩圣夔揉了揉额角，怅然地坦白，“对不起，我没能照看好月琦蔓。她……失踪了。”

“失踪？”月琦垩脸色难看起来，“你说她失踪了？”

“就在幻花少女大赛结束的那一天。她因为输了，提前离场，便不知去向了。”韩圣夔简单地陈述着事情的经过，“目前警方和风纪部在尽全力找她。”

月琦垩一把拔掉手背上的输液管，将衣架上的风衣拽下，随意披在身上，就急着向外走。

韩圣夔赶紧拉住月琦垩，语重心长地劝着：“你先养病，把这件事交给我。给我三天的时间，我一定把她带回来。”

“你放手。”月琦垩冷冷地说。

“我自己的妹妹我自己找！”说完，他甩开韩圣夔的手，挺得笔直的脊梁在无声地抗拒。

韩圣夔起身想要追上去，他转头看向闻人唯。

闻人唯连忙说道：“不用管我，我自己回学校就行，会注意安全的。你还是赶紧追月琦垩吧，他身体才刚好，经不起折腾的。”

韩圣夔迟疑了一下，点了点头：“你有事记得给我打电话。有什么消息，我也会向你汇报。”

闻人唯目送韩圣夔匆匆离开，走到月琦垩的病床旁边，将掉在地上的针头捡起来放到桌子上，又把反扣在床上的书合上。

看着空无一人的病房，闻人唯心情有些复杂。

就算关系多么恶劣，但亲人之间还是会互相关心、互相在乎的。

她想起自己身在迦蓝王国的父母，如果发现她失踪了，他们该有多着急啊。

将门关上后，站在VIP楼层寂静的走廊上，闻人唯怅然若失地叹了口气。

3

闻人唯走出医院，从口袋中掏出手机看了看时间，又打开电话簿，手指在韩圣燮的名字上盘旋了两圈，最后还是把手机丢回了口袋。

虽然对月琦埾并不了解，但看得出来他很固执，不知道韩圣燮能不能成功地把他给劝回来。还有月琦蔓……究竟能跑去哪里呢？

她漫无目的地走在大街上，还不想回圣樱学院，但又不知道该去哪里。就在她有些茫然的时候，一个熟悉的身影从拐角走出，低着头走在前方，步伐很慢，似乎在想什么事情。

看这个背影……好像是艾蜜橘啊。

闻人唯三步并作两步地追上去，拍向那个人的肩膀，打招呼道："艾蜜橘！好巧啊！"

艾蜜橘吓了一跳，看到是闻人唯，才拍着胸口舒了口气："原来是小唯呀。"

自那次在社团活动室分别之后，这还是她们第一次见面。艾蜜橘面色苍白，眼圈泛黑，看起来很疲惫。

闻人唯看她这副模样，有些担心地问："你看起来状况不太好，是生病了吗？"

艾蜜橘摸了摸脸颊，有些含糊："可能，中暑了吧。"

中暑？

现在才晚春，虽然温度是一天比一天高了，但怎么会中暑呢？不过艾蜜橘说过她的身体不好，所以闻人唯也没有多问，突然看到一家店，眼睛一亮，说道："我请你喝奶茶吧！我记得班里的女生说过，这家店的奶茶很好喝。"

艾蜜橘犹豫了一下，点了点头。

这个时间，店里的人不多，她们被店员引去了临窗的位置。墙壁贴着米白色的墙纸，看起来温馨质朴，令人不自觉地放松起来。桌上摆着一只小巧的白熊模型，白熊怀中抱着一张设计精美的食谱。

闻人唯点了红豆沙冰，而艾蜜橘点了一杯鲜榨果汁。两人心事重重地对坐着，气氛安静而又沉重。

闻人唯用勺子搅动着沙冰，闲聊一般说："艾蜜橘，你说月琦蔓还能不能被找到？"

"只要还在同一个世界，不管失踪多久，总会找到的吧。"艾蜜橘小口喝着果汁，漫不经心的口气，既像对自己说，又像在回答她的问题。

闻人唯听到这话有些触动，舀起一小勺沙冰，却没有胃口，略带惆怅地说：“是啊，总是能找到的吧……”

艾蜜橘才发现自己讲了什么，慌张地辩解着：“那个，我没针对你的那个意思……”

“我知道。”闻人唯托着下巴，看向人来人往的窗外，“我就是忽然想，我从迦蓝王国来到这里，我的父母肯定像我们找月琦蔓那样，也在满世界地找我吧？可我已经不在那里了，他们找不到我肯定很伤心……你在干吗？”

闻人唯不经意间一回头，就看艾蜜橘捧着杯子“咕咚咕咚”地猛喝，不到片刻果汁就见了底。她瞠目结舌地看着艾蜜橘：“你怎么了？”

艾蜜橘咬着唇，手指不自在地抚着脖颈：“没……没什么。就是口渴了。”

闻人唯关切地问：“你今天有点儿怪怪的，是不是发生了什么事情啊？如果有事可以跟我说的，虽然不一定能帮上你，但多个人想办法总比自己一个人要好呀。”

艾蜜橘视线游移，欲言又止，透出几分心虚的模样。

闻人唯以为她遇到了什么难以启齿的大事情，拉住她的手，温柔地劝道：“难道我们不是朋友吗？朋友就是要在这个时候派上用场的呀。你说什么，我都会听着的。”

艾蜜橘却反握住她的手，缓缓问道：“小唯，你现在有什么想要实现的愿望吗？什么愿望都可以。”

闻人唯不明白艾蜜橘为什么问她这个问题，但没多想，坦率地回答：“我现在的愿望……是见到我的父母吧。就算回不去迦蓝王国，也想对他们报一下平安，说一句我很想他们。”

艾蜜橘微微睁大了双眼，有几分动容。她低下头，握着闻人唯的手微微用力，声音坚定道：“我知道了。小唯，周末来我家吧。”

闻人唯有些适应不了她这跳跃的话题，愣愣地问：“你家？”

“对。就在布丁街37号。”说完，她从桌子上拿过纸和笔，写下地址，交到闻人唯的手中，嘱托道，“一定要来。我在家等你。”

艾蜜橘抬头看了眼时间：“今天就不能多陪你了，我还有事情要做。你一定要来，知道吗？”她拿起椅子上的小包，撂下这句话，就匆忙地走了。

隔着窗户，闻人唯看到艾蜜橘顺着与圣樱学院截然相反的方向离开，视线疑惑地落到字条上：“这里的人邀请朋友来家里玩都是这么强硬的吗？”

闻人唯吃完红豆沙冰才离开甜品店。韩圣燮在艾蜜橘离开之后来了一次电话，据说他苦口婆心，劝说了半个多小时，月琦垩才勉强同意回到医院休养，把月琦蔓的事交给他，但要求了三天的时限。

也不知道已经失踪了十天的月琦蔓能不能在短短的三天内找到。但勉强算是过了月琦垩这一关，闻人唯稍稍放下心来。

离学校的正门还有一条街的距离，闻人唯却并没有被幸运女神眷顾，一群圣玛丽学院的女生迎面走来，其中有几个熟悉的面孔，正是上次跑来向她兴师问罪的月琦蔓的粉丝。

“那个人是不是闻人唯啊？”

“对！我看就是她！”

“风纪部没跟在她的身边吧？我看她这次还怎么跑。”

闻人唯躲避不及，只能硬着头皮迎面走去。仗着人多势众，圣玛丽学院的女生堵住了她的去路。

“你们……”

话音未落，闻人唯的肩头被领头的女生重重一推。闻人唯踉跄了几步。一群人顿时如洪水般涌向她，对她推推搡搡。

闻人唯左摇右荡，挣扎地说：“快住手！咝——疼！”

推搡间，闻人唯被推倒在地。

就在此刻，刺耳的紧急刹车声骤然响起，一辆红色的法拉利拐了个急弯，停在路边，与人群只有几步的距离。车门打开，走下一个人。

圣玛丽学院的女生顿时骚乱起来。

“是月女神！”

“月女神回来了！”

“天啊！我们的月女神终于回来了！”

月琦蔓？

闻人唯连忙伸长脖子看去，只见从车上下来的女生穿着水蓝色的蓬蓬裙，脖子上所戴的月桂项链上的金粉色宝石花耀眼夺目，她神色高傲到近乎冷漠，确实是失踪了十天的月琦蔓。

月琦蔓淡淡地看着这群人，微皱眉头，问道：“你们这是在干什么？”

“月女神你终于回来了！我们可真的担心死你了！”

“我们还以为你被蔷薇魔女给带走了呢！”

“蔷薇魔女？”月琦蔓有些疑惑，“那是什么？”

“就是这个呀！”有个女生忙不迭地拿出不知为何随身携带着的八卦周刊，指着上面的照片，“复活节那天，披着斗篷站在钟楼上在寻找猎物的蔷薇魔女！”

“啊，你们误解了。那可能是我。”

不属于月琦蔓的声音毫无紧张感地传来，只见车上又下来一位金发少女，皮肤带着久不见日光的苍白，精致的眉眼与月琦蔓有几分相像。她半倚车门，对着闻人唯晃了晃手：“你好呀，我们又见面了。”

闻人唯想不起来这个人是谁，疑惑地问：“你是？”

“部长，社员的名字还是要好好记住嘛。”她指着自己，一字一顿地说，“猫泽雾。”

闻人唯震惊地瞪大了双眼：“你就是猫泽雾？”

## 4

原来复活节那天在钟楼上的，就是前“魔法研究社”的社长，现“复古社”的社员——猫泽雾。幻花少女大赛结束的当晚举行了烟火大会，为了找个适合观赏烟花又没人打扰的好地方，她才登上了钟楼，没想到被人拍了下来。

谁知道斗篷造型的她，被人传成是蔷薇魔女，搞了个大乌龙。

月琦蔓无视这群看她归来载歌载舞的粉丝，随意说了几句，就把她们给打发走了。

她朝闻人唯走过来，居高临下地评价道：“狼狈。”

闻人唯没有和她吵架的心思：“反正只要你能平安回来，怎么说都行。”

“你以为这样说就能讨好我吗？”月琦蔓神色古怪，像是不习惯闻人唯不与她对立，犹豫了一下，她对闻人唯伸出一只手，语气冷淡，“能起来吗？”

面对月琦蔓难得的好意,闻人唯不由得愣了愣，感觉太阳从西边出来一般，但还是抓住她的手。

月琦蔓将闻人唯拉起后，就极快地松了手。

猫泽雾笑嘻嘻地凑了过来，金色的头发在阳光下泛出耀眼的光辉，与闻人唯第一次看到她的女鬼形象截然相反。她揽过月琦蔓的肩膀，炫耀地对闻人唯说：“怎么样部长？我这个妹妹善良吧！”

等等，妹妹？

闻人唯像见了鬼似的看向猫泽雾，震惊道：“月琦蔓是你的妹妹？那她还有个哥哥……你也是月家的人？”

“我是被月家领养的。”月琦蔓平淡地说道，“月琦垩并不是我的亲哥哥。”

闻人唯搔了搔脸颊，这才想起来上次她在月琦垩的病房门外听过此事：“猫泽雾是你的亲姐姐？那你怎么会被月家领养？”

“这件事……都怪我。”猫泽雾露出愧疚的神色，叹了口气，娓娓道来，“小时候我带着妹妹出门，因为贪玩，没有看住她，把她给弄丢了。小蔓被送去了孤儿院，最后被月家人领养。这么多年，我一直没有放弃找她，但始终没有消息。直到复活节那天……”

闻人唯抿了抿唇，问道：“复活节……你是说，月琦蔓失踪的那天？”

“她并不是失踪，只是被我带回了家，和家人相认了。”猫泽雾亮出她手腕上那条月桂手链，“爸爸给我和妹妹定制了样式相同的手链和项链。幻花少女大赛那天，我知道你会参加，所以好奇地去看了一眼，没想到在转播的大屏幕上，却看到小蔓的脖颈上戴着月桂项链。所以等她一离场，就立刻去找了她。”

这个手链和项链……难怪这么眼熟！

闻人唯恍然大悟，才回想起自己在幻花少女大赛上看到那个项链的熟悉感是从哪里来的。

像是怕被别人听到，猫泽雾小声地说着：“刚刚怕被她的粉丝们听到，所以我才说爬上钟楼是为了看烟花。其实当时爬上钟楼是因为我没能在她离场的时候立刻找到她，就想找个高的地方，看看她在哪里。”

月琦蔓冷淡地插了一句嘴：“她来找我时，从阴暗的小树林里蹿了出来，我还以为是什么女鬼来纠缠我了。”

闻人唯赞同地看了月琦蔓一眼。她第一次见到猫泽雾，也是这种感觉。

猫泽雾尴尬地打着哈哈：“一时情急。能和妹妹相认，我太激动了嘛。”

失踪的前因后果都清楚了，闻人唯大大地松了口气，抚着胸膛说：“幸好是这样。这十天发生这么多事，真是吓死我了。你带妹妹回去认亲，好歹也和月家打个招呼，警察和风纪部一直在找她。”

“我是故意的。”猫泽雾握着拳头，愤愤不平，“我就是要吓吓月琦垩那个浑蛋，让他这么忽视我的妹妹。他根本不知道我妹妹为他流了多少眼泪！”

“其实……”闻人唯犹豫了一下，还是决定说出口，“月琦垩还是很在乎月琦蔓的。”

提到月琦垩，月琦蔓的态度就变得冷硬起来：“你这种局外人，根本不知道我和哥哥的事情。他总是那么冷漠，从来都没有在乎过我。”

“他对你冷漠，是因为他患上了一种病，很有可能无法治愈，怕你以后伤心，才故意冷落你的。”

这对兄妹明明很在乎彼此，却因误会渐行渐远。

闻人唯有些沉重地说：“他患的是渐冻人症。他努力对周围人隐瞒病情，把所有压力都扛在自己的身上。这次住院也是因为病情恶化。”

“渐……冻人症？”月琦蔓难以置信地呢喃着，“怎么会……”

闻人唯尽量轻松地说：“你也不用太担心，医生说他正在好转，如果奇迹发生，说不定会有痊愈的希望。他今天刚能下地走路，听说你失踪，就跑出医院去找你了。虽然韩圣燮费尽口舌把他劝了回来，但不知道有没有影响到病情。”她把手放在月琦蔓的肩膀上，轻轻拍了拍，“他是真的在乎你这个妹妹的。”

月琦蔓没有把闻人唯的手拂开，只是睁大了双眼，珍珠般的眼泪从眼眶中流出，顺着脸颊滑落。她从未像现在这样脆弱过，甚至在闻人唯面前呜呜地哭出声来："我……我还以为他是讨厌我，所以才……是我误会了他，还对他耍脾气……我……我要去找他！"

猫泽雾拿出手帕递给月琦蔓，露出一个独属于姐姐的温柔笑容："去吧。"

月琦蔓哽咽地点了点头，胡乱地擦干了脸颊，就上了车，催促着司机赶去医院。

见猫泽雾留在原地，闻人唯好奇地问："你不跟着一起去吗？"

"留给我和小蔓的时间多得很，我就不去抢她这个哥哥的时间了。"猫泽雾懒洋洋地伸了个懒腰，露出一个满意的笑容，意味不明地对闻人唯说，"跟着你就找到了妹妹，这件事果然很灵验。"

"你在说什么？"

"没什么。"猫泽雾神神秘秘地凑到闻人唯的眼前，"一切都是魔法的启示。"

闻人唯狐疑地看着猫泽雾，忽然间想起一件事情，严肃地问道："挂在圣玛丽学院论坛首页上，说是我把月琦蔓给带走的帖子，是你发的吗？"

"你把月琦蔓给带走？"猫泽雾一头雾水，"我为什么要发那种帖子？我只是想吓吓月琦垩而已，并没有针对别人的意思。"

"那短信呢？"闻人唯追问，"通知我月琦蔓失踪的短信。"

猫泽雾奇怪地看着她："我根本不知道你的手机号码呀。你这么一说倒是提醒了我，趁这个时候我们交换一下手机号吧，社长！"

闻人唯对猫泽雾这跳脱的思维，一时有些无语。两个人交换号码之后，猫泽雾掏出不知藏在哪里的斗篷，披在身上，嘟囔着关于魔法的话语，就离开了。

"奇怪……"闻人唯看着猫泽雾远去的背影，不禁嘀咕，"那这些事到底是谁干的呢？"

# 第十二章

## 布丁街
## 37号

# 1

那天在场的圣玛丽学院的女生回去之后，在论坛上发帖解释蔷薇魔女的事件只是乌龙事件。大家没了兴趣，转身投入更加吸引人的话题中，蔷薇魔女的流言也就渐渐终止了。

月琦蔓的平安归来，让两所学校重新归于平静，一切都回到了日常。

虽然是周末，但韩圣燮却十分勤勉地坐在风纪部的办公室里，处理着文件。

距和艾蜜橘约定的时间尚早，闻人唯坐在风纪部的法兰绒红色沙发上，喝着从自动贩卖机买来的果汁。

“月琦蔓和月琦垩这对兄妹能和好吗？”

“大概吧。”韩圣燮仿佛能够一心二用，口中回答着她的问题，批阅文件的速度也没减缓，“他们两个性格比较相似，以后小摩擦肯定会有，但通过这次的事情，明白对方在自己心中的位置，就算再怎么吵也不会发生大问题。”

“月琦垩有没有生气吗？毕竟我未经他的允许，把他的秘密告诉了月琦蔓。”闻人唯有些忐忑不安。

“他呀，生气了。特别生气。”韩圣燮从文件中抬头，煞有介事地说。

“啊？真生气了？”闻人唯哭丧着脸，“那该怎么办才好啊？”

拿起桌子上的果汁，韩圣燮晃了晃，装模作样道：“不过如果你再贿赂我一杯咖啡，我可以勉强替你挡一挡。”

“讨厌，你又在耍我！”闻人唯像只仓鼠似的，气呼呼地鼓着脸颊，“大骗子。”

韩圣燮用手撑着脸颊，唇角勾起一抹坏坏的笑：“你是小骗子，我是大骗子，不是正好？”

面对韩圣燮的调侃，闻人唯害羞起来：“才不好。”拿起手边的杂志盖住脸，仰躺在沙发上装死。

韩圣燮轻笑出声，也不再逗她，正色道：“你一大早来风纪部不是为了问这些吧？有什么话直说吧。”

闻人唯掀起杂志瞧了瞧他，慢慢从沙发上坐起，将杂志放到一边，犹豫了一下，扭扭捏捏地问：“你，早上九点有没有时间？”

“没有。”他干脆地摇摇头，“九点我和青窈要去出席交换生大会。”

“交换生”这个词书本上有提到过，所以闻人唯还是清楚的。她被这个词吸引了注意力，两眼放光地问：“我们学校要来交换生了吗？是谁啊？哪个学校的？”

“这次大会主要是商讨与哪个学校进行交换生活动，具体人选是在决定学校后，由该学校直接推举过来的。所以现在还不清楚来的会是谁。”韩圣夔将批好的文件整理好放在一边，“你是找我有什么事情吗？”

“啊，就是艾蜜橘今天约我到她家玩，在布丁街37号。我不太熟悉那条路，就想着能不能让你带我去……”闻人唯低着头摆弄着手指，声音越来越低，透出点儿沮丧。

韩圣夔抿抿唇，有些歉疚地说：“抱歉，我作为圣樱学院的代表，是不能缺席的。我让步翡带你去吧……”

“没关系，我知道的，你那边比较重要嘛！”闻人唯拍拍自己的胸脯，装出毫不在意的模样，“青窈教过我怎么用手机看地图！不用麻烦他啦。”

“我走啦！”她看了眼时钟，开朗地对韩圣夔说，然后匆忙离开了。

走到消防楼梯的拐角，确认韩圣夔不会看见后，她才半倚在墙边，心情复杂地看着窗外比平时要安静许多的校园，说不上是失落还是沮丧。

其实不认路只是借口而已，她就是想和韩圣夔一起随便走走，去哪里都行，只要他们两个人能在一起。可惜太不凑巧了。

下楼时，她看到镶嵌在墙里的仪容镜，对着镜子里的自己扮了个鬼脸，又颇觉无聊地垮下脸来，郁闷地自言自语道：“下次吧。下次总该有时间了。”

约好的时间是九点四十分，因为她到圣樱学院以来，就没去过布丁街，所以她提前出了门，为自己预留出来迷路的时间。

穿过一条大街，闻人唯站在十字路口，感到很奇怪。

记忆中她从来都没有来过这里，却莫名觉得周围的一切很熟悉，就像从前见过似的。甚至看到路边的那间鞋店，她的直觉都毫不犹豫地告诉她，那里曾经是一家女装店。

“小唯！”

闻人唯正苦苦思索这种感觉来自哪里，就听到有人喊她，还在她的肩膀轻轻一拍，吓得她立刻回过神来，惊魂未定地看向身后的原葵斗。

原葵斗看她这副见了鬼的模样，战战兢兢地四下张望，确认并没有异常之后，才抚着胸口埋怨道：“你干吗这么大的反应，吓死我了。还以为你看到我身后跟着什么东西呢。”

“没什么。”知道原葵斗的胆子小，闻人唯怕吓到他，就没和他说刚刚那种诡异的感觉。她看到他身后背着一个小包，转移话题道：“你是要去哪里啊？”

幻花少女大赛后，被称作“天使美少年”的原葵斗受到女生们的热烈追捧，但因从前总是被人欺负，他疑心这是她们的新型恶作剧，所以能躲多远就躲多远，到现在除了闻人唯，他并没有交到新的朋友。

而且虽然原葵斗瘦了下来，但宅属性不改，除了上学和必须参加的学校活动之外，基本不出来。在街上看到他实在有点儿稀奇。

原葵斗从口袋中掏出一张宣传单，兴致勃勃地向她展示：“看！今天有科技展！”

闻人唯大概瞧了瞧，科技展在南汀路举行，从这个十字路口向南走，方向与布丁街完全相反。九点三十分开场，持续两个小时。为期三天，今天是最后一天。

“终于等到周末了。听说这次有涡喷F16战斗机模型，太帅了！”原葵斗美滋滋地说。

闻人唯听得云里雾里，总觉得男生似乎对战斗机啊、车啊之类的都特别感兴趣。原葵斗不是普通的宅男，而是一个相对比较高阶段的技术宅，没事就喜欢自己动手搞点儿研究。那架不小心撞坏月琦蔓发饰的遥控飞机就是他自己做的。

原葵斗将宣传单小心收好，白净的脸上堆满了笑意，栗色的短发带着点儿自然卷，看起来就像小动物的毛发一样，柔柔软软的。

他琥珀般的双眸微微睁圆，有些腼腆地邀请：“你要去哪里？要是有时间的话，和我一起去看科技展呀？”

闻人唯摇摇头：“我等一下要去布丁街37号。”

“布丁街37号？你要去那里？”原葵斗抿抿唇，低头看着脚尖，“你去那里做什么？”

“艾蜜橘邀请我去的。”闻人唯笑眯眯地回答，“我还是第一次被朋友请到家里玩呢。”

“艾蜜橘……”原葵斗念了一声这个名字，脚尖踢开一块小石头。

“对啊，你知道她吗？”

“知道的。”原葵斗将单肩包扯了扯，迟疑了一下，“她好像是复古社的成员。”

“对哦。大家都是复古社的。”闻人唯反应过来，一拍手，有些遗憾地说，“上次在咖啡厅要不是你先离开了，说不定就能见到她了。”

“要不然我陪你一起去吧？布丁街的路有点儿复杂，弯弯绕绕的，而且我可以保护你啊！”原葵斗提议道。

到底谁保护谁啊？

“不用啦，又不是什么龙潭虎穴，我自己能搞定的。错过今天，明天可就没有科技展了，到时候你天天在我耳边念叨，我可受不了。”闻人唯回绝了。

原葵斗张口想说什么，见闻人唯坚持，最后只是小声道：“那好吧。你注意安全。遇到事情……反正你肯定会给韩圣燮打电话。”

小心思被人戳穿，闻人唯悄然红了脸。她推着原葵斗的后背，催促道：“就你知道得多，快走吧！再不走就要迟到了。”

## 2

好不容易送走原葵斗，闻人唯拍了拍有些发烫的脸颊，继续往布丁街走去。虽然她从来没有走过这里，但奇怪的是，这条路她走得很顺，都不需要看地图。

与布丁街这个可爱的名字不太相符，这条街很静，而且越走越偏僻。

闻人唯总觉得哪里有些不对劲，但又说不出来，只能怀揣着忐忑，慢慢地走在街上。最终，她停在一栋别墅前。

红瓦砌成的屋顶在阳光下泛着淡淡的柔光，屋子右侧有一根很细又有点儿歪歪曲曲的烟囱，几根纠缠在一起的藤蔓一路向房顶攀附而上，形成一道天然的绿色屏障。别墅院子里是一大片草地，院子的大门与房屋之间铺着长长的白色石板路，整个小院最为显眼的，是那块草地中的迷你蔷薇园。

别墅很安静，静到仿佛只是一个巨大的艺术品被摆在了这里。

别墅、石板路、草地和蔷薇园……一切都这么眼熟。

闻人唯睁大了双眼，惊讶地喊出了声："这不就是在我梦里出现的那栋别墅吗？"

简直一模一样！它为什么会出现在现实世界里？而且……这里还是艾蜜橘邀请她过来的地方。

闻人唯不敢乱猜，只是不停警告着自己不要大惊小怪，说不定只是巧合而已。

犹豫地按下门铃后，却没有人应答，闻人唯感觉有些奇怪，拿出手机一看，时间是九点四十分，正好是她和艾蜜橘约定好见面的时间，昨天艾蜜橘还特地发短信和她确认了时间，应该不会爽约才对啊。

她给艾蜜橘打电话，只有"嘀嘀嘀"的忙音。

闻人唯皱起眉头，试着推了推院子的铁门，没想到一碰门就颤巍巍地打开了。她两只手抓着门边，小心翼翼地探进头，纠结地看向那栋别墅。

进去还是离开？

闻人唯无声地问着自己。

要是进去的话，她这算是私闯民宅，如果正好被艾蜜橘发现，那就尴尬了。

但要是离开的话，就没办法确认这里是不是她梦中见过的地方。

闻人唯咬了咬唇，终于下定决心，握紧拳头坚定道："来都来了！现在不是退缩的时候！"

她将大门在背后关上，既害怕又好奇地顺着梦里的路走到别墅的正门前。木门被涂了雪白的漆，中间雕了一朵盛开的牡丹花，花瓣层层交叠，由金漆作边，华美又不失沉稳。与梦里一模一样的细节，让她有些恍惚，一时分不清现实与梦境。

房门并没有上锁，轻轻一扭就打开了。她下意识抬起头，看向玄关正对着的墙壁，莫奈的《日出印象》果然就挂在那里，初升的红日悄然在她眼前绽放。

能够重合到这种地步，已经不是巧合了。

闻人唯放弃了侥幸心理，决定一探究竟。她走到客厅，看见显眼的欧式壁炉和摆在木架上的装饰手绘彩盘，梦中的一切分毫不差地展现在她的眼前。

双手紧张地背在身后，她将视线牢牢锁定在客厅尽头通往地下室的楼梯上。也就是说，只要她从这里下去，就能见到那个怪异的小屋，和梦中总是差了那么一点儿就能见到的人。

正当她要下楼时，屋内忽然响起一阵沉稳的脚步声。那个声音不急不缓，就来自通往地下室的那个楼梯。她的身体瞬间紧绷起来，两只眼睛带着浓浓的警惕，直勾勾地盯着楼梯的转角，心顿时提到了嗓子眼。

声音的主人身着一袭洁白得不染一丝尘埃的长袍，长袍堪堪遮住膝盖，腰间束着一条绣着金色花纹的腰带，平整的袖口盘着银色的袖扣，长袍之外覆着一袭轻如薄纱的淡蓝色斗篷。

如精灵一般，圣洁又高傲，缓缓出现在闻人唯的眼前，正是邀她来这里做客的艾蜜橘。

闻人唯不可置信地看着眼前仿佛换了个人似的艾蜜橘。

平时展现出的天真与可爱，被此刻的威严肃穆所取代，她缓步走到闻人唯的面前，微微弯下腰，淡淡地看着闻人唯，就像真正的神祇一般，眼神之中藏着几丝悲悯，语气平淡却充满威严："来到这里，你还是没想起来吗？"

"你在说什么？"闻人唯有些慌了神，"我该想起什……"

话音未落，她的头突然刺痛起来，梦境与现实不断在她眼前交叉，纷乱的声音在她耳边吵闹着，到最后，只剩下一串话语，清晰地回荡在她的脑海里。

"哇，你就是新转来的同学吧？你好，我是艾蜜橘。你叫什么名字呀？"

"你有没有听说过万事屋？不如我带你去看看吧！"

"对啊，这一屋子都是我的发明呢！这个是我最新发明的'神奇椅'，你要不要来试试？"

没错！就是这里！艾蜜橘曾经带她来过这个叫"万事屋"的地方！那个在梦境里总也看不分明的人，就是艾蜜橘！

闻人唯捂着头，没有了之前的刺痛感，却反而昏昏沉沉起来。眼前就像蒙上了一层薄雾，模模糊糊的让她看不清楚。两条腿像被抽掉了力气，她甩着头，想要强撑，却一下子趴在地上，怎么挣扎也爬不起来。

她听到艾蜜橘的脚步声向她走来，心中有着不好的预感，却连简单的手指弯曲都做不到。

“对不起。对不起。对不起。”

艾蜜橘一次又一次地向她道歉，语气里充满了愧疚。

她张了张口，想要问艾蜜橘到底要做什么，却发不出声音，只能感受到艾蜜橘抓住了自己的手，小声而又坚定地说：“抱歉，是我害你变成了现在这个模样。不过我会负起责任，实现你的愿望的。”

愿望？

闻人唯一边竭力抗拒着黑暗的吞噬，一边在记忆中努力搜索着这个关键词。忽然，她想起月琦蔓回来的那天，她在甜品店里对艾蜜橘说她的愿望是见到自己的父母。

难道说，艾蜜橘要帮她实现这个愿望？

像是为了验证闻人唯的想法，艾蜜橘慢慢说道：“现在，我终于找到了把你送回去的办法，你很快就能实现愿望，见到自己的父母了。希望……你能原谅我。”

也就是说……艾蜜橘会把她送回迦蓝王国？

闻人唯怔怔地看着艾蜜橘白皙甜美的侧脸，不知为什么，下意识地想起了原葵斗的话——被魔女诅咒的人，会永远失去她最重要的人。

现在这个屋子里没有魔女，她却要……失去她最重要的人了。

她最重要的人——韩圣燮。

不……不行！

3

不！她不要和韩圣燮分开！

闻人唯的大脑混混沌沌，像坠进了黑洞中，一时清醒一时糊涂，唯有这个念头在她的心中扎了根，疯狂地生长起来。

她还有好多话没和韩圣燮说，还有好多事没做，她不要就这么回迦蓝王国！

闻人唯在心中不断地呐喊着，尖叫着，想要阻止艾蜜橘，可无论怎么挣扎都说不出话来，只能徒劳地颤动着手指，用充满希冀的眼神看着艾蜜橘，希望她能懂自己的心。

但艾蜜橘并不会读心术，看到闻人唯望着自己，反而更加坚定地说："你放心，我一定会把你送回去！这次肯定万无一失！"

她不是这个意思啊！

常说自己身体不好的艾蜜橘，力气竟然很大，她轻而易举地将闻人唯从地上搀扶起来，往地下室走去。

楼梯很长，连接着一扇质朴无华的木门。雕着藤蔓的扶手，摸起来带着丝丝的凉意。

艾蜜橘小心地护着闻人唯，怕她从楼梯上滚下去，特意走得很慢。闻人唯紧闭双眼，想要逃避现实，却也清楚地知道，那扇命运之门与她近在咫尺。

闻人唯突然后悔了，为什么她一定要把所有事都探究得那么清楚，如果知道进门会是这样的结局，她刚刚就应该直接离开。

然而现在说什么都没有用了，艾蜜橘已经推开了门。

梦中那间奇妙的小屋展现在了闻人唯的眼前。地下室没有窗户，显得小屋里有些沉闷，高高挂在天花板上的白炽灯似乎出了点儿问题，闪烁着忽明忽暗的光。

房间的左边整齐地摆放着各式各样的器械，外表看起来很常见，像是梳妆台、轮椅之类的，似乎都是艾蜜橘的发明，但闻人唯并不清楚这些发明有什么具体的用处。房间的角落杂乱无章地堆着许多废料，好像是她发明失败的残次品，比梦里要多上许多。房间的右边则立着一个高高的化学药品柜，摆满了实验用的药品。柜子旁边横着一张桌子，透明的玻璃桌面上放着许多在化学实验室里才能看到的仪器。

而在小屋的正中间，就是闻人唯在梦里见到过无数次的"神奇椅"。不知是不是错觉，"神奇椅"与梦中的模样稍微有点儿不同，看起来更高大一些。

这间奇怪的小屋，她在梦中来过无数次，但没有一次像现在这样害怕。

艾蜜橘暂且将闻人唯安置在大桌前的椅子上，浑身无力的闻人唯向一旁瘫倒，眼看就要带倒桌上一瓶药剂，艾蜜橘吓得连忙扯住了闻人唯，心有余悸地说：“吓……吓死我了！”

她将那瓶隐隐透着淡蓝色的药剂推远，絮絮叨叨着：“这个是未完成的冰冻剂，无论是碰到还是打进人体里，都很麻烦，身体会被冻住的。上次我把它带到学校，不知道怎么混进学校给学生打的疫苗中了，结果一个男生就中了招，还被确诊为渐冻人症……”

渐冻人症？难道是月琦垩？

见闻人唯瞪大双眼看向自己，艾蜜橘挠挠头，承认道：“好啦，我知道你要问什么，那个人就是月琦垩。本来我是想跟他说明并道歉的，但是……每次去医院不是看到月琦蔓就是看到韩圣夔，他俩知道了还不得把我给撕了。”

“反正药效过了，他就没事了……”她缩了缩肩膀。

艾蜜橘怕闻人唯再倒下，便将闻人唯扶到沙发上，随后跑去摆弄着“神奇椅”上缠绕在一起的线路。她一边娴熟地解开，一边安抚着闻人唯：“初代的‘神奇椅’是出了点儿小意外，不过没关系，这次改造好的第二代一定没问题。小唯，你放心，一眨眼的工夫我就能让你回去。”

她根本不想回去！能不能让她说句话啊！

闻人唯又气又急，心中波涛汹涌，身体却只能半倚在沙发上，呆呆地看着闪烁的白炽灯。与韩圣夔相处的点点滴滴，如走马灯般在她脑海里不停地转动着，从初识两人的互不理解，到后来偶尔的心有灵犀，中间经历过的争吵和误解，一起渡过难关，现在回忆起来都成了甜蜜城堡的一砖一瓦。

喉头动了动，她颓然地看向艾蜜橘忙碌的背影，无声地问着自己。

要回去吗？回到那个曾经心心念念的迦蓝王国？

不！不能就这样向命运认输！

她见艾蜜橘在忙着摆弄神奇椅，使出了全身的力气，颤巍巍地抬起手，从口袋里把手机拿了出来，光是这个小小的动作就累得她满头大汗。她本来想给韩圣夔发个求救短信，但实在没有力气，只能点开电话簿，将韩圣夔的号码拨出去。

电话还没有接通，艾蜜橘便微微侧过了身，吓得她立刻将手机藏到了身后，却没有力气再拿出来。她只能在心里不断祈祷着韩圣夔能察觉到事情不对，在艾蜜橘把她送回迦蓝王国之前赶过来。

艾蜜橘并没有花费太长的时间，就把一切都整理完毕了。她满意地点了点头，将闻人唯从沙发一路搀扶到椅子上，并没有注意到手机的存在。

接着她拿起扶手上连着许多花花绿绿的电线的铁盔，小心翼翼地把它戴到闻人唯的头上，严峻的表情就像把一顶王冠给交了出去。

镶在铁盔正中央的一颗颜色暗淡的宝珠，随着电源的开启，闪烁出耀眼的红光。

闻人唯的双手双脚被灰色的缎带束缚在椅子上，指尖贴上一根细线，用白色的胶带缠好，连接到“神奇椅”背后的电子面板上。

“嘀，嘀，嘀……进入倒数，十、九、八……”

艾蜜橘打开了“神奇椅”的开关，慢慢绕到闻人唯的面前，像是终于放下心来一般，安静地注视着她。身后冰冷的倒计时的声音，提示着闻人唯，那个无可逆转的结局正在向她逼近。

心脏在阵阵钝痛，就像拿着一把生锈的刀在她心尖撕磨。

晶莹的泪水从她的眼眶一滴一滴掉落在她的裙子上，晕开一朵朵凄美的泪花，她无声地呜咽着。

“留下来。”

韩圣燮的声音随着炸裂开的烟花，在她耳边不断地回响。恍惚间，她仿佛看到韩圣燮就站在自己面前，深情而又专注地看着她，声音低沉，一遍一遍地对她说着：“留下来。”

那时，她没有回应他的请求，只是沉默，因为她不知道自己该怎么选择。

但现在，她知道了自己想要的究竟是什么。

不是回到迦蓝王国，不是回到自己熟悉的那个地方，而是留在这里，留在韩圣燮的身边，和他一起面对未知的未来。

“倒计时结束，机器正式启动。”

机械的提示音就像法官手里的法槌，敲定了整件事情的结局。霎时间，镶嵌在“神奇椅”两边的指示灯节节亮起，从指间猛地向上蹿起电流游动的刺痛感，戴在头上的铁盔嗡嗡作响，带着她一起颤动。电流的刺激令她没办法思考，大脑不受控制地浮现出许多杂乱无章的画面，飞快地在她眼前闪现，看得她眼花缭乱。

不知时间过去了多久，最后眼前所有的一切，随着指示灯的暗淡，烟消云散。

她虚弱地瘫倒在椅子上，恍惚间看到了韩圣燮从地下室入口闯了进来，满脸焦急地看着她。

闻人唯下意识扯出一个笑容，近乎痴迷地看着他隐在迷雾中虚幻扭曲的脸庞。

她想和他去约会，想和他一起随心所欲地漫步，想和他一起无所顾忌地谈天说笑……她想和他做好多好多的事情，哪怕只是拌拌嘴也好。

可她明白得……太晚了。

“对不起。”她不知道自己这句话有没有发出声音，黑色旋涡逐渐将她吞噬，像有人拉扯着她坠入黑暗。她挣扎着，执拗地想说出那句亏欠他的回答：“我想要……留下来，留在你的身边。”

如果时间可以重来的话，她一定会在烟花升起的那一刻，告诉他这个答案。

## 4

“唉，这孩子什么时候才能醒啊？都昏睡这么久了。”

“你别太着急，总会醒的。”

“可……唉！”

闻人唯是被周围嘈杂的声音吵醒的，她皱着眉，痛苦地捂住了头，嘟囔了一句：“是谁啊……让不让人睡觉了？”

没想到话音刚落，一个兴奋的声音刺入了她的耳膜：“快快快！孩子她爸！小唯醒了！”

闻人唯敏感地察觉到有点儿不对劲，立刻睁开了眼，惊诧地看着四周。映入眼帘的，不是熟悉的“307”宿舍，而是一间装潢华美、古色古香的房间。

木色的圆桌上放置着名贵的青花缠枝纹梅瓶，白色的胎底绘制着栩栩如生的牡丹花，上下两边覆着曼妙的莲花瓣，闻人唯记得这是他们迦蓝王国独有的瓷器。靠近床边的屏风上，是丹青描绘的一幅鲜活的《百鸟朝凤图》。

闻人唯神色呆滞地坐了起来，将目光移向自己躺着的拔步床上。床边四角嵌着四根立柱，除了下床的那一边，周围都用雕着镂空花藤的实木围栏围起，紫色的纱幔挂在立柱上，随着微风轻轻飘动。身下的蚕丝衾褥柔软而顺滑，绣着几束风铃草，低调又不失沉稳。而盖在她身上的薄被，则绣了一幅莲花图，光看这细密的针脚，就知道价值不菲。

这是怎么回事？这是哪里？

“昏睡了这么久，是不是渴了？”

一对中年夫妻正面露担心地看着她。

男人看起来有些年龄了，皮肤是健康的小麦色，长发一丝不苟地用缎带束好，雪白无瑕的蚕丝衣外套着黑色的薄纱，长袖宽广，带着几分飘然的气度。而那位妇人繁复的发髻上插着一支金步摇，金色的流苏随着她的举动微微摇晃，带着独属于古典的意蕴。

空缺的记忆忽然像被人用拼图填满，即使闻人唯忘记了父母的姓名和容貌，但在看到中年夫妻的那一刻，她立马便忆起来他们就是她的父母。

她的大脑一片空白，理解不了现在是什么情况，也什么都想不起来，只有韩圣燮的模样越来越清晰。

她一把抓住母亲的手，沙哑着声音，满面焦急地问：“韩圣燮呢？他在这里吗……我昏睡了几年？三年？五年？”

闻人唯的父母看着女儿这副模样，紧抿着唇，表情显露出几分复杂，却不说话。

她睁大双眼，有些绝望地看向他们，心中渐渐腾起不好的预感。她不顾阻拦，一把掀开被子，赤着脚疯了似的向外跑。

屋外是一望无际的风铃田，小巧可爱的花朵丝毫没有注意到观赏者的心情，兀自灿烂地盛开着。蓝色与紫色交融在一起，却不会抢了风头，格外和谐。晚春的微风轻轻拂过，风铃草欢快地摇动着，带着淡淡的香气，泛起层层波浪。

闻人唯难以置信地看着眼前的场景，脚下一软，跌坐在地上，眼眶泛起透明的泪花。

这里是迦蓝王国。她……回到了迦蓝王国。

明明回到心心念念的迦蓝王国，应该是值得庆祝的事情，但闻人唯只觉得绝望。

心脏像被重重碾压了一般，痛到几乎要麻木，苦涩的悲伤如汹涌的洪水将她淹没，连挣扎的力气都没有。她紧紧攥着胸口的衣服，大口大口地喘着气，像是难以呼吸一般。眼泪如断了线的珍珠，“啪嗒啪嗒”地砸落在地上，融在泥土里，消失得无影无踪。

“韩圣燮……”

闻人唯呜咽着叫出他的名字，却再也没有人会回应她了。

她还没来得及为他庆祝生日，还不了解他喜欢什么，还没和他一起约会过。

她第一次知道，原来她和他的距离如此遥远，心灵好不容易贴近了，手却再也拉不到一起。

为什么总要到失去的时候，才会意识到对方有多重要？

“韩圣燮，韩圣燮，韩圣燮……”

不知道自己该怎么办，哽咽着的闻人唯只能本能一般，不断叫着他的名字。

“嗯。我在。”一个熟悉的声音在她背后轻轻回应。

闻人唯瞬间僵住了身体。她不敢回头，生怕只会看到空无一人的现实。

就算是幻觉也好，她真的好想再见到韩圣燮，哪怕就那么一眼，听听他的声音也好。

她用手掌擦去脸上的泪水，小心翼翼地又叫了一声：“韩圣燮？”

那个声音没有再次响起，仿佛在告知她现实的残酷，刚产生希冀的心越来越绝望。

忽然，一束风铃草出现在闻人唯的眼前。

他声音低沉而深情：“小骗子，我在这儿。”

“韩圣……燮？”

韩圣夔走到闻人唯的面前，蹲下身来，看她满脸泪痕，又是好笑又是心疼地说：“你啊，怎么哭成这样？”

闻人唯难以置信地睁大了双眼，半干的泪痕被风拂过有些微痒，被韩圣夔细长的手指轻轻抹去。她微颤着手指，蜻蜓点水般触碰了一下他的手臂，像在确认他是否真的存在。

韩圣夔直接拉住她的手放在自己的胸口，半是无奈：“我是真实的。”

她的掌心下，他的心脏在强而有力地跳动着，一下一下，她冰凉的手指染上了几分热度。

这不是幻觉……是真的。韩圣夔，就在她的眼前。

有了这份真实感，闻人唯终于放下心来，喜悦的眼泪却止也止不住，又顺着脸颊流了下来。

她一下子扑进韩圣夔的怀中，像个小孩子一样抽泣着：“我……我还以为再也见不到你了！我真的好难过，我还有好多话没和你说，散……散步你也没陪我！”

韩圣夔难得这般温柔，轻拍着她的后背，耐心地哄着她：“好，是我的错，出现得太晚了。以后你想去哪里我都陪你去。你想说什么，我都会听。别哭啦，你刚醒，再哭会生病的。”

闻人唯哽咽着从他怀中钻出来，经历了大喜大悲之后，现在才有余力反应过来，她磕磕巴巴地问道：“这……这里不是迦蓝王国吗？你……你怎么会出现的？”

韩圣夔刚要解释，一阵“哎哟哎哟”的痛呼打断了他。闻人唯下意识循着声音看去，只见不远处，被压在最下面的原葵斗的身上，压着凌步翡和卞青窈，让她吃惊的是压在最上面的是她的父母，一群人跌出了墙角，叠着罗汉，正凄惨地哀号着，口中还相互埋怨。

“都说了不能再靠前了！凌步翡都怪你！”

“但这里也看不清啊……明明就怪原葵斗没撑住。”

“你们快点儿从我身上离开……我要被压死了。”

卞青窈看闻人唯目瞪口呆地看着这个场面，赶紧从叠罗汉状态里挣扎出来，紧张地搓着手指，有些尴尬地挥了挥手：“你好呀，小唯。”

电光石火之间，闻人唯一下子明白了什么，止住了眼泪，面无表情地看着他们：“过来解释一下。”

卞青窈抖了一下，害怕地嘀咕道：“我家可爱的小唯怎么越来越像阿夔那个阎罗了……”

尾声

素以严肃守序著称的风纪部，此刻却上演着一出闹剧。

凌步翡和卞青窈站在办公室的正中央，面对着面，深情款款地注视着对方。

“韩圣夔！”

“嗯！我在！”

他们兴致勃勃地模仿着闻人唯和韩圣夔在风铃草田的对话，刚起了个头，就捂着肚子笑成一团，滚到沙发上，直拍着沙发扶手：“哈哈哈哈，你们两个是在演泡沫剧吗？”

“你……你们两个！”闻人唯又气又窘，抄起沙发上的靠枕追打他们，咬牙切齿地说，“我还没找你们算账呢！你们以为这怪谁啊？”

卞青窈灵活地躲过闻人唯砸来的靠枕，笑眯眯道：“我这不是为了帮你们认清自己嘛。你看，要不是我把你安排到‘迦蓝王国’，你怎么会知道阿夔在你心中有多重要呢？不过现在你不用担心了，反正你也不是迦蓝王国的人。”

“你还说！”闻人唯恼羞成怒地又丢过去一个靠枕。

没错，闻人唯确实不是“迦蓝王国”的人，也不是从古代穿越过来的，这一切都是因为她小小的好奇心，外加一个不靠谱的发明家，才闹出了这样一个乌龙事件。

闻人唯在来圣樱学院报到的第一天不小心迷了路，恰好碰到了热情带路的艾蜜橘。两个人闲聊几句后，艾蜜橘就神神秘秘地讲起了“万事屋”，想着时间还够用，又因为好奇，闻人唯就跟着她去了布丁街37号，被哄骗着坐上了号称最强发明的“神奇椅”。

结果那个“神奇椅”出了事故，导致她的记忆发生了偏差，把冷门电视剧的架空背景套在了自己身上，潜意识里觉得自己是个从“迦蓝王国”穿越来的古人。电视剧里的设定她张口就来，但关于自己的所有记忆却都消失了。

艾蜜橘当时只是觉得把闻人唯送到保健室休息一下就好，没想到后来闻人唯因为对自己身份认知的错位，阴差阳错地和韩圣夔发生矛盾，引发了一系列不可思议的事情。

受到良心谴责的艾蜜橘对闻人唯深感愧疚。之前所有的异常举动，都是因为她心虚，不敢面对闻人唯。她只能一边默默帮助着闻人唯，一边在“万事屋”里研究怎么把闻人唯的记忆找回来。听说闻人唯想念自己的父母后，她的心灵备受触动，决定再冒一次险，让闻人唯坐上“神奇椅”，重新电一下，说不定就能恢复记忆。

艾蜜橘所说的让她回去，也不是送她回迦蓝王国，而是让她恢复从前的记忆。

可惜的是，这次失败了。闻人唯电是被电了，从前的记忆却一点儿都没有找回来。

闻人唯打累了，气喘吁吁地抱着靠枕，坐在沙发上，对韩圣夔委屈地指控道：“韩圣燮，他们取笑我！”

韩圣燮懒洋洋地看向卞青窈和凌步翡，把桌上的文件往前一推：“看来你们时间很多，那就把这些文件都解决完，送到东楼去吧。”

卞青窈不满地嚷道：“喂喂喂！阿燮，我可是让你们的关系突飞猛进的功臣！你不能过河拆桥啊！哪有这么快就见色忘友的？”

凌步翡也跟着抗议：“我虽然做得不多，但也是有贡献的！”

他们还好意思说？

闻人唯回想起风铃花田的事情就又羞又窘。

当时韩圣燮接到闻人唯的电话，却听到诡异的声音，察觉出不对后，带着卞青窈他们两个闯进了艾蜜橘的“万事屋”，正好赶上闻人唯被电晕过去的那一幕，万幸的是闻人唯被送进医院后并没有查出大碍。卞青窈听艾蜜橘讲述了前因后果，不禁动起歪脑筋。趁闻人唯醒来之前，卞青窈把她送到了市里的影视基地，租了个古色古香的房子，还安排人在屋外临时栽满了代表着迦蓝王国的风铃花。

恰好这时，闻人唯的父母从国外回来，到学校探望女儿。卞青窈将计划跟闻人唯父母一说，平时也爱恶作剧的闻人唯父母觉得好玩，就一拍即合，一起参与了这场“穿越”大戏。

韩圣燮不为所动：“所以你们再为风纪部贡献一下力量吧。”

“现在倒这么冷静了。”凌步翡撇撇嘴，自觉地拿起一摞文件，高声念着，“那个时候到底是谁，看着晕过去的小唯，脸色白成了纸，手指都不听使唤地颤抖着，一个劲儿喊着小唯的名字，就像丢失了全世界。阿燮，你知道那个人是谁吗？”

韩圣燮不自在地轻咳一声，脸上泛起了红晕，却不辩解。

凌步翡看韩圣燮这万年一遇的模样，忍着笑，跑到卞青窈的办公桌旁，心满意足地批起了文件。

听到凌步翡如是说，闻人唯的心像泡在了蜜罐里，又甜又充实。

韩圣燮屈指轻敲闻人唯的额头，凶巴巴地说：“不要偷笑。”

闻人唯笑得像朵花，两只手托着脸颊，装作无辜的模样，对着他眨巴眼睛，随口胡扯：“我本来就长着一张笑脸呀。”

“对了，”似乎想起什么，闻人唯拖着办公椅坐到韩圣燮的办公桌前，“冷冻剂被当成疫苗打的事你和月琦垩说了吗？他什么反应？会不会找艾蜜橘算账？”

“被误打冷冻剂总比真得了渐冻人症要好。”韩圣燮看着书本，头也不抬，“阿琦只是跟我说，要我们对月琦蔓保密，怕她惹出事情来。”

“确实。”闻人唯心有余悸地抚了抚胸口，赞同道。

要是月琦蔓知道月琦垩的渐冻人症，其实是不小心被误打了艾蜜橘研制的冷冻剂，肯定会带着粉丝团去手撕艾蜜橘的，再加上猫泽雾这个无脑宠妹妹的姐姐，指不定会做出什么事情来。

闻人唯犹豫了一下，小心翼翼地问：“那你打算怎么处分艾蜜橘？”

“按照风纪部的规则来处分。”韩圣燮支着头，看向她，“怎么？你要给她求情？”

“艾蜜橘已经知错了，还向我道了歉。”闻人唯趴在办公桌上，闷声说，“不管她是出于愧疚还是什么，当时只有她一个人认真听我讲迦蓝王国的事情，后来也一直在帮我。我想和她继续做朋友。”

“停学七天而已。”韩圣燮淡淡道，“很轻了。”

闻人唯闻言，双眸发亮，正要浮夸地赞美他一下，就听“嘭”的一声，办公室的大门被人大力推开，原葵斗冲了进来，兴奋地喊着：“卡罗伊斯学院的交换生到了！”

“到了？”韩圣燮微微疑惑，“交换生的资料今天才送过来，我还没来得及看，这么快就到了？他叫什么名字？”

原葵斗认真回忆着：“他说是提前来参观学校的，现在大家都在正门口围观呢。好像是叫冯……白兰度·冯·海默因希！对！是叫这个名字！”

“啪。”

只听一声脆响，卞青窈握在手中的钢笔不小心掉在地上，她没有去捡，而是脸色古怪地向原葵斗确认：“你确定他叫白兰度·冯·海默因希？没有听错？”

原葵斗愣愣地点头：“确……确定啊。”

闻人唯看她这副不寻常的模样，好奇地问：“怎么？青窈，你认识这个交换生吗？”

卞青窈微不可见地皱了皱眉，没有回答闻人唯的问题，拿起桌上的文件，对韩圣燮一板一眼地说：“阿燮，我去把这些文件送到东楼。”不等韩圣燮回答，便脚步匆忙地走出了风纪部。

凌步翡捡起地上的钢笔，望着她的背影嘟囔：“奇怪。”

闻人唯也觉得有些奇怪，但没有多想，兴致勃勃地走到风纪部办公室的落地窗前，往正门方向眺望，但围观的人太多，她根本分不清哪个是来自卡罗伊斯学院的交换生。

她一时失了兴致，倚在落地窗上，看向天空：“最近天气总是不好，太阳被遮在乌云里，看着不舒服。什么时候才能等到晴天啊？”

“等乌云散了，太阳出来，天自然就晴了。”韩圣燮语气淡淡地接口道。

那片遮住日光的乌云，在随着轻风一点儿一点儿挪动着它的脚步。

没有答案的事情还有很多，未来也不一定会一帆风顺。所有的事情就像乌云，沉沉地遮住了他们要去追寻的真相。

但闻人唯相信，乌云总会散去，他们也会迎来属于自己的晴天。

她微歪着头，看向安静读书的韩圣燮，弯起眉眼，笑意盈盈地说："等乌云散了的第一个晴天，我们就去约会吧！"

——本季完——

番外

# 1

独属于盛夏的热辣阳光在静谧的校园中徐徐铺开，紧抱着细小树枝的夏蝉随着微风摇摆发出聒噪的声音，喷泉广场中剔透的泉水为炎炎夏日带来几分清凉，象征着和平的鸽子正盘踞在广场中央等待着行人的投喂。整个学院今日也是一如既往地祥和。

然而就在教学楼的走廊中，有一个高亢的声音划破长空，彻底打碎了学院的平静——“闻人学妹！请你一定要当我的公主！”

闻人唯目瞪口呆地看着在她面前一副拼死神态提出这个要求的男生，隔了两分钟，才诧异地问出了声：“公主？你说的……是我？”

时间回溯到三十分钟前。

闻人唯趴在风纪部委员长的办公桌上，与认真工作的韩圣燮面对面，她握着一支笔，有气无力地在满是英文的习题册上断断续续地写着字，一边写一边唉声叹气。

韩圣燮瞟了她一眼，笔头轻轻敲在桌子上，严肃地提醒道：“姿势。”

闻人唯不情不愿地坐了起来，两眼发直地看着习题册上密密麻麻的字母，两只手捂住脸颊，痛苦地喃喃道：“为什么……期末考试非要考英语不可？”

韩圣燮撑着下巴，黑曜石般的双眼漫不经心地眨了眨，懒洋洋地问她：“那你要因为英语这一门科目参加学院的统一补习吗？暑假并不算长。”

如今已是七月中旬，还有不到两周的时间就要迎来这一学期的期末考试了。校风严谨的圣樱学院一向以成绩为准，规定学生期末考试必须全科通过，如果哪科不幸没考过，就要在暑假进行为期一个月的校内补习和补考，补考再不过很有可能会面临留级的惩罚。所以为了迎来自己快快乐乐的暑假，不论是多么调皮捣蛋的学生都会全身心地投入学习之中。

闻人唯其他科目都算不错，唯独英语实力，就和记忆一样被艾蜜橘的“神奇椅”电得一点儿都不剩。在经历了惨痛的期中考试英语“大沉船”之后，为了避免闻人唯被留级的命运，韩圣燮只能在每天午休的时候把她从班级抓到风纪部办公室来补课。

“那样的话，也不太愿意啦。”闻人唯撇撇嘴，有些苦恼。

办公室的门忽然被人打开，露出卞青窈明丽的面容，她捧着文件走到闻人唯的身边，笑嘻嘻地问道：“怎么了？愁眉苦脸的，进展不顺利吗？”

“进展倒是顺利啦。”闻人唯像只小松鼠一样趴在桌子上，无精打采地说，“但连续学两个月的英语好无聊哦，最近学院里就没什么活动能够放松一下吗？”

韩圣燮冷冷地说："英语水平从小学提升到初中程度，你觉得能通过学院期末考试吗？"

闻人唯不开心地噘着嘴，脑袋像个拨浪鼓一样在桌子上滚来滚去。

卞青窈忍不住笑了起来，似是想起什么，忽然道："对了，阿燮，不是有个活动吗？可以让小唯参加一下呀！学习也不能抓得太紧，多少要留些放松的余地嘛。"

"活动？"韩圣燮不怎么感兴趣地说，"啊，那个，也不太重要。"

"那毕竟是董事长还在圣樱学院的时候定下的活动，之前已经举行过四次，可以算作是圣樱学院的固定活动了。今年他们也在准备，期末考试之后应该就会举行了。"卞青窈有条有理地劝说着，"再说了，这次幻花少女大赛，圣樱学院好不容易取得了胜利，大家都想一雪前耻，挫挫圣玛丽女子学院的锐气。"

幻花少女大赛？

闻人唯满是好奇地抬起头："幻花少女大赛不是复活节的时候结束了吗？还有什么活动？"

卞青窈白净的脸上带着自豪的笑容："是董事长还在的时候定下的活动。在幻花少女大赛上获胜的人，要作为女主角，和戏剧社一起参加市级的话剧演出。久而久之就演变成只有获胜者参加的戏剧社才有资格在市级舞台演出。"

听到"戏剧社"这个词，闻人唯皱了皱眉头："为什么要和戏剧社的人一起啊？"

卞青窈清楚闻人唯和戏剧社有些过节，思考了一下，慢慢答道："这届戏剧社社长差了一些，不过之前圣樱学院的戏剧社还是很有名的，大大小小的话剧也都演过，最强的竞争者就是圣玛丽女子学院的戏剧社。月琦蔓还没入学之前，圣樱学院还是在幻花少女大赛上赢过几次的。所以董事长就决定让获胜者一起参加戏剧社的演出，算是一种示威吧？而且能提高知名度，对招生也比较有利。"

"咦？之前从没有听说过这件事啊！"闻人唯有些迷茫。

"因为连输了几年，所以这活动好久没有举行了。不过我刚才路过戏剧社倒是看到他们已经开始准备了，估计明天就会把活动申请报告上交风纪部吧。"卞青窈两只手交握在一起，憧憬地说道，"小唯穿上戏服站在舞台上的样子肯定很美！"

"不参加也没关系。反正已经好几年没有办过了，可以直接废止了。"韩圣燮冷静地提醒她。

闻人唯托着下巴："我是绝对不会参加啦！站在大舞台上，还不如学英语。而且……"她想起戏剧社欺负原葵斗的模样，"我不太喜欢他们。"

而在三十分钟之后，本来信誓旦旦断言的她，为什么要站在戏剧社的大门前呢？

闻人唯看向眼前气喘吁吁的男生，忍不住叹了口气："我明明不想来的啊……"

男生留着一头微翘的自来卷，栗色偏棕的头发带着几分柔和的气息，轮廓分明又不过分英气的脸庞像混血儿，望向闻人唯的咖啡色瞳孔满是认真与诚挚。

"请不要这样说嘛。"男生诚挚地说道，"看到我们戏剧社的表演，你一定会回心转意的！"

闻人唯对男生这副面孔有些印象，她记得戏剧社社团的宣传册上就印着他的照片，听说是戏剧社的"王子"，品德正派，不是个爱奚落别人的人。上次苏雪琴他们就是趁他不在，借着王子位置空缺的由头，跑去欺负了原葵斗。

不过短短几分钟的相处，倒让闻人唯察觉出他是个冒失的行动派。毕竟学院里应该也没有几个人会像他一样，在走廊里丢下那句莫名其妙的话语，就直接拉着她跑到戏剧社门口，还说着"看一看就会回心转意"什么的。

闻人唯手中还握着从"阎罗"的地狱补习中带出的习题集，有些为难地推辞："你是叫张黎吗？我对话剧不是很感兴趣，之前也没有参加过……"

张黎不由分说地抓住了她的袖口，将大门推开，向里面嚷道："快快快！我把公主请来了！你们快点儿想个办法留住她！"

本来喧闹的活动室瞬间变得鸦雀无声，站在台上的人全都直勾勾地看着闻人唯，搞得她心里有些发怵。以部长苏雪琴为首的几名社员，三步并作两步地跑上观众席的台阶，径直来到闻人唯的面前。

闻人唯想起之前闹过的不愉快，还以为他们要来找碴儿，严肃地问："干吗？你们……"

话还没说完，就见苏雪琴和那几名欺负过原葵斗的社员，向她鞠了一个标准的九十度的躬，异口同声地说道："对不起！之前欺负原葵斗都是我们的错！请你原谅我们，参加这次话剧社的演出吧！"

大抵是因为有着演话剧的功底，几个人一起说起话来，居然在空旷的房间中响起了回声。闻人唯被这突来的道歉搞得有些乱了方寸，下意识后退了两步，小声说："你们不用跟我道歉，而是该和被你们欺负过的原葵斗道歉。"

"原葵斗那边，我们已经道过歉了。只是他一直都不太相信的样子。"张黎大概也清楚原葵斗为什么会这个样子，有些尴尬地搔了搔脸颊，"闻人学妹，你可以考虑一下吗？"

他们这样拼命地劝说，不由得让闻人唯纳闷起来："也没必要非得我参加吧？"

“如果你不参加，我们就没有机会登上市级的舞台了。”比起之前的尖酸刻薄，苏雪琴今天显得格外地温顺，她略带沉重地说道，“我们将是三年级的学生了，过了这个暑假就要自动退出社团，再也不会有这样的机会了。作为社长，我没能好好带领大家，但为了能在最后留下一个完美的回忆，请你一定要助我们一臂之力。”

看闻人唯还是有些为难的样子，张黎连忙补充道：“而且这次活动是提高圣樱学院社会评价的大好时机，对以后的评比也会有利。现在董事长不在，学校都由风纪部来管理，我们作为学院的学生，也想为学院做些贡献，把学院建设得更好。”

“把学院建设得更好啊……”闻人唯的眼前浮现出韩圣夔坐在办公桌前，批阅着小山一般高的文件的模样，犹豫了许久，才抿了抿唇，轻轻点起头。

## 2

话剧的公演就在期末考试之后，留给闻人唯排练的时间只有不到二十天，所以要一个门外汉彻彻底底融入话剧中，实在是件困难的事情。不过好在戏剧社选取的是大众耳熟能详的童话题材——《睡美人》，虽然多多少少有些改编的因素在，但很容易梳理故事发展的脉络。

韩圣燮倚在礼堂二楼的护栏上，托着下巴，无声地看着闻人唯手中拿着剧本，磕磕巴巴地读着台词。

凌步翡悄无声息地从二楼的大门走了过来，探头探脑地看了一阵，笑着说道：“五天前，我还以为小唯是绝对不会参加戏剧社的表演呢。戏剧社的人可真厉害，居然能说得动小唯。”

“她耳根软，情绪很容易被煽动。”韩圣燮的目光一直追随着闻人唯的举动，想起五天前本该在午休后离开风纪部回到班级里的她，突然杀了个回马枪闯进风纪部，一脸认真地把戏剧社的活动申请报告拍在桌子上，并且宣布自己会参加公演的场景。跟她当时宣布要参加幻花少女大赛是一个模样，倒是让他莫名有些怀念起来。

凌步翡趴在栏杆上，懒洋洋地问：“你不阻止她吗？期末考试快到了。”

“她向我保证过，就算参加戏剧社的演出，也不会耽误学习。”韩圣燮黑框眼镜后的深色眸子盛了些许笑意，唇角微勾，带着几分不自觉的温柔，“而且，她开心就好。”

“是吗？她开心，我觉得你可能不会开心。”凌步翡装模作样地翻了翻从同班戏剧社同学那里印来的剧本，坏坏地笑着，“《睡美人》可是有吻戏。用王子的吻，唤醒沉睡的公主，有没有觉得很在意呀？”

韩圣燮双眼微眯，眉头下意识皱了起来，随即恢复到一贯的面无表情，丢下一句“无聊”便快步离开。

凌步翡耸了耸肩，忍笑道：“明明就很在意。”

对楼上的对话一无所察的闻人唯，此刻正专注地看着剧本，卖力地说着台词：“老妈妈，您好，请问您这是……”

坐在台下的导演兼主演的张黎摆摆手打断了她，手中拿着剧本，有些苦恼地拍拍后颈，小心翼翼地建议道：“那个，学妹啊，这一段呢，语气上再多加一些好奇。你的声音现在还是有些发紧，不自然，尽量活泼一些。”

闻人唯微歪着头，揣摩了一下，按照张黎所说的那样尝试着，说了一遍台词：“请问您，这是什么东西？”

“有点儿接近了！”张黎拍拍手，鼓励道，“这次比上次要好。这样吧，学妹你也练习一个多小时了，先休息一下，揣摩揣摩情绪。等一会儿再继续。”

听到这话，闻人唯连忙点点头，长舒一口气，走到台下“咕咚咕咚”喝了小半瓶水，才仿佛活过来一般，喃喃自语道：“没想到只是说话还会这么累啊……”

虽然她扮演的是故事的女主角，也就是《睡美人》中沉睡了一百年的公主，但编剧考虑到她第一次演话剧，尽量缩减了些台词，后期只要老实地待在床上，当个美少女就好。但对闻人唯而言，故事前期的这些台词，讲起来也不太简单。

她反复练了这么久，嗓子都快冒烟了。

休息时间有十分钟。闻人唯决定去趟洗手间，还没等她推门，就听到两个人的交谈声从薄薄的门板内传了出来。

“那个闻人唯行不行啊？真的是个彻彻底底的门外汉。”

“是啊，都五天了，台词虽然是熟了，但演技还是那么僵硬。一点儿都不像月女神。”

“社长他们是因为要卸任退社了才会抓这么一根救命稻草吧？明年我们也要升高二了，幻花少女大赛的胜者该不会又是她吧？我可不要，到时候拖后腿可怎么办？”

闻人唯站在门前，伸出的手臂无声地垂了下来。如果是在三个月前，她或许会沮丧失落，甚至气呼呼地想要和她们理论一番，然而现在她已然明白，如果不想被别人小看，首先自己要强大起来。

她心事重重地回到礼堂，刚踏进门口，就听到礼堂内发出一声声的惊呼，下意识地抬头一看，只见月琦蔓——这个不太可能会出现在日光樱礼堂的人，居然被戏剧社的人包围着，站在了舞台中央。

咦？月琦蔓来做什么？而且身边居然没有那群小跟班。

闻人唯有些诧异地问道：“月琦蔓？”

月琦蔓穿了一条水蓝色的连衣裙，裙摆坠着璀璨的星辰挂饰，如同将水中繁星的倒影裁剪下来披在了身上。浅色的高跟鞋踩在她的脚下，在木制的舞台上发出好听的“嗒嗒”声。她的表情一如既往的高傲，听到闻人唯的声音，神色淡淡地看了过来：“我还以为你逃了。”

“逃？”闻人唯一脸莫名地走到离月琦蔓三步远的距离，“你怎么来这里了？”

“听说你要出演话剧了。”月琦蔓随意地走下台，选了个前排观众的位置，“我来看看。"

因为戏剧社的社长苏雪琴是月琦蔓的头号粉丝，所以月琦蔓这个略带挑衅的行为，居然没有被人阻止，也没有被指责，大家反而热情高涨地喊道："来来来！快开始，开始了！"

闻人唯搞不清楚她的意图，一头雾水地走到舞台中央，有些别扭地瞟了月琦蔓一眼，对她这种明目张胆的行为也没什么办法，只能清清嗓子，重新拿起剧本，念起那段不知念了多少遍的台词："老妈妈，您好，请问……"

不知过了多久，在反复的纠正与改善中，这天的话剧练习终于结束了。

闻人唯喝了口水，气喘吁吁地坐在月琦蔓的身边，缓和了一下才问："你今天来礼堂做什么呀？"

"之前说过了。来看看。"月琦蔓冷淡地回答着。

"那你看得怎么样啊？"闻人唯有些无奈，顺着她的话道。

月琦蔓微侧过头，直白且不留情地回应："很差。"

虽然知道月琦蔓的口中蹦不出什么好话，但闻人唯还是心底隐隐地有些受伤，嘟囔道："我可能没有那个天分吧。完全不知道怎么做才好。"

月琦蔓从闻人唯手中拿过剧本，大致翻看了两下，随即走上舞台，高跟鞋踏在地板上的节奏，带着几分果敢的气息。

大家不知道月琦蔓这是要做什么，还没来得及去问，就见高傲的她忽然换了一副表情，宛若一个十五岁的活泼少女。空旷的舞台只有她一个人，却完全不会尴尬，虽然没有道具，但所有的一切都在她的表演中得到了体现——布满蔷薇的皇宫，古朴高耸的古楼，带着致命诱惑的纺锤。

随着被纺锤刺到的月琦蔓缓缓倒地的表演结束，如梦初醒的大家惊叹地鼓着掌。有个女生甚至忘情地说道："女神就是女神，和那种门外汉一点儿都不一样！"

从表演中脱离的月琦蔓，表情恢复到一贯的冷漠。她瞧了一眼那个女生："你的演技，还没到可以称呼别人为门外汉的程度。"

那个女生愣了愣，似乎还没反应过来。月琦蔓走到闻人唯的面前，居高临下地对她说："幻花少女大赛上，你在这里赢了我。一部话剧而已，别让我失望。"

闻人唯讶然地看着她："你……是为我加油打气来的？"

"不要自作多情了。"月琦蔓皱皱眉，丢下这句话，便径直离开了日光樱礼堂。

看着月琦蔓离去的背影，闻人唯搔了搔脸颊，自言自语道："我们两个的关系，是不是在不知不觉间变好了一些啊……"

## 3

不知是不是因为月琦蔓那番别扭的鼓舞，在戏剧社的人都离开之后，闻人唯还留在礼堂里，努力地练习着《睡美人》里自己的戏份儿。月琦蔓的表演对她有种启发，她隐约觉得开了窍，又觉得差了一点儿。

就这样努力探索着属于自己的风格，不知不觉间，窗外已经一片漆黑了。闻人唯抬头看了看壁钟，想到临近宿舍门禁时间，擦了擦额上的汗珠，赶忙收拾好东西回寝室。

刚走出礼堂的大门，耳朵里顿时充斥着“哗哗”的雨声，闻人唯才后知后觉地发现下雨了，而且雨势不小，瓢泼而下的雨，在台阶的凹陷处聚起了许多个大大小小的水坑。

糟糕，她没带伞。天气预报不是说今天会是个晴天吗？

闻人唯小心翼翼地伸出手去，细密的雨珠砸在掌心上，带着几分凉意。她本想打电话叫人送把伞来，然而这么晚了打扰别人又不太好意思，正犹豫着要不要就这么冲回宿舍时，不远处的花丛中忽然传来异样的响动，吓得她跳到柱子后面，战战兢兢地喊道：“谁？”

“我。”韩圣燮从花丛的后面走出来，撑着一把简约的黑伞，懒洋洋地打着哈欠，“你怎么这么久才出来？被罚打扫卫生了吗？”

“咦？你是特地来等我的吗？”见到是韩圣燮，闻人唯放下心来，搭着韩圣燮伸来的手，迈过水坑钻到他的黑伞下，嘟囔道，“戏剧社才不像风纪部那样总爱罚人呢。”

韩圣燮笑了笑，一只手拿着伞，一只手揣进口袋里，慢悠悠地跟着她的步调走着：“听说月琦蔓今天来了。”

“来了。虽然有可能是我会错意了，”闻人唯美滋滋地说，“我觉得她是为我加油来了！”

韩圣燮挑起眉毛，唇角勾着似有似无的笑意，带着几分痞气，说：“那可能是你会错意了。”

“讨厌。就不能顺着我说。”闻人唯嘀咕了一句，向伞外探头看了看。夜空被乌云遮蔽，显得更为厚重，所有光亮都被隐藏在厚厚的云朵中，一丝一毫都没有显露出来。她感慨道：“今天没有星星呢，夏天的星星明明最好看了。”

韩圣燮神色微微一动，轻声问：“你想看星星？”

“有点儿想。”闻人唯看着漆黑一片的夜空，“不过今天是看不到的吧。”

镜框后的双眼闪耀着光芒，韩圣燮神秘一笑：“或许，有办法。”

闻人唯跟在韩圣燮的身后，亦步亦趋地走向天文星象馆。

星象馆外的蓝漆墙面在雨水的冲刷下，颜色显得更加鲜亮活泼。圆形的屋顶拱起些许的弧度，带着圆润的美感。古朴厚重的大门，沉淀着历史的古韵。

因为天文星象馆里有很多精密贵重的仪器，所以除了特殊的时刻，平时是不会向学生开放的。闻人唯来到圣樱学院这么久，还从来没有进去过，此刻看着韩圣燮拿出钥匙熟练地开门关门的模样，总有种走后门的感觉。

天文星象馆远比外面看到的要大许多，不只有许多贵重精密的望远镜，还有一些辐射接收器、行星仪这种她只在书上看到过的精密仪器。它们被井然有序地摆在大厅里，上面一丝灰尘都没有，可以看出有专门人士在天天清理。

星象馆的深处，有一个好似电影院一般的空间。三排躺椅中间隔着些许的距离，光是瞧着就有种惬意的感觉。而在第一排躺椅的左侧，摆放着一个巨大的星象仪，上面遍布着灿烂光点，还体贴地指示出了星座的位置。

闻人唯乖乖地按照韩圣燮的指示坐在躺椅上，满是好奇地左瞧右瞧。

韩圣燮拿起一个类似于遥控器的控制装置，对着屋顶轻轻一点，只见一层厚重的幕布缓缓覆盖住屋顶，不一会儿，房间里就暗得伸手不见五指。

闻人唯因为期待变得有些紧张，两只手抓紧了扶手，不断小声确认道：“要出什么了，星星？”

韩圣燮没有回答，取而代之的是眼前骤然的明亮。星星点点的光芒透过星象仪投射在恍如夜色般深沉的幕布上，繁星被淡淡的线条勾勒出星座的模样，有像蝎子的，也有像鱼的，密密麻麻，如同天上缀满了宝石。明亮闪烁，仿佛触手可及。

瑰丽而又壮观的景象，令闻人唯张大了嘴，她惊呼道：“哇！太美了！简直就像真的！”

韩圣燮黑曜石般的双眸中泛着细碎的微光，像点点繁星落入其中，带着独属于他的温柔。他身体倚在躺椅柔软的靠背上，轻声问道：“喜欢吗？”

“喜欢！”闻人唯忙不迭地点着头，一只手兴奋地拉住韩圣燮的食指，另一只手指着幕布上的星辰，“那个！那个是不是小熊座？我记得书里讲过！”

韩圣燮低头瞧了瞧闻人唯与他相握的手，耐心地介绍起来：“对。小熊座在北方，像一个小勺子。再往北斗位看呢，是大熊座，那边还有仙后座……”

他娓娓道来的声音，温柔又亲和，如同流水一般，听着就令人不自觉安心下来。不知介绍了多久，他一侧头，就见闻人唯歪倒在躺椅上，呼吸平稳，两眼轻闭，已经陷入了沉睡之中。

韩圣夒有些无奈地看着闻人唯在睡梦中还紧紧抓着的手指，小声说道："你啊，还是小孩子吗？"

他悄无声息地站起身来，走到闻人唯的身边，为她绾起鬓边碎发。

"没必要这么拼的，还有我在，多依靠一下我吧。"韩圣夒轻轻抚了抚闻人唯的头发，"睡吧，我的睡美人。"

## 4

经历了地狱补习和话剧入门的双重洗礼，闻人唯以及格的分数迈过了英文这个坎儿，也终于迎来了《睡美人》的公演。

碧蓝如洗、万里无云的天空中，太阳高高悬挂，无声地为这片土地洒下温暖。米卡街的剧院门前早已铺上了鲜红的地毯，每隔两个人的距离摆放着颜色各异、竞相开放的花篮，粉嫩的花瓣上还带着清晨的露水，随着微风飘散着淡淡的清香。

离开场还有十分钟，观众席已经坐满了。大家时不时低声交谈着，表情中满是对这场话剧的期待。

观众席上一片祥和，后台却乱了套。

闻人唯早就梳妆穿戴好了，身上的睡美人服装还是她自己抽空做的。鹅黄色的礼服配着她雪白的肌肤，带着十五岁少女的俏皮；裙摆用细密的褶皱微微撑起，就好似蓬蓬裙一般，却远比那个要舒适；白色镶着水钻的蕾丝边缝在衣领附近，又如同丝巾一般，连接在胸前的布料上，显露出几分属于公主的高贵。

她焦急地向苏雪琴确认："张黎还没来吗？他到底怎么了？"

"他好像是紧张到胃痛了。"苏雪琴也一副头痛的模样，"上次就是因为这个缺席……他说现在在医院，可还有十分钟就要开场了，他赶不来呀。这可怎么办才好？光把希望寄托在他身上，也没有可以替换的人。"

女主角好不容易演技能看了，结果男主角却紧张到胃痛住院是怎么回事啊……

闻人唯坐在椅子上，正在犯愁，却见苏雪琴一脸严肃地拍了拍她的肩膀。

"要不然……就靠你了。上去把时间拖一下，我再想想办法，反正王子出场比较靠后。"

她作为"睡美人"主要的任务就是沉睡啊！该怎么拖时间啊？

还不等闻人唯反驳，苏雪琴便招呼着其他人把她带到舞台边准备登场。她大脑混乱地站在舞台边的楼梯旁，台上"国王"和"魔女"的台词，一点儿都进不了她的耳朵，直到有人小声提醒，她才意识到自己该出场了，两只手提起裙摆，慢慢走上楼梯，忐忑地看着之前被幕布遮挡的观众席。

来看的人未免太多了吧……八千人的观众席居然都坐满了。

她下意识转过头，就见苏雪琴在后台不断比画着为她加油。

算了！就这么一次！死就死吧！

苏雪琴见闻人唯已经上场，焦急地打电话向张黎再次确认：“你到底能不能来啊？什么？胃痛更严重了？我的天啊，你……”

“不是开演了吗？怎么了？”

肩膀上突然被人拍了拍，截断了苏雪琴的话，她烦躁得正想发火，转头看见凌步翡的笑脸，便硬生生地憋了回去，苦恼地求助道：“本该演王子的张黎因为胃痛去医院了。”

“他去医院了？那这部话剧怎么办？”凌步翡惊讶道。

“我也不知道……”苏雪琴揉着眉心，看了看凌步翡，突然道，“要不然，你充当一下王子？剧本在这里，别的不要求！只要能把这场戏撑完就够了！”

似是想到什么好主意，凌步翡笑眯眯地说道：“我可能不行。不过，我可以推荐给你一个属于‘睡美人’的‘王子’。”

闻人唯起初虽然有些紧张和忐忑，但练了这么多天，身体几乎记住了每一次的反应、每一个表情，虽然忙乱之中出了点儿小差错，但看台下的观众乐呵呵的模样，似乎并没有人发现。

为了拖延时间，她几乎耗费了自己所有的脑细胞，在那里费劲地编着台词，就差把英语习题集里的考试题拿出来当作台词说一遍了。直到看到苏雪琴一脸喜色地对她比画着“OK（好）”，她才终于放心地走到古楼的场景处去碰魔女那能令她沉睡百年的纺锤。

古朴的城堡，布起了带着荆棘的蔷薇花，像一个牢固的屏障，将她围困其中，也无声地阻碍着别人的靠近。

闻人唯躺在撒满玫瑰花的床上，闭着眼睛，心里猜测着谁会来救场。

“听说，有一位美丽的公主，被困在这蔷薇花笼中。啊，她是多么可怜又惹人怜爱！”

熟悉的台词加上熟悉的声音，落在她的耳中却变成全然陌生的感觉。趁大家都把注意力转移到新上场的王子身上时，她难以置信地睁开了眼。

“韩圣燮？”

只见韩圣燮穿着一身修身的白色王子服，细长的流苏连接着纽扣与口袋，闪着银光的长剑别在素色的腰带间，遮掩双目的黑框眼镜被拿了下来，将双眸的冷冽彻底展现了出来。单单是站在那里，就带着难以匹敌的气场。

可是韩圣燮为什么会来？

闻人唯怕被观众发现，赶忙闭上了双眼，端端正正地躺在床上，因为这一个接一个预料之外的发展，脑袋一片混乱，连台下是什么反应都没有心思去听。直到有个声音略带笑意地贴近她的耳朵，用熟悉的语气对她说“小骗子你该不会真的睡着了吧”，她才清醒过来，耳根“唰”地染上一抹红色。

现在还不到“睡美人”苏醒的时刻。

闻人唯强忍着想要问个清楚的冲动，暗示着自己不要动摇，却突然听韩圣燮高声说道：“怜人的公主啊，请允许我向您献上一个吻。”

吻……吻?

剧本上这段剧情不是用“王子打败了魔女，诅咒解除”来代替了吗?

闻人唯的脸颊霎时染上了淡淡的绯色，心脏也“扑通扑通”直跳，仿佛要从胸口跳出来一般。她感觉到他的气息离她越来越近，仿佛就在咫尺之间。紧张、害怕、忐忑、羞涩……一时间，各种心情混杂成一团，反而让她搞不清楚现在是怎样的心情。

她下意识屏住呼吸，等来的却不是吻，而是他在她额头上轻轻的屈指一敲。

“小骗子，你这样会被自己给憋死的。”韩圣燮低哑的嗓音里略带笑意，接着陡然提升音调，满含属于王子的希冀与祈祷，“快快醒来吧，我的公主。”

观众席瞬间爆发出热烈的掌声，像是在庆祝王子的希冀实现了，又或是在祝贺她逃离了百年沉睡的命运。

闻人唯惊讶地睁开眼，看着大幕缓缓拉下，茫然地问：“咦？吻呢？”

“吻戏是步翡给我的剧本里有的情节，我可不想把你也牵连进他的恶作剧里。至于吻……”韩圣燮揉了揉闻人唯的头，“等你英语能考满分再说。”

“英语？还满分？”

闻人唯往柔软的床上一趴，垂头丧气地哀号。

果然，英语是她的宿敌，总是要和她作对。

## 意林品牌书系推荐

**意林女生文学·《小小姐》品牌书系** 中国女生文学第一品牌，纯正、阳光、向上，优质女孩必选文学读物

**萌灵小说系列**

《悠莉宠物店Ⅰ》 18.80
《悠莉宠物店Ⅱ》 18.80
《悠莉宠物店Ⅲ》 19.90
《悠莉宠物店Ⅳ》 19.90
《悠莉宠物店Ⅴ》 19.90
《悠莉宠物店Ⅵ（大结局）上》 19.90
《封印之书·九尾狐》 19.80
《封印之书·独角兽》 19.80
《玛丽晴异闻录》 19.90
《薇妮天使旅行》 19.90
《苍岛有风①·人鱼过境》 19.90
《萌物委托社①世外萌龙天然呆》 22.80

**冒险励志系列**

《迷藏·海之迷雾》 18.80
《迷藏Ⅱ·月影迷踪》 19.90
《迷藏Ⅲ·幻梦迷城》 19.90
《花与梦旅人Ⅰ》 19.80
《花与梦旅人Ⅱ》 19.90
《花与梦旅人Ⅲ》 19.90
《花与梦旅人Ⅵ（大结局）》 19.90
《花与守梦人①·大公的苏醒》 19.90
《花与守梦人②·占星师的眼泪》 19.90
《萌侦探纪事Ⅰ》 18.80
《萌侦探纪事Ⅱ》 19.80
《萌侦探纪事Ⅲ》 19.90
《萌侦探纪事Ⅳ（大结局）》 19.90
《迷宫街物语》 19.80
《艾蜜儿宇航日记》 19.90

**幸福蔷薇系列**

《蔷薇少女馆Ⅰ》 18.80
《蔷薇少女馆Ⅱ》 18.80
《蔷薇少女馆Ⅲ》 19.80
《蔷薇少女馆Ⅳ》 19.90
《蔷薇少女馆Ⅴ》 19.90
《蔷薇少女馆Ⅵ》 19.90

**浪漫古风系列**

《七寻记Ⅰ》 18.80
《七寻记Ⅱ》 19.90
《七寻记Ⅲ》 19.90

**果绿年华系列**

《蝴蝶飞过旧时光》 19.80
《第一女执政官》 19.90
《风之少女琪琪格》 19.90
《霓裳小千金》 19.90
《两生花开时》 22.00
《风云俏萝莉》 19.90

**月舞流光系列**

《前方江湖请绕行》 19.90
《三色堇骑士之歌》 19.90
《守望彼岸星海》 19.90

**萌淑女驾到系列**

《萌淑女驾到之美女训练营》 19.80
《萌淑女驾到之天使候补生》 19.80
《萌淑女驾到之人鱼的信奉》 19.90
《萌淑女驾到之天鹅公主成人礼》 19.90

**星愿大陆系列**

《星愿大陆①·天命巫女》 19.90
《星愿大陆②·白银蔷薇》 19.90
《星愿大陆③·幻月手杖》 19.90
《星愿大陆④·永恒星钻》 19.90
《星愿大陆⑤·夜之王子》 19.90
《星愿大陆⑥·晨光微曦》 19.90
《星愿大陆⑦·琉光暗影》 19.90

**浪漫星语系列**

《处女座：完美年华初相见》 20.90
《天蝎座：假面黑桃Q》 20.90
《双子座：闯进你的孤单星球》 20.90
《巨蟹座：追梦的水晶鞋》 20.90
《天秤座：优雅走过下雨天》 20.90
《白羊座：裙摆是花开的地方》 20.90
《摩羯座：寄给青春一座城》 20.90
《双鱼座：浪漫满分灰姑娘》 20.90
《金牛座：微笑天使倔强心》 20.90
《狮子座：再会，骄傲小时光》 20.90

**淑女风尚馆·气质养成系列**

《我要我的淑女范儿》 18.80
《优雅女孩的秘密》 18.80
《清新森女在路上》 18.80
《俏女孩的甜美主义》 18.80

**小MM迷你爱藏本**

《蝴蝶停在十六岁》 18.80
《焦糖玛奇朵天使咒》 18.80
《那一年，花开半夏》 18.80
《雨季微凉时》 18.80
《只穿一天公主裙》 18.80
《月色银蔷薇》 18.80
《傲娇公主的美丽回旋》 18.80

《花田明月照年少》 18.80
《亲爱的小气鬼》 18.80
《青春如诗，静谧花开》 18.80

**重磅作家系列**

《薄荷香女孩》 19.80
《不说再见好吗（上）》 17.90
《不说再见好吗（下）》 17.90
《风走过树林》 17.90
《忆棠的夏天》 17.90

**唯美新漫画系列**

《钢琴小淑女（第一季）》 17.90
《钢琴小淑女（第二季）》 17.90
《钢琴小淑女（第三季）》 17.90
《钢琴小淑女（第四季）》 17.90
《钢琴小淑女（第五季）》 17.90
《最佳女主角（第一季）》 18.80
《七寻记·鎏金龙纹镯（漫画版）》 15.00
《七寻记·夔龙黄玉佩（漫画版）》 15.00
《天鹅座·鹅黄》 18.80
《天鹅座·柳青》 18.80
《天鹅座·冰蓝》 18.80
《天鹅座·禧红》 18.80
《天鹅座·蜜粉》 18.80
《天鹅座·浅紫》 18.80

**绘色缤纷系列**

《淑女绘·花的学校》 22.00
《淑女绘·童话诗人》 22.00
《淑女绘·雪花的快乐》 22.00

**日光倾城系列**

《巧克力色微凉青春Ⅰ》 20.90
《巧克力色微凉青春Ⅱ》 20.90
《巧克力色微凉青春Ⅲ》 20.90
《浅蓝色时光舞步Ⅰ》 20.90
《女生宿舍Ⅰ·南栀向暖》 20.90

**纯美小说系列**

《少女果味杂志书①：甜心草莓号》 14.80
《少女果味杂志书②：蜜桃慕斯号》 14.80
《少女果味杂志书③：焦糖布丁号》 16.80
《少女果味杂志书④：香草海绵号》 16.80
《少女果味杂志书⑤：可可森林号》 18.80
《少女果味杂志书⑥：果果米苏号》 18.80
《少女果味杂志书⑦：香橙泡芙号》 18.80
《少女果味杂志书⑧：樱桃芝士号》 18.80
《少女果味杂志书⑨：蓝莓布朗号》 18.80
《少女果味杂志书⑩：薄荷方糖号》 18.80
《少女果味杂志书⑪：樱花紫苏号》 18.80
《少女果味杂志书⑫：柠檬红茶号》 18.80
《少女果味杂志书⑬：红豆奶昔号》 18.80
《少女果味杂志书⑭：芒果西多号》 18.80

**蝴蝶蓝系列**

《蝴蝶蓝（第一季）·千面桃花姬》 19.90
《蝴蝶蓝（第二季）·紫莲山庄》 19.90
《蝴蝶蓝（第三季）·落跑小郡主》 19.90

**班花朵朵系列**

《班花朵朵①·我是艺术生》 20.90
《班花朵朵②·电影初体验》 20.90
《班花朵朵③·偶像保卫战》 20.90

**现在是女生时代系列**

《现在是女生时代！》 28.80
《现在是女生时代！②·我们闺蜜吧》 28.80
《现在是女生时代！③·女生都是小怪物》 28.80
《现在是女生时代！④·嗨，女孩，你好漂亮》 28.80

**小 MM 六周年主题书**

《淑女王冠》 29.80

**欢乐联萌系列**

《养只萌呆镇镇宅①》 19.90
《养只萌呆镇镇宅②》 19.90
《养只萌呆镇镇宅③》 19.90
《养只萌呆镇镇宅④》 19.90
《养只萌呆镇镇宅⑤》 19.90
《萌师上线，顽徒请签收①》 19.90
《千金当道（一）》 19.90

**天使在身边系列**

《路过心上的哈士奇》 20.90
《当心！浣熊出没》 20.90
《萌动之森①·雪地精灵伶鼬》 20.90

**公主天下系列**

《清河公主·洙宛传》 22.80

**小 MM 花漾青春版**

《少女说①·花醒了》 22.80
《少女说②·青春里的不速之客》 22.80

**极致小清新系列**

《女孩子的清甜小说绘①·淡白栀子号》 20.90
《女孩子的清甜小说绘②·浅草茉莉号》 20.90
《女孩子的清甜小说绘③·鸢尾蝴蝶号》 20.90
《女孩子的清甜小说绘④·冰蓝花楹号》 20.90

## 《意林·轻小说》·轻文库品牌书系　引领校园小说阅读新潮流

**绘梦古风系列**

《公主驾到》 23.80
《花颜错》 23.80
《山寨世家》 23.80
《倾世迷迭书》 23.80
《凤九卿（一）》 23.80

《凤九卿（二）》 23.80
《凤九卿（三）》 23.80
《凤九卿（四）》 23.80
《凤九卿（五）》 24.80
《凤九卿（六）》 24.80
《美人千千泪西楼》 23.80
《郡主驾到·壹》 24.00
《郡主驾到·贰》 24.00
《木兰帝（上）》 23.80
《木兰帝（下）》 23.80
《俏娇小仙闹皇宫》 23.80
《连城赋（上）》 23.80
《连城赋（下）》 23.80
《千凰令（一）凤鸣倾城》 20.80
《千凰令（二）情牵一线》 20.80

**恋之水晶系列**

《致淡玫瑰色的你》 22.80
《宁负流年不负君》 22.80
《世界第一的假面殿下》 25.00
《脱线萌星易容记》 25.00
《指尖花凉忆成殇》 22.00
《欢歌犹在意微醺》 22.00
《欢歌犹在意微醺Ⅱ》 22.00
《绯色樱花圆梦纪Ⅰ》 23.80
《见习保镖呆呆兽》 25.00
《可可少女梦想纪》 25.00
《后天男神Ⅰ》 25.00
《后天男神Ⅱ》 25.00
《后天男神Ⅲ》 26.80
《世界第一的公主殿下Ⅰ》 23.80
《世界第一的公主殿下Ⅱ》 23.80
《世界第一的公主殿下Ⅲ》 26.80
《挥手告别小时光》 23.80
《少年住在云之彼岸》 23.80
《我的青春，以你为名①偶像来了！》 23.80

**奇幻仙境系列**

《彼渡少年与妖怪契约》 23.80
《神典·末夜公主》 23.80
《御灵骑士团·诺茵与彩狸》 23.80
《逆世界之瞳》 23.80
《玫瑰帝国·荆棘鸟之冠》 25.80
《玫瑰帝国·黑羽蝶之翼》 25.00
《玫瑰帝国·白蔷薇之祭》 26.80

**暗影迷踪系列**

《终极推理事件簿》 22.80
《超级学园探案密码》 22.00

**新炫武侠系列**

《邻家武圣》 23.80

**星光璀璨系列**

《轻星球·仙女星云号》 19.80

**灵气少女系列**

《星有灵犀遇见你》 20.80
《萌熊改造计划》 20.80
《守护极速甜心》 20.80
《元气星女倾城记》 20.80
《公主病》 20.80

**轻舞飞扬系列**

《毛毛熊的浪漫樱花雨》 19.80
《发梢轻绾茉莉香》 19.80
《迷迭香在青春里绽放》 19.80

**私人定制少女馆**

《恋恋星煌十二宫》 25.00
《守护十二生辰石》 25.00

**暖爱青春馆系列**

《少年北顾，唯愿君安（上）》 25.00
《少年北顾，唯愿君安（下）》 25.00
《若你离去，后会无期》 22.80
《想你的时候，抬头微笑》 22.80

## 《意林·小文学》品牌书系　阳光阅读·快乐写作

**成长物语系列**

《艾丽鲨半成年》 19.90
《换双翅膀飞翔》 19.90
《琥珀青春》 19.80

**魅力悦读系列**

《程家兄妹·永不毕业的少年》 19.90
《逃之“妖妖”》 20.90

**幻之星球系列**

《地球假日①：寻找洛神》 19.90

**爆笑学园系列**

《鬼马女神捕①：绝密卧底（上）》 14.80
《鬼马女神捕①：绝密卧底（下）》 14.80
《鬼马女神捕②：绝命预言（上）》 14.80
《鬼马女神捕②：绝命预言（下）》 14.80
《天神学院·魔女见习生》 19.90

**动物奇缘系列**

《萌兽报到，请多关照》 19.90

**五周年主题书**

《青春，是与七个自己相遇》 26.80

**独家策划系列**

《长大，是不期而遇的温暖》 26.80
《谢谢你，出现在我的青春里》 26.80

落樱少女，青草少年
意林·轻文库，
牵手冰晶般的青春年华
恋之水晶大系列图书
——校园内的清流，校园外的指引
绘梦古风大系列图书
——纸上连续剧的悬念，脑中电影院的感受
王子篇
后天男神
世界第一的
公主殿下
世界第一的
假面殿下
世界第一的
女王陛下
以你为名
千凰令
凤九卿